非天夜翔 作品

U0120466

山有木兮

·终章·

关山月

上

湖南文艺出版社
HUNAN LITERATURE AND ART PUBLISHING HOUSE

博集天卷
CS·BOOKY

图书在版编目（CIP）数据

山有木兮. 终章 / 非天夜翔著 . -- 长沙：湖南文艺出版社，2022.5

ISBN 978-7-5726-0574-1

Ⅰ . ①山… Ⅱ . ①非… Ⅲ . ①长篇小说－中国－当代 Ⅳ . ① I247.5

中国版本图书馆 CIP 数据核字（2022）第 010465 号

上架建议：畅销・青春文学

SHAN YOU MU XI. ZHONG ZHANG

山有木兮. 终章

作　　者：非天夜翔
出 版 人：曾赛丰
责任编辑：匡杨乐
监　　制：邢越超
策划编辑：王小岛
文案编辑：白　楠
营销支持：文刀刀　周　茜
封面设计：有点态度设计工作室
版式设计：李　洁
插画绘制：Eno.　舟行绿水　无姜粥
内文排版：百朗文化
出　　版：湖南文艺出版社
　　　　　（长沙市雨花区东二环一段 508 号　邮编：410014）
网　　址：www.hnwy.net
印　　刷：三河市兴博印务有限公司
经　　销：新华书店
开　　本：640mm × 915mm　1/16
字　　数：579 千字
印　　张：36.5
版　　次：2022 年 5 月第 1 版
印　　次：2022 年 5 月第 1 次印刷
书　　号：ISBN 978-7-5726-0574-1
定　　价：79.80 元（全二册）

若有质量问题，请致电质量监督电话：010-59096394
团购电话：010-59320018

姜恒：名义上的耿渊嫡子，由姜昭抚养长大，于海阁学艺后再入红尘，辗转各国，以辅佐明君结束大争之世为己任。

耿曙：耿渊与聂七之子，后被汁琮收为义子，更名汁淼，雍国上将军。

晋

姬珣：晋天子。

赵竭：晋国上将军。

宋邹：天子封地嵩县地方官。

沧山海阁

鬼师偓：人称"鬼先生"，海阁之主。

松华：海女。

罗宣：鬼师偓之徒，姜恒师父，刺客，擅毒。

项州：公子州，郢国王族之后，刺客、鬼先生弃徒，罗宣师兄。

雍

汁琮：雍王。

耿渊：雍国国士，刺客。

聂七：耿曙之母，耿渊之妾。

汁泷：汁琮之子，雍国太子。

汁绫：雍国公主、将军，汁琮与汁琅之妹。

姜太后：汁琮、汁琅之母，越国人，姜家远亲。

管魏：雍国左相。

卫卓：雍国侍卫长，左将军。

曾宇：玉璧关守将。

界圭：雍国守卫，刺客。

陆冀：雍国右相，太子太傅。

曾嵘：太子少傅。

周游：太子少师。

郎煌：林胡人，原为乌洛侯姓，大萨满索伦弟子。

孟和：风戎王子。

水峻：氐人部落"水"部首领。

山泽：氐人部落"山"部首领，因欲推翻卫氏集结族人起兵，被卫氏构陷为反贼。

牛珉：东宫门客。

朝洛文：风戎大王子。

代

李宏：代武王。

李胜：公子胜，代武王李宏之弟。

姬霜：代武王养女，代国公主，实为王族姬氏后人。

李谧：代国太子。

李霄：李宏第二子，掌管代国军队。

李斯：代国王族，代国将军。

罗望：代国上将军，罗宣之父。

李傶：代国三王子。

郢

长陵君：郢国左相。

项余：御林军统帅。

熊耒：郢王。

熊安：郢太子安。

芈清：郢王义妹。

屈分：郢国将军。

熊丕：熊耒、熊安死后，郢国新任太子。

芈罗：芈清族弟。

芈霞：芈清的姐姐。

郑

子闾：郑国上将军。

赵灵：郑太子灵，子闾之子，过继给郑王。

龙于：郑国上将军。

车侄：郑国上将军。

孙英：太子灵门客。

赵起：越人，太子灵侍卫。

公孙武：越地神医。

赵峥：郑国将军。

赵慧：郑国公主，太子灵之女。

赵炯：太子灵侍卫。

边均：郑国左相。

梁

毕颉： 前梁王。

重闻： 梁国上将军。

迟延旬： 梁国左相。

毕绍： 梁王。

春陵： 梁国老臣。

越

姜昭： 耿渊正妻。

卫婆： 姜家家仆。

姜晴： 姜昭之妹，前雍王汁琅之妻。

目录·

卷五·列子御风 /001

高岸为谷，深谷为陵，世间几度变迁，沧海成桑田。

卷六·霓裳中序 /183

星河如覆，山川凝露。伴此良人，有斯柏木。

卷七·阳关三叠 /373

桃之夭夭，灼灼其华。之子于归，宜其室家。

番外 /555

流水·万里河山

银汉·千星坠火

·卷五·

列子御风

高岸为谷，深谷为陵，
世间几度变迁，沧海成桑田。

雍庙钟

太子泷头发散乱，站在宗庙前，睁大双眼，看着眼前被敌军攻陷的落雁城。他的家里四处起火，百姓的哭喊声、惨叫声从寒风与大雪中传来。

他已经分不清何处是敌军，何处是雍军了，所有士兵的头发上、眉毛上都覆盖着一层雪，染血的铠甲被大雪遮住了原本的颜色。活着的人四处冲杀，死去的人被覆盖在雪里，落雁城正街上每一刻都有无数人不要命地冲向宗庙，又有更多人连续不断地倒下。

而那杆"汁"的王旗，也距离他越来越近，太子泷拼尽全力，杀回了宗庙前。

"殿下！"御林军围上前，太子泷却双手持剑，冲下了宗庙前的台阶，在大雪中奋力厮杀，郑军则越发不要命地冲上前来。

只要抓走太子泷，烧毁雍国的宗庙，这场大战便宣告结束。

雪花飘落在太子泷的脸上，他知道他不该这么做，但比起忍辱偷生，在家国沦亡之时逃往北地，他宁愿与家人一同死在此处。他顾不过来了，哪怕雍国最后的血脉将在此断绝，他也绝不能眼睁睁地看着落雁城被毁，看着自己家破人亡。

太子泷道："还没到时候呢！雍国之人，尚未死去！"

太子泷的怒吼，一刹那鼓舞了御林军的士气，雍军百年来只有战胜与战死，从无苟且偷生这个选项，他们跟随着太子泷冲下宗庙前的台阶，与郑军正面交锋，背水一战。

这是太子泷第一次直面死亡。死亡临近，以至于当鲜血溅在脸上时，他竟浑然不觉，他的眼里只有杀人与被杀，他发出的声音被淹没在了厮杀的洪流中，直到一刹那天地间所有的声音都消失了。

太子泷的面前出现了一名刺客，刺客做浪人打扮，似笑非笑，嘴角扬起一个弧度，手持两把长刀，刀刃随手旋转，将守护在太子泷身前的御林军战士们当场斩死在地。

"勇气可嘉，实力不行。"孙英嘲讽道。

紧接着，那刺客的刀刃直取太子泷的左肩、右腿，只待刀锋一绞，太子泷便要肢体分离，犹如被拆断的木偶般喷出鲜血，倒在地上。

太子泷的瞳孔剧烈收缩。

霎时间，一名年轻的武将驾驭一匹黑色战马，犹如一道彗星，怒吼着蹿过长街。

奔马撞上了那刺客，刺客猝不及防，横飞了出去，在空中喷出鲜血！

耿曙面容污脏，骑在马背上，低头看着太子泷。

太子泷仿佛失去了所有的力气，手中的剑"当啷"一声落地。

"哥，"太子泷颤声道，"这一次，我没有逃。"

耿曙一指宗庙高处，沉声道："上去，到那儿去。"

太子泷的呼吸终于平静下来，他退后几步，转身上了台阶，满脸泪水，问道："哥，恒儿呢？"

耿曙掉转马头，面朝长街，重新整合军队，准备对朝宗庙冲锋的郑军发起进攻，他没有回头。

"汁泷。"耿曙稍稍侧头。

"哥？"太子泷应声道。

"好样的。"耿曙随口道，"耳朵上的血，自己擦擦。将士听令！重整队伍！"

耿曙举起手中的烈光剑，御林军与林胡人飞速朝他会合，林胡人手持弓箭在后，御林军单膝跪地竖起盾牌在前，于盾牌中伸出长枪。

"誓死不退！"耿曙吼道，"守护宗庙！守护王室！"

"誓死不退！"近万人齐声呐喊。

耿曙高踞战马之上，一如炼狱中祭起千万人鲜血而复生的魔神，面朝从长街两侧拥来，集起冲锋阵势的郑军。

"就像当年我爹取你爹的性命一样。"耿曙的声音飘荡在苍白的天空之下，他知道太子灵一定在这座城的某个地方，"今天，你也注定死在我的手中！"

这一声怒吼犹如耿渊再世，郑军被这吼声吓得鸦雀无声，竟一时不敢上前。下一刻，远方传来了鸣金之声。

城南，汁琮接管了耿曙带回来的风戎战士，正在浴血奋战，身上已经不知道中了多少支箭矢，视线逐渐变得模糊。

但他成功地将敌军驱逐出了坍塌的南面城墙，将战线推到城外。

汁琮看见远方有一面巨大的战鼓，孤零零地竖立在山上，耿曙扳回败局之后，鼓声便停下了。

一定是姜恒……不会再有别人了。

他与耿曙带来了北方全境的外族，增援王都。想到这里，汁琮松了口气，仿佛兄长的诅咒消散了——无论自己做了什么，他仍然会看在祖先的分上，尽力守护这个国家。

更远处传来鸣金之声，敌军犹如潮水一般退去。

汁琮环顾四周，那是郑国暂退再战的信号，还是就此鸣金收兵还未可知。

但他最艰难的时刻，终于过去了。

下一刻，宗庙顶上的巨钟发出三声巨响。

"当——当——当——"

雍国全军同时举起武器，发出胜利的呐喊，他们赢了！

汁琮在城前驻马，看见太子灵的战车就在百步之外，郑军弃战，正朝着太子灵飞速集结，他一定想说什么，无声的话语被大雪与钟声彻底淹没。

"来日再战。"汁琮沉声道，"等着，孤王必屠尽你济州全境，鸡犬不留。"

钟声回荡，姜恒的意识被渐渐拉回人世，冰凉的雪花落在他的脸上。

他看见了一个人，奇特的记忆仿佛在时光倒流中发生了重叠，不知何时，也是这么一个人，抱着他，在大雪中飞奔。

何时？何地？

温热的泪水滴落在他脸上，姜恒很安静，就像十八年前，在同一个人怀中的雪夜。

"恒儿……恒儿！"界圭的声音忽远忽近。

眼前的景象化作一团白雾，继而尽数消散，漫漫长夜再次笼罩了姜恒。

"醒了！"

"姜大人醒了！快去通传！"

女孩儿惊叫道。

姜恒的胸口传来一阵剧痛，他竭力撑着卧榻想坐起来，却感觉头痛欲裂。

"我的天……好痛。"姜恒呻吟道，"我被玄武神踩中胸口了吗？"

他醒来时，第一个出现在他眼前的人是耿曙，耿曙的面容憔悴不堪，双目之中满是血丝，头发散乱，全身污脏。

"别动，"耿曙的声音十分镇定，"你受了伤，胸口中了一剑，躺着。"

姜恒看见帐顶的花纹，这不是他的房间，想来是耿曙的卧室。

"把药拿过来。"耿曙吩咐道，同时目不转睛地看着姜恒，声音发抖地问："你好些了吗？"

"没事。"姜恒眉头深锁，"就是……疼。"

胸口的伤一跳一跳地疼，但较之当年双腿折断要好多了，那时罗宣为他配了镇痛的猛药，这时候没有镇痛药的姜恒只觉得连呼吸都在牵动伤口。

"给我一支笔，"姜恒说，"按我开的方子配药。"

界圭一阵风般地破门而入，看了眼姜恒，伸出手，按了一下他的脉搏。

"你说，"耿曙简短地说道，"我记得住。"

姜恒报了几味药材，界圭说："我去罢，他自己是大夫，自己最清楚。"

耿曙点了点头，界圭便走了。

姜恒勉强笑了笑，伤口很疼，他拉了下耿曙的手。耿曙沉默着，低下头，把脸埋在姜恒的左手中。

姜恒手上满是灼热的泪水，紧接着，耿曙放声大哭起来。

这是他第一次看见耿曙大哭，他们重逢那天，甚至没能好好地面对面哭一场，喜极而泣的耿曙也只是眼中带着泪水，很快就被姜恒哄住了。

如今，他看见耿曙哭得如此难过、如此痛苦，仿佛产生了错觉，不久前耿曙还在威风凛凛地召集北地大军，原来他竟也有这么脆弱的一面。

"没事，哥，我没事，"姜恒说，"我这不好好地活着呢吗？"

耿曙哭得全身发抖，哽咽道："我受不了，恒儿，我快疯了。"

"好了，"姜恒疲惫地笑道，"好了，别哭，哥。没事的，我伤得……不重，真的不重。"

良久，耿曙才从喘息中平复下来，他始终握着姜恒的手。

"他们怎么样了？"姜恒发现自己在雍宫中，自然是雍军赢了。耿曙一定会赢的，他一直这么坚信着。

耿曙却答非所问，说道："你怀里有本账本，替你挡了一剑，所以刺得不深。"

姜恒很想笑，但一笑伤口就疼，他说道："没想到最后还是卫大人救了我一命。哎哟！不能笑……"

耿曙也破涕为笑，那笑容中满是痛苦，他看着姜恒。

"几天了？"姜恒看见耿曙唇边、侧脸上胡茬十分杂乱，眼眶凹陷，好像苍老了不少。

"三天。"耿曙说。

姜恒知道这三天里耿曙一定什么都没有做，哪里也没去过，话也不说，不吃不睡，就在他的榻畔守着。

"你歇一会儿，"姜恒说，"我会好起来的。"

那一剑刺进他胸膛近一寸深，先是被怀中从卫家搜剿来的账本挡了一记，又被界圭及时赶到，一剑斩死刺客，伤了准头。

"死了多少人？"姜恒虚弱地问。

"不知道。"耿曙依旧看着姜恒，说，"界圭背着你回宫，别的事，我都没过问了。"

"你父王还活着吗？"姜恒问。

"活着，"耿曙说，"都活着，姜太后也活着，只是受了点伤。"

姜恒看见寝殿里来了不少女孩儿，她们身着桃花殿内宫侍女的服饰，想必是太后给他派的，醒来时便已有人去报信了。

耿曙说："她们都是越女，故乡的人，王祖母派来的。"

"有吃的吗？"姜恒说。

越女马上回道："有，姜大人想吃点什么？"

"拿点米汤来，"姜恒疲惫地说，"我不吃，给森殿下吃，别待会儿我没事，他倒是先累死了。"

耿曙哭笑不得，握着姜恒的手始终不放。不多时，界圭回来了，给姜恒看过药材，姜恒勉力点头，说："熬罢。"

外头又有守卫的越女忽然开口道："姜大人刚醒，太后吩咐，有什么话，过几日待他缓些了再来。"

郎煌的声音道："我知道，我是来找王子的。"

耿曙抬头，姜恒说："乌洛侯煌吗？让他进来罢。"

越女得到吩咐，推开门，郎煌却没有进门，而是站在门外看姜恒。

"山泽配了点伤药，"郎煌说，"给你外敷用。我看界圭只替你配了内服的药，宫中的大夫也不大行，氐人的药虽不比你们汉人，但治跌打刀伤，还是有用的。"

姜恒半躺着，朝他点了点头。

"你去罢，"姜恒说，"一定是很重要的事。"

耿曙没有犹豫，站起来时，头还有点晕，险些站不稳。他已经有三天粒米未进，心神又遭重挫，以至脚步虚浮，扶着床边的栏杆，好一会儿才站稳。

"做什么？"耿曙道。

"出来说话，"郎煌道，"我有事找你商量。"

耿曙回头看了眼姜恒，说："我马上回来。"

房内三名越女似乎觉得耿曙很有趣，都露出似笑非笑的表情，姜恒好奇地看了她们一眼，越女们脸上的笑容便纷纷敛去了。

"殿……界大人，"一名越女过来，跪在界圭身边，"我们来罢。"

界圭马上现出责备的眼神，那女孩儿便不说话了。

姜恒一时未听清楚，侧头看界圭。

界圭跪在地上，给姜恒熬药汤，不时侧头看他。

"还疼吗？"界圭问。

"好一点了。"姜恒说，"你当时怎么知道我在那儿？"

最后那一刻，要不是界圭赶来，自己现在一定已经死了，姜恒千算万算，没算到太子灵会派人来刺杀他。太子灵也当真太聪明了，他竟算到自己会在高处指挥全局，还预先在卫队里埋下了奸细。

当时耿曙率军出征，留下一百人护卫姜恒，又是在开阔地，当时太子灵已全军出动，孟和再三放出海东青对周遭进行侦察，多次确认没有埋伏，再加上姜恒身在后阵，不可能遭到突袭。

谁也想不到，耿曙的手下里竟有郑国的刺客！

银 面 具

"我扛着黑剑，出门想刺杀赵灵，转了半天，没找着地方。"界圭的语气很平淡，"开战听见有人击鼓，我猜想多半是你，便过来找你叙叙旧，没想到，正好撞上了。"

"你该执行你的任务才是，"姜恒得了便宜还卖乖地说，"人没刺杀，先来偷懒，像什么样子？"

界圭说："落雁城破，宗庙被毁，七鼎遭夺，连你爹的神主牌都得被烧掉，还报什么仇？杀来杀去，用全天下人的性命，也换不回一个人活着。"

"那倒是。"姜恒努力微笑道，"没想到在你心里，我的命抵得上全天下人的性命，当真受宠若惊。"

他知道界圭本该听命前去刺杀太子灵，但界圭竟放着敌方统帅不管，反而来找自己。他在国破家亡之时，放弃了扭转战局的唯一机会，此举与叛国无异。

"这叫'修辞'，"界圭说，"夸张而已，懂不懂？"

姜恒哭笑不得，界圭随口道："罢了，怪难为情的，反而是你哥……待他好点罢。你哥才是发了疯要屠尽天下人的那个，你若没醒过来……郑国有多少万人来着？"

"一千四百多万罢。"姜恒随口道。

"千余万人，可都要为你殉葬了。"界圭道。

"被刺杀又不是我想的。"姜恒在心里叹了口气，问，"太子呢？雍王呢？太后呢？其他人怎么样了？"

"太子原本被送走，"界圭说，"那小子根本没打算走，刚出城就杀回来了，守住了宗庙，可惜掉了只耳朵，不知道是被冻掉的还是被削的，天寒地冻的，找半天没找着。"

姜恒听界圭说得这么轻描淡写，便能想象到当时的情景一定非常惨烈。

"四位王子，至少人都安全无恙，除却雍王子被你吓掉了半条小命，"界圭漫不经心地说道，"风戎王子、林胡王子、氐王子也都活着。林胡人折损最为惨烈，他们都来看过你，被挡驾了。"

"雍王呢？"姜恒问。

"雍王受了点伤，在养病。"界圭说，"太后中了三箭，不重，就是年纪大了，得好好休养。喏，你问她们，你回来后，我也没去过桃花殿，都在这儿守着。她叫安溪，她叫依水，最小的那个叫明纹。都是太后的人，不用避嫌。"

三名越女在界圭与姜恒交谈时，始终没有插话。姜恒朝三人望去，那最小的女孩儿带着灵气，笑道："太后的伤不碍事，你别担心。"

姜恒便放下了心，又想到太子泷受的伤，说道："待好些了，得去看看他。"

界圭熬好药，倒出来放凉，说："你那叫宋邹的部下，放了把火，把玉璧关整个烧了，也是人才。"

姜恒："……"

姜恒心想：宋邹也够狠的，趁着连日干燥无雨雪，实现了他们当初的火攻计划，趁机传令让武英公主破关。

"夺回来了？"姜恒又问。

"夺回来了。"界圭答道，"两边山上还在烧，太子灵与李霄会合，曾宇整军追击，夺回了承州城，把他们赶回了潼关以南。你最关心的想来也是军报罢。"

"啊……太好了，"姜恒道，"谢天谢地。"

与他当初预料的一样，只要落雁之危得解，雍国一旦发起反攻，太子灵便无力再在雍国境内长期作战。这场战争从一开始便是双方举国之力的一场豪赌，他们赌赢了，太子灵赌输了，唯此而已。

"外头还下雪吗？"姜恒问。

"下，"界圭说，"这三天里都在下雪，没停过。"

"郑军至少要被冻死上万人了。"姜恒叹道。

顺天之势，犹得神助，太子灵一路从东兰山海畔登岸，上苍对其施与厚爱，至落雁城城墙坍塌的那一刻，郑军都看似得天独厚，胜券在握，却最终被姜恒与耿曙落子翻盘，落得个狼狈逃窜的下场，运气登时彻底逆转，上苍收回了所有的恩赐，甚至连最后的一点希望也要从太子灵手中夺走。

"先喝点米汤，再吃药。"界圭注视着姜恒，姜恒从他的眼里看见了不同于耿曙眼中的神色，较之耿曙眼中的自责、痛苦与难分难舍，界圭眼中流露出的是责备。

这种眼神，姜恒在汁琮眼里也看到过，有时他去殿上议事，见汁琮望向自己的儿子时，眼里便会现出与现在界圭流露出来的一模一样的责备神色。

这眼神仿佛在说：你就是个爱胡闹的小孩儿。

"把药送一半去，给太子喝，能镇痛。"姜恒发现耿曙已出去有些时候了，还没回来。

"担心你自己罢。"界圭看出姜恒的心思，说，"快喝药，喝了睡下。"

姜恒醒来时仍十分虚弱，他解开里衣，界圭将郎煌送来的药为他敷上，那草药十分清凉，乃是氏人祖传的灵药。

姜恒敷上药，喝下大半碗米汤，又喝了镇痛的药汤后，昏昏欲睡，他说道："我躺会儿……我哥回来了再叫我。"说着他倒下头去，又睡着了，一觉不知时日。

花园中，石山上覆了一层雪，结冰的湖面下，鱼游来游去，水草被冻在冰里。

"我得走了。"郎煌在长廊里停下脚步，朝耿曙说道。

耿曙疲惫不堪，神志已有些不太清醒，他竭力摇头，到廊下取了一捧雪，覆在脸上，使劲擦了下。

"说。"耿曙很清楚，郎煌不是特地来向他告别的。

郎煌抱着他的剑，望向花园内飘洒的细雪，这场雪从太子灵攻入落雁城后便绵绵密密地下着，足足下了三天，仿佛在祭奠那些在北方大地战死，却永远不得回归故土的亡魂。

郎煌久久没有作声。

"去哪儿？"耿曙又道。

"还没想好。"郎煌说，"汁琼一定会秋后算账，我必须在他病愈前离开落雁城。"

耿曙："他不会，我答应过你们，会给林胡人一个新的家园。"

郎煌答道："我听说了，太子明岁就会推动变法，但事有万一，我还是信不过你们雍人。"

耿曙："所以呢？临走前，想讨回血仇？"

"打不过你，"郎煌随口道，"暂且只能搁置。等你老到拿不动剑的时候，我会让年轻的林胡人来杀你，就像你打败李宏一样。"

耿曙与郎煌站立于风雪回廊中，耿曙眼里仍带着血丝，一副倔强的面容。

"奉陪到底。"耿曙淡淡地说道。

"风羽呢？"郎煌忽然问道，"死了？"

耿曙轻轻地吹了声口哨，海东青拍打着翅膀，扑棱棱飞来，停在了他的手臂上。

它的翅膀处裹着绷带，是先前飞越玉璧关时，中了一枚鹰箭所致。但汁绫治好了它，它也顽强地挺了过来，并为落雁城带来了大雍重夺玉璧关，走向新生的捷报。

郎煌反手，用手背轻轻碰了一下风羽，风羽没有躲闪。

"它还记得你。"耿曙知道海东青是林胡人在很久以前进献给雍王室的。

"它这辈子见过的人，"郎煌淡淡地说道，"它永远都会记得，不仅记得他们，还会知道他们的儿女，甚至他们的子孙后代，如果它能活得足够久的话。"

耿曙说："你可以留下来，你的仇还没报呢。我等你功夫有成。"

"我不恨你，"郎煌道，"我真的不恨你。我知道，你不过是……说好听点，你是一把刀；说难听点，你是一只狗。想杀林胡人的，也不是你，现在把你的头割下来，又有什么意思？总不能自欺欺人，把杀了你当成报仇了。罪魁祸首，是汁琮。"

耿曙沉默地听着，他承认，确实如此。

"汁琮收养你的原因，想必你早就知道。"郎煌漫不经心地转过头，确认这走廊里没别人后，说道，"但我今天叫你来，不想与你讨论此事。"

"我有一个秘密，是关于你爹的。总有一天我会死，这一天也许很快就会来，我想了又想，还是不能把这个秘密带进坟墓里。"

耿曙："哪一个爹？死了的爹，还是活着的爹？"

郎煌："活着的爹，想听听吗？"

耿曙凝视着郎煌的双眼，他无法判断郎煌是否在说谎。换作姜恒，他一定能够听出郎煌的弦外之音，听出那些被湍流裹挟着的言外之意，那些暗流汹涌的来处。

耿曙素来不懂得揣测人心，他判断一个人是否在撒谎，只能纯粹依靠直觉。

但直觉告诉他，郎煌没有撒谎，也不准备撒谎。

"说罢。"耿曙沉声道，"换个地方？"

"不必。"郎煌说，"我只是想告诉你，你的养父是一个什么样的人。信与不信，都在于你。"

耿曙不为所动："这是我跟在他身边的第五年，在这点上，我比你更清楚。"

郎煌若有所思，他转头望向大雪，伸出手去。

"他杀了他的亲生兄长，"郎煌说，"你知道吗？"

"不知道，"耿曙说，"我不相信。"

郎煌说："十八年前，大萨满为汴琅看过病，他是因为中了一种慢性毒而死的。"

"说话当心点，就算是，与他又有多大关系？"耿曙的声音轻了些，却带着杀气，他虽然手中没有剑，却随时可以一招扼断郎煌的咽喉。

郎煌："想给一国国君下毒，除了太后、汴绫，以及汴琅的妻子姜晴，还有谁有这个能耐？"

耿曙在这点上向来选择毫不犹豫地维护家人，绝不会听信一个外人的一面之词。耿曙说："走，咱们到他榻前去，当面对质。你若说的是实话，我保你不死。"

郎煌却忽然笑了起来，说："还有后面的，你就这么急着想我死？"

耿曙一怔，郎煌又扬眉，缓缓地说道："世上知道这件事的人，只有两个活人、一个死人，现在加上你，变成三个活人了……"

"十八年前，汴琅薨后，为姜晴留下了一个遗腹子。"

耿曙依旧不为所动："所以呢？"

"姜晴生产那天，是大萨满亲自接生的，那年我只有七岁。为姜晴接生当天，大萨满带着我前往宫中，我们在王后的汤药中验出了堕胎的草药。我还记得她怀胎八月时，下身突然血流如注，大萨满让我找到宫外的一个人，是一名御前侍卫……嘱托他一件事。"

耿曙随着郎煌的叙述，眉头渐渐拧了起来。

"大萨满让他到落雁城中找一个死婴，涂上血，带回来，把刚出生的孩子换掉。"郎煌低声说，"御前侍卫没有辜负期望，很快就找到了，他将死婴递给我，由我交给大萨满。大萨满接生出一个婴儿，那孩子没有哭叫，很轻，又是早产，我不知是死是活，包在了一块狐皮里……"

耿曙感觉自己快要窒息了，如果郎煌所说不假，那么……这件事一旦被爆出来，将掀起朝野上下的轩然大波！

雍国尊晋礼，立嫡立长，汴琅死后，该是他的遗腹子被立为太子，继承国君之位……汴琮不仅谋杀兄长，更连姜晴也不放过，甚至还要斩草除根，杀掉尚在襁褓中的一个婴儿！

"我不知道那孩子死了不曾。"郎煌睁大眼，向耿曙靠近了一些，缓缓地说道，"但那不是我该问的，我又把他交给了那侍卫，侍卫将他带出了宫，从那以后，孩子便不知下落。"

"侍卫在何处？"耿曙说。

"也许就在你眼皮底下，当年他戴着一个纯银的面具，想来身居高位。"郎煌说，"至于是谁，那时我年纪尚小，记不清了。"

郎煌眼里带着笑意继续说道："现在，哪怕我暴尸荒野，也不怕这个秘密会随着我的死彻底消亡了。不过，是否告诉别人，你可千万要慎重，毕竟谁知道这件事，谁就将成为汁琮的眼中钉。"

"你为什么告诉我这些？"耿曙眯起眼，喃喃地说道。

郎煌说："因为我期待有一天，你会亲手杀死汁琮。被自己亲手养大的狗撕成碎片，那场面一定很有趣。希望我能活着看到那一天的到来。"

"我不会。"耿曙扬眉，喃喃地说道，"是汁琮养大了我，不是汁琅。"

"你的玉玦由你生父所传，"郎煌的脸上带着恶作剧得逞般的笑容，说道，"汉人中持有玉玦者，要去守护持有另一块玉玦的人。汁泷那一块是偷来的，就像耿渊的主人是汁琅而不是汁琮一样，你，也有你真正的主人。"

"没有这个人，"耿曙带着愤怒的语气说，"我也没有主人。哪怕有，这天底下，也只有一个人。他不是汁泷，不是汁琅，更不是汁琮。"

郎煌与耿曙对视良久，忽然一个柔和的声音打断了他们的谈话。

"我看见他们在为族人收尸，"山泽出现在长廊尽头，"正想前去哀悼。乌洛侯煌，你要走了？"

郎煌的林胡人死伤最多，带来三千人，战死将近两千人，而这两千人，大都是昔日被姜恒在无名村中所救，他们真正做到了有恩必报，哪怕付出生命，也在所不惜。

"生如野草，"郎煌淡淡地说道，"死归星河。有什么可哀悼的？要哀悼也轮不到你来哀悼。"

山泽笑了起来，又道："森殿下。"

耿曙却没有与任何人交谈，他的神经已紧绷到了极限，任何一点风吹草动，都极易让他失控。

他沉默地走过山泽身边，头也不回地离去了。

山泽诧异着，郎煌却略牵嘴角，完成了他最后的使命。氏人与林胡人向来友好，只与风戎人有过小不快。当然，面对雍人时，三族又是一种态度了。

"喝一杯去？"郎煌说。

"不能离宫，"山泽说，"我被下了禁足令。"

"你看看如今的雍人，哪儿还有铁军的模样？现在若号召城中三族军队暴乱，"郎煌说，"只要一炷香的工夫，就大可让一切尘归尘，土归土了。"

山泽轻轻地叹了口气，说："杀了雍人，又来了郑人，你觉得什么时候才能结束？更何况，答应好的事，岂能食言？姜恒还躺着，要是他救不回来了，你再掀起暴乱，凌迟王族不晚。"

"他已经醒了。"郎煌说。

"那么，当真算汁琼命大。"山泽笑得灿烂。

碎 玉 诀

耿曙回到姜恒的寝殿时，看见界圭躺在屏风后，随时注意着姜恒在榻上的细微动作。见他回来了，界圭朝他"嘘"了一声。

"刚服下药，又睡着了。"

耿曙沉默地走上前，查看了姜恒换过药的伤口、喝剩下的半碗米汤，然后在榻下倒头就睡着了。

太子泷耳畔全是血，他在脸上缠了白布，血好不容易止住了。

郑军冲击宗庙之时，乱军之中，那刺客孙英杀掉了太子泷身前的两名护卫，又一剑把他的耳朵削了下来，幸而耿曙及时赶到，否则孙英手中的刀只要轻轻一带，便可将太子泷的脑袋平整地割下来。

"我哥呢？"太子泷忍着剧痛，问道。

周游调了药，说道："他……想必正在忙碌。三族军队还驻扎在城中，咱们现在只有不到一万人了，殿下。"

落雁城中、王宫内，极目所见，一片狼藉，宫中文臣正在以最快的速度处理战后事宜，他们需要统计这场大战的伤亡人数，抚恤将士，埋尸，安抚外族联军，修复垮塌的城墙。

"父王呢？"太子泷又道。

"在重整军队。"周游颇有点担心。现在汁琮强撑着，在朝堂上露了面，设若三族军队知道他受了伤，落雁城又守备空虚，趁机集合起来一把火烧了王宫，谁也拿他们没办法。

换言之，这三天当真是让所有人心惊胆战的三天，局面较之太子灵攻入城更凶险。汁琮则表现出了与他平时完全不同的冷静。

周游甚至有点震惊，耿曙以一敌万，没什么可奇怪的，毕竟他本来就是武学上的天才。但太子泷居然也拿着剑，不顾性命地冲杀得满头是血，以他平日里从耿曙处学到的寥寥武艺，头一次参战，能做到这个地步，已非凡人能及。

所有人都在等武英公主归来，在这之前，一点风吹草动，都令人惊惧不已。

"不会有事的，"太子泷说，"如果我是赵灵，我就不会再来了。"

落雁城的重建工作正在按部就班地进行着，役工顶着暴雪建造工事，汁琮已命令耿曙解散三族联军。但孟和、郎煌与水峻，他们希望确认姜恒醒来，无事后再撤走。

汁琮能说什么？强行解散军队只会显得自己心虚。

"这是姜恒送来的药。"周游说。

太子泷马上就要起身去看他，却被周游好说歹说给拦住了，周游看着太子泷，不禁又叹了口气。

太子泷从小到大见过不少这样的眼神，也听过不少相同的叹息，他早已习以为常。

"你说得对。"太子泷淡然地说道。

周游露出尴尬的表情，他分明什么也没说。但太子泷很清楚，周游在责备他，出城就不该杀回来，如果落雁城陷落，连他也死在城中，雍国就彻底完了。

太子泷又道：“但你也该理解我一点，周游。”

周游沉默着点了点头，这是人之常情，坐在这个位置上的，始终是人，更何况汁珑是个十九岁的少年，他做不到凡事都从最大利益出发来考量。

有时候，感情与冲动，终究会战胜人对利弊的权衡。

眼下太子泷的身边没有任何人，祖母在养伤，父亲带伤坐镇朝廷，姑母在玉璧关统兵，兄长不知去了何处，始终没有露面……

“召集东宫，”太子泷想了想，“尽快恢复朝政秩序。”

周游：“殿下，不急这一时。”

“去罢，”太子泷说，“这就是咱们该做的。”

“您先把药喝了。”周游说。

太子泷喝下姜恒送来的药，忽然觉得很荒唐。失去左耳，是奇耻大辱，数日中，他想得最多的，不是报仇，而是导致这一切发生的、最根本的原因——他的父亲。

只差一点点，只要他们烧毁宗庙。杀掉国君与太子，雍国便将亡国，像越人一般。

可想着想着，他回忆里频繁出现的，还是耿曙的那声嘉许，短短三个字，却跨越了电闪雷鸣，让他久久铭记。

当天下午，东宫再次召开会议，太子泷不仅从管魏处分摊了一部分重整国都的任务，还承担起了曾被占领的山阴、灏城与承州三地的烦琐任务。众幕僚看着太子失去一只耳朵后，脸庞呈紫黑色，纱布上的血迹早已凝固，他们谁也没有多说话，带着耻辱与愤怒，开始处理政务。

太子泷喝下那药，眼皮渐重，最后一头趴在几案上，睡着了。

“殿下？”周游低声道。

“让他睡会儿罢，”曾嵘翻过书卷，叹道，“他太累了，不容易。”

第四天，随着郑军尽数撤出潼关，逃往代国境内，曾宇停下了追击的脚步，夺回了潼关这座雍国的西南大门。

消息传到雍都落雁城，雪停了，阳光灿烂。

姜恒再次睡醒，伸了个懒腰，推了推趴在自己身边的耿曙。

"喂，起床了……"

"起床了！"姜恒声音大了不少，吓得耿曙一激灵，险些从榻上滚下来。外头屏风后，界圭也瞬间弹了起来，两人一起醒了。

"哎哟！好痛……"姜恒的伤口已愈合了不少，山泽让郎煌带来的药十分有效，只是呼吸时仍阵阵作痛。

"没事罢？"耿曙焦急地问道，"哥昨晚上压到你的伤口了？"

"没有没有。"姜恒忙反过来安慰耿曙，转头见界圭一身单衣，站在一侧观察他的脸色。

界圭说："好多了，我去回报太后一声。"

姜恒身上忍不住地痒，想去洗个澡，耿曙绝不能让他洗澡，恐怕伤口沾了水化脓，说道："我给你擦擦身子，你别乱动，仔细扯着伤口。"

外头越女还在，听房中动静，便打了水进来，说道："我们来服侍姜大人罢。"

"不……不。"姜恒正脱衣服，当即满脸通红，说道，"男女有别，我哥能帮我……"

众越女忍不住笑，姜恒实在应付不了这场面，耿曙便让她们都在屏风后等着，让姜恒脱了衣服，为他擦拭身体。

两兄弟的身影映在屏风上，越女们只得转过身去。

姜恒吃不准太后是什么意思，他想得把她们送走，他不想太子灵那事再来一次，便说道："你们都可以回去了，我没事的，伤都好了。"

"姜大人嫌弃我们了？"那年纪最大、名唤安溪的女孩儿笑道。

"没有没有。"姜恒忙道，"比起我这点皮肉伤，我更担心太后……"

"对，"耿曙擦拭着姜恒的肩背，耐心地说，"姜大人嫌弃你们，都回去罢。"

安溪、依水与明纹三人又一起笑了起来，姜恒忽然觉得，有了这些笑声，自己的寝殿变得热闹有趣多了。

"殿下这是吃的哪门子醋？"安溪说，"我们不会对姜大人做什么的，难道您还怕我们仨把姜大人吃了？"

耿曙从来没被开过玩笑，整个雍国上到官员，下到百姓，都对他十分尊敬，连姬霜对他也十分拘礼，他哪里碰到过这么开玩笑的？

"惹不起你们，"耿曙说，"都是夫人的娘家人。"

越女们性格爽朗直率，姜恒知道那亲切感是从哪儿来的了，昭夫人也是越人，她就像一把轻易不出鞘的剑，和这几个母亲的娘家人一样，说话就像剪刀一般，锐利得不行。

"你们也是越人，"明纹笑道，"耿大人自然是越人，不都是吗？七姐就更是了。"

耿曙听到母亲的名字时，动作顿了一顿。

"我们练的都是碎玉心诀，"安溪认真说话时，也带着若有若无的笑意，"姜大人真的不用害怕。"

"不……不是。"姜恒示意耿曙快给他穿上裤子，仿佛她们随时就要进来观赏，然后你一言我一语地评价几句。

耿曙给姜恒穿好长衬裤，想给姜恒换药，却拿捏不住力道，外头明纹看见屏风上的人影不动了，便转过屏风说："殿下，还是我来罢。"

耿曙便不再坚持了，毕竟他怕扯下纱布时太用力，导致姜恒的伤口裂开。他走到室外去，自己打了一桶冰冷的井水冲洗身体。

明纹的手法非常柔和，她轻柔地解开姜恒胸膛前的纱布，没有带下结痂之处。

"氐人的草药很好，"安溪在一旁看着，说，"姜公子再敷两次，便可痊愈了。"

"嗯。"姜恒点了点头，果然自己还是被评头论足了，于是随口岔开话题，问道，"碎玉心诀是什么？"

"一种武功，"明纹给姜恒轻轻上了药，柔声道，"习练此功法，须得一生为处子之身，不嫁人，不生养。"

"哦……"姜恒只是随口一问。

"嗯？"耿曙却停下动作，依稀觉得在哪儿听到过这功法的名字，冷水浇在头上时一个哆嗦，又忘了。

早饭时，耿曙不顾姜恒的反抗，喂他吃了饭。界圭从桃花殿返回，对三名越女说："太后让你们回去，不用看着了。"

"是。"三人便与姜恒、耿曙行礼道别，姜恒才松了口气。

"王陛下让你休息妥当了，先去见他。"界圭说，"你昏迷时，三族王子都来过，稍后你得让他们把联军就地解散，打发族人回去。"

姜恒想起来了，联军如今还驻扎在城中，解铃还须系铃人，耿曙与他一起召集来的援兵，自然也得他们去劝走。

"汁琮是不是怕得要命？"姜恒打趣道。

"他天天吃不下饭，睡不着觉，"界圭难得与姜恒开起了玩笑，"他来找过你许多次了，你昏睡时，你哥一句话不说，就盯着你看……"

耿曙倒不觉得难为情，反而觉得理所当然。

"……我看雍王都快跪下来求你快点醒了。"界圭道。

姜恒心想：你对汁琮当真是半点尊重都没有，还拿他开玩笑，也是无法无天，难怪太子泷不喜欢你。

怀 中 叹

"昨天郎煌找你去说了什么？"姜恒好奇地问耿曙。

耿曙蓦然想起来了，眼里带着惊慌的神色，瞥向界圭。

姜恒不明白发生了什么。

他拍了拍耿曙，界圭则疑惑地盯着耿曙。

"没什么，"耿曙说，"他问我何时撤军。"

他从来不对姜恒撒谎，但这个谎言是有必要的，就像郎煌所说，秘密一旦被更多的人知道，汁琮就会杀人灭口——他必须保护好自己，也保护好姜恒，否则二人会置于危险之中。

也许将来他们有商量这件事的时候，但绝不是现在。

姜恒说："得让他们尽快撤出落雁。"

"我故意的。"耿曙说，"刚救完王都，不能过河拆桥，你让退兵，叫他们过来就是了。"

耿曙的心情还未平复，眼神有些游移不定。汁琮弑兄一事，原本与他并不那么相干，那归根结底是王室的事。无论真正的太子被界圭送去了何处，是否还活着，都与姜恒没有半点关系。

姜恒想去见见几名外族王子，耿曙拗不过，只得拉着姜恒的手，陪他去。

这日午前，太子泷睡醒后，听了幕僚简短的回报，看过城内急需重建的案卷，着曾嵘抱着文书，亲自前往汁琮书房回报。

他有很多话想说，却还不是时候，现在最重要的是将自己的事做好，父亲、姑母、祖母都在履行各自力所能及的责任。

汁琮正与卫卓、管魏二人交谈。卫卓从城墙上摔下来，导致右手骨折，用绷带将断手吊在身前，一夜间苍老了不少。

太子泷道："工寮提告，战后重建的详情出来了，请父王过目。"

"派人去做罢，"汁琮的声音依旧很有力量，"不必看了，需要多少钱，管相给批下。"

曾嵘朝管魏行礼，管魏便示意他跟自己来，不一会儿，卫卓也退下了，剩下父子俩打量彼此。

这是太子泷战后第一次看见父亲。

汁琮则朝他招了招手，说："过来。"

太子泷走上王案前，汁琮让他坐在自己身边，慢慢地解开他缠在头上的纱布，看他左耳处的伤口。

"我以为你不会回来。"汁琮的声音很稳，冰冷的大手却有点发抖，"你不该这么做。"

太子泷低声道："其实我没想过走。"

汁琮叹了口气，说："爹做这一切，为的就是能让你活下去，幸亏汁淼来救……"

"还有姜恒。"太子泷提醒道。

汁琮解完所有的纱布，看着儿子本该是耳朵的位置，如今却空空如也，只有被瘀血阻塞的一个洞。

他停了一会儿，又说："你若死在宗庙前，一切就全完了。"

太子泷没有回答，眼神却一目了然，是啊，如果死在宗庙前，就全完了，可是这一切是谁之过？牛珉被车裂时，鲜血满地的场面仍然历历在目。

汁琮也意识到了，叹了口气，把太子泷抱在身前。这是汁泷十四岁后，父亲第一次抱他，但一切并不自然，太子泷侧过头去，轻轻叹了口气。

他只能与父亲和解，别无他法。

"你没有错，"汁琮沉声说，"是爹的错。"

他的错误，让儿子永远地失去了一只耳朵，这几日来，他始终在反省。

"歇会儿，"汁琮放开儿子，看着他的双眼，说道，"别太累了。"

"大家都在忙，"太子泷说，"必须尽快重建家园，百姓要有住的地方，城墙也得尽快补上，要不是王兄回来……对了，爹，姜恒醒了。"

仿佛与太子泷的话相呼应，书房外传来通报。

"王子殿下与姜大人求见。"

"进来罢。"汁琮把儿子耳朵处的伤口包扎上。

姜恒进来时，看见汁琮一只手搂着汁泷，另一只手正在为他轻轻地包扎。这一幕让他有点难过，如果父亲还活着，想必自己就不会被刺客所袭，但转念一想，耿曙代替了他们的父亲，而许多事，总是要自己去面对的。

"恒儿！"太子泷马上担忧地问道，"你没事罢？"

"别动。"汁琮耐心地吩咐道。

"我看看。"耿曙上前来，一膝跪在王榻上。姜恒也凑过来，三人围着太子泷的伤口端详起来。

"我那儿有药。"姜恒说。

太子泷说："昨天你送来的药止痛效果很好，我已经服下了。"

汁琮脸色稍稍一变，却没有吭声。

"外敷的，"姜恒说，"能让你的伤口尽快愈合。"

汁琮沉默片刻，朝耿曙问道："都好起来了？"

太子泷想看看姜恒的伤，耿曙却不让他碰姜恒，说："再休养几天，便无大碍。"

姜恒问："听得见吗？"

太子泷答道："声音时大时小，不碍事，哪怕真听不见了，还有右边耳朵呢。"

按理说外耳没了，只要不伤及耳膜，对听力影响不会很大，只会使声音小些，但太子泷耳道里堵着血，所以总是听不清楚。

汁琮说："有什么药，都给他就是，汁淼，带你弟弟去取。"

姜恒知道汁琮有话与他说，便朝耿曙点头，示意没关系。耿曙叹了口气，这几天里他寸步不离地守着姜恒，忽略了另一个弟弟，此时多少想补偿一点，便领着他走了。

书房内只剩姜恒与汁琮，两人沉默无话。

"我提醒过你的。"姜恒说。

"不要翻旧账了。"汁琮说，"你就与你爹一般，喜欢翻旧账，然后幸灾乐祸地看我笑话，看我狼狈。"

"我爹喜欢翻旧账吗？"姜恒扬眉。也许因为他与耿曙救了整个落雁，今天的汁琮，难得地流露出一点悔意。

汁琮却没有回答，他想起了许多往事，看着姜恒缓慢地挪到案边，在他右手下入席就座，那动作显示他的伤也不轻，至少比亲儿子的伤更严重，汁琮心里有股说不出来的滋味。

方才那一刻，耿曙、姜恒围在太子身边时，汁琮生出了一个奇异的念头——他们仨仿佛都是自己的孩子，那一刻他几乎想与姜恒和解了。

他亲生的孩儿，论武艺，比不上耿渊的儿子；论文韬，更比不过兄长的遗腹子。有时他甚至暗地里希望姜恒也是他的儿子，姜恒是如此优秀，如此从容，从小未曾被当作国君培养，举手投足之间，却自然而然地有着太子的气质。

他要是我的儿子，该有多好啊？汁泷实在比不上他……

汁琮偶尔这么想，却又有了背叛汁泷，背叛那个时时以他为一切的、视他若天地的、全心全意相信着他的、那个弱小的儿子的负罪感。

他不是没想过和姜恒亲近一点，以弥补毒死了姜恒的父亲、自己的亲兄长的滔天大罪，但就像耿曙拒绝汁泷一般，汁琼自己同样也本能地拒绝着姜恒。

"王陛下。"姜恒认真地说道，同时流露出那让汁琼抗拒的神色。

"你说得对，是我错了。"汁琼提前堵住了姜恒的话头，以免被他说教。这小子比管魏还难对付，管魏已经很久没有训教过他了，大家都是成年人，相伴几十年，或多或少会给对方留点面子，但姜恒从来不。

姜恒半点诧异都没有，到了这个份儿上，再不反省，汁琼也不像个国君了。

"亡羊补牢，为时未晚。"姜恒说。

"嗯，"汁琼想的却是另一件事，"孤王确实太轻敌了，这几天里，回想起你的话仿佛仍然在耳畔，孤王自高自大，不可一世，多年未有败绩……未有实质上的败绩，乃至我目空一切，忽视了大雍面临的危机。"

汁琼改口为"实质上的败绩"，因为他始终不愿承认，自己在玉璧关险些死在姜恒那一剑下是"败"，那只是他们的个人恩怨。这几天里，他甚至想出了一个理由自圆其说，即姜恒是兄长派来提醒他的，他们的境地已经非常危险了。

"……从今往后，"汁琼居高临下地审视着姜恒，说，"孤王会认真对待每一个敌人，无论是国内的，还是国外的；是身边的，抑或长城对面的。"

姜恒并未听出汁琼的弦外之音，认真地说道："雍人自恃有铁军在手，傲慢不已，由来已久。王陛下若能从此次大战中醒悟过来，不失为一桩万幸之事。"

汁琼长长地吁了口气，说："变法需要尽快推行，武英公主初夺玉璧关，也得稳住，此时不能再添内乱了。"

姜恒听出了汁琼的言外之意，说："王陛下大可放心，三族联军，我哥都让他们散了，也该回家过冬了。"

汁琼"嗯"了一声。姜恒非常聪明，更难得的是二人有着默契，所以姜恒醒来之后做的第一件事，就是遣散联军。

"我让我哥按雍人战士的标准，抚恤各族，一视同仁，想来您不会介意。"姜恒说。

"不介意。"汴琮说，"危难之时来救，足见忠诚。"

姜恒继续说道："林胡人的反叛之罪，也希望王陛下能予以赦免。"

"让东宫出一道特赦令，"汴琮淡淡地说道，"氐、林胡二族可免，但发放其东兰山领地，依旧须谨慎。"

姜恒想了想，说："军队虽然散了，三族的王子，我却想让他们依旧留在东宫。"

汴琮一怔，沉吟片刻。姜恒解释道："此次落雁城险些覆灭，得三族不计前嫌相助才得以存活，大家都是一条船上的人，所谓同舟共济，正是如此。雍国存，则三族存；雍国灭，则三族灭。关内四国不会将风戎、林胡与氐分别看待，只会把他们武断地划入雍人的队伍中，一荣皆荣，一损俱损，关内人一旦征服雍国，三族将会从雍人的奴隶转换成他们的奴隶，处境绝不会变得更好。这么简单的道理，他们不可能不明白。"

"……所以，我让孟和、山泽与郎煌入东宫，协助太子，"姜恒认真地说道，"一来可联合外族；二来名义上是外族内务自理，实则东宫对此亦可做出对策，影响他们的决定；三来更能确保来日太子继位后，政权得以延续。"

"风戎大王子朝洛文是军团左将军。"汴琮想了想，说，"两名王族，按理说只要有一位在雍国朝廷任职就够了，两个太多……罢了，按你说的来罢。"

姜恒点了点头，扬了扬眉，示意：你终于听得进话了。

"玉璧关看似已夺回，"姜恒说，"却仍然处于险境，不可掉以轻心。"

"不错。"汴琮道，"郑国虽退，下一次联军来袭，当是趁开春或入夏，届时盟主将会换成代、梁二国之一。"

姜恒听见这话，便知道汴琮已经听过了管魏的分析，不必再在这件事上浪费时间。

"城墙需要补上，这很重要。"姜恒又提醒道，"落雁城的百姓需要过冬，灏、山阴、承州三地又被敌人占领过，一定遭受了掳掠。今年入冬以来，气温虽长时间回暖，但酷寒将来，形势势必会更严峻。以国君之身，最重要的不是城墙，不是防御，而是您的百姓，王陛下。"

汁琮说："战后赈灾之事，着东宫去操心罢，记得给孤王留点钱，姜恒，你比孤王更清楚，做什么都是要钱的。"

"冬至可以过得隆重一点，"姜恒说，"发放钱粮罢，您需要凝聚人心，抚平百姓的伤痛。"

汁琮："知道了，管相也是这么说的。"

姜恒点了点头，慢慢起身。汁琮见他已有告辞之意，正想勉励几句，哪怕他们是不死不休的仇敌，姜恒也带着大军来，保全了大雍与王室，救这个国家于水火，如今他们暂时处于合作关系，乃是真正的惺惺相惜。

孰料姜恒却挪上王案，按了下汁琮的脉搏，确认他的伤势。

"小意思。"汁琮是第二次如此近距离地与姜恒相对，第一次，则是在玉璧关时，他把姜恒搂在自己的怀里。

这个时候，汁琮只需要突然出手，便可扼住姜恒的脖颈，让他在恐惧中睁大双眼，露出万般不解的神情，接着再捏断他的喉骨，让他在痛苦中死去。

汁琮确实有这个念头，这是他距离亲手杀死姜恒最近的一次。

桃 花 殿

但就在这一刹那，他清楚地感觉到，姜恒身上流淌着自己兄长的血，与他、汁泷一脉相承，那是汁家的血液、汁家的力量。这血脉的力量仿佛发生了某种共振，仿佛先祖的灵魂齐齐出现在书房中，守护在姜恒的身后，令他有所畏惧。

于是，汁琮再一次错失了杀死姜恒的极佳机会。

"保护好您自己。"姜恒收回手，确认汁琮没有大碍，放下了心。这个时候，汁琮千万不能死，他已经看出来了，太子泷虽已是储君，却还需要成长与建立功绩。

只有汁琮活着，大雍的战车才能继续向前。

"也保护好你自己。"汁琮淡淡地说道。

姜恒躬身告退，汁琮却忽然叫道："恒儿。"

姜恒："嗯？"

姜恒抬头时，看见了汁琮眼里复杂的神情，哪怕他自诩洞察人心，亦极难解读出其中意味。

汁琮沉默了半晌，说："去看看你姑祖母。"

"是。"姜恒说。

桃花殿外，几名越女正在扫雪。

姜恒带着界圭入内，姜太后正在喝药，耿曙与太子泷坐在殿侧，安溪正在为太子泷上药，带着笑意一瞥姜恒，眼中之意是：你看，太子都这么规矩听话，就你事多。

姜恒只好假装没看见，上前拜见了姜太后。姜太后裹着厚厚的袍子，看不出伤在何处，脸色如常。太后与往常一般，淡淡地点了点头。

"你娘生前是不是带着伤？"姜太后问。

"是。"姜恒说。

耿曙拍了拍自己身边的空位，让姜恒坐过来，答道："夫人一向有旧伤，那年郧、郑在浔东大战，她为了刺杀敌将，伤势才无可挽回。"

姜恒始终不知道母亲的伤是如何落下的，但见姜太后无意多提，便也只得作罢。

太子泷朝姜恒说："恒儿，你现在能处理政务吗？"

"你且让他歇会儿，"姜太后皱眉道，"他伤在不显眼之处，却丝毫不轻。"

太子泷叹息着点了点头。界圭进入桃花殿后，便站在了姜太后的身旁。此时姜太后做出了一个微小的动作，与界圭交换了眼神，界圭不易察觉地点了点头。

姜恒忽然从这个微小的动作里察觉到了蹊跷——姜太后知道的！她知道界圭扔着太子灵不管，去找自己了？或者说，从一开始界圭就没打算刺杀太子灵，他的目标始终是自己，这是太后交给他的任务！

换了别人也许会感动，姜恒却总觉得哪里不对劲，他与姜太后这位姑祖母相处的时间不多，可通过母亲姜昭，他与姜太后建立了某种特别的联系。

姜太后不该是这样的人。

国难当头，又是一场不死不休的亡国之战，姜太后一定无所畏惧，她既不畏惧自己的死亡，也不畏惧儿孙们的死亡，世上没有什么能挫败她，要挟她，哪怕赵灵押着汁琼与汁泷，将刀架在他们的脖颈上，姜太后也不会退让。

他姜恒的安危，不该在她的考虑范围之内，她反而应该抱着即便拼个鱼死网破的结局，也要取太子灵性命的决心，让太子灵知道他既然敢打落雁，就要做好有来无回的准备。所谓宁为玉碎，不为瓦全，正是如此。

为什么呢？姜恒想不明白，自己的命有这么重要吗？

"倒不全是政务，"太子泷的声音让他回过神来，"国库空虚，已有好些时候了，过冬的物资更是短缺，三城先是被占，又遭掳掠，百姓生存的物资被抢走了不少。"

姜恒道："我已有办法了，通知宋邹，让他把嵩县的钱粮火速押送过来，再拿出国库内的银钱，通过嵩县，从郢国秘密采买物资。"

太子泷听到这话时，瞬间感到如释重负：谢天谢地，百姓不会饿死了。

"就怕郢国不卖。"耿曙朝姜恒说。

"会卖的。"姜恒侧过头，朝耿曙解释道，"他们的敌人向来不是咱们，若不是爹杀了长陵君，郢国与雍国之间本不该有什么深仇大恨。"

太子泷说："得以东宫的名义写一封信，暂时朝郢国低头。事到如今，只能这样了。"

"我来写，"姜恒说，"你抄一次就行。"

"既然没有深仇大恨，"太子泷想了想，说，"长陵君为何当年参与会盟？"

姜恒说："五国大战，总要捞点好处不是吗？这回郢国出力原本也最少……"

"不谈国事。"姜太后依旧是那平静的语调。

界圭笑了起来。

姜恒伤势恢复后，最关心的就是国事，耿曙有时会陪他聊几句，但耿曙对除军务之外的事毫不关心，反而与太子泷凑在一起时，两人总有说不完的话，姜恒负责说，太子泷负责成为他最忠实的听众，就像两个小孩儿般，说到天黑也说不完。

从这点上看，姜恒与太子泷反而是彼此的知己，耿曙还差那么一点。

"听说姑祖母在宗庙前动了刀兵，"姜恒道，"没事罢？"

"嫁给你姑祖父后，武功荒怠了，心法也丢了，也没有再杀过人。"姜太后淡淡地说道，"但要杀起人来，也不会手软，放心。"

太子泷说："车倥的首级呢？"

"送回去给赵灵欣赏了，"姜太后道，"不自量力的蠢货，这就是他应得的下场。"

"车倥……死了？"姜恒彻底被震撼了，一年前他还在郑国见过车倥，车倥个头魁梧，威风凛凛，更是习武之人，没想到在宗庙前，竟不是姜太后一回之将。

姜太后只是冷哼一声，朝远在千里之外的郑人表达了自己的蔑视。

"伤亡如何？"耿曙忽问道，行军打仗多年，他最关心的就是伤亡。

"十四人，"姜太后说，"已按宫内规矩抚恤了。"

当年越国亡国后，逃到大雍的越人如今已大多混入百姓之中，组成了新的雍人，耿、卫二家就是越人派系。姜太后身边有二十四名侍女，俱是武艺高强的越女，为了守护太后与太子，伤亡惨重。

姜恒叹了口气，姜太后又道："打仗，就要死人，今天死的是车倥，明天死的说不好就是我了。大争之世，王道沦丧，不再是当年各国集结队伍，彰显国力，比拼一场后便好聚好散的时候。该断则断，绝不能心软，冲动冒失，即是昏庸，不然如何保护你们的百姓？"

那话是提醒姜恒，同时也是提醒太子泷。姜太后还没与孙儿算账，太子泷该跑的时候不跑，若非耿曙来救，这时便只落得一个亡国的下场了。

"是。"太子泷道。

"用饭罢，"姜太后说，"用完各自回去忙活，莫要在我一个半截入土的老婆子这儿虚耗光阴。"

午后，界圭依旧跟在姜恒身边回去。这天东宫正式恢复朝政秩序，减轻了汴琼与管魏等人的负担。姜恒再次露面，这次东宫诸门客待他的态度，已截然不同。

他与耿曙救了这座城中的所有人，既救了王族，也救了士大夫们的家族。敏锐的人已看出来了，姜恒在朝中被按相国的身份来培养，也许他将是管魏的接班人——假设没有意外的话。

耿曙向来不居功，保护家人对他来说是天经地义的，众人便纷纷冲着姜恒去道谢了。

"少了人？"姜恒见东宫内缺席七人。

"没来的，"曾嵘说，"都在战乱中死了，除了牛珉，牛珉被车裂了。"

得知牛珉被车裂的消息，姜恒只觉十分难过，所有的欣喜之情因此被冲淡了。余下六人则在守护太子泷杀回落雁时，在战乱中遭到了郑军不分青红皂白的屠杀或是被乱箭射死。

姜恒望向太子泷的眼神里带着责备，如果当时自己在场，绝不会让牛珉有机会开口，落得这么一个结局。太子泷却更为痛苦，姜恒也不忍心再说他。

"变法的事务须得重新分派，"太子泷说，"今天将空缺人员的事务重新分配。"

"稍后再议。"耿曙朝太子泷说，"有件事先要宣布。"

众人停下动作，看着耿曙。耿曙思考片刻，与姜恒交换了眼色，这是他路上就想好的，姜恒挟此大战的余威，也成功说服了汴琼。

"择日不如撞日，"耿曙道，"叫人去请林胡王子郎煌、风戎王子孟和。"山泽就坐在太子泷身后。

太子泷早在开战前便与姜恒商量过，知道是时候了，便解释道："此番落雁大战，多亏有王兄带回三族联军。这也教给了我一个道理，大雍面对难关，须得团结三族，一如多年前亲如手足，因此我觉得，须得为他们在东宫增设席位。"

曾嵘说："本该如此。"

东宫无人反对。虽说外族人进东宫参政，在历史上是前所未有之事，但这次大战让所有人都明白了，内部分裂与争斗将虚耗国力，只有团结一心，才能渡过所有的难关。

三族人不计前嫌，表现出了忠诚，雍人也自当给出回报。何况山泽在东宫充任幕僚的数月里，极少插手雍人的内务。

孟和与郎煌来了，两人都带着一身酒气。郎煌说："我看要是来读书做文章，就免了罢？让山泽代替我俩……"

"你就坐罢！"姜恒终于忍无可忍地说道，"哪儿来这么多话？"

众人都笑了起来，太子泷与外族互相不太了解，幸而姜恒能镇住孟和，孟和便笑嘻嘻地坐了。

郎煌脚步虚浮，先是朝太子泷行礼，再随意坐下，解了胸襟袄带，露出健壮的小麦色胸膛散热。

"那么，将牺牲的几位大人所分到的事务重新汇报上来，"太子泷说，"姜恒予以分配一下。"

东宫内传来沙沙声，幕僚们正在各自整理案卷。

"酒！有吗？"孟和说。

"没有。"姜恒说，"喝酒外头喝去。"

郎煌倚在柱下懒懒地坐着，衣服大敞着，大大咧咧地说："我其实没有什么意见。"

太子泷说："这是你们的机会，林胡需要什么，不需要什么，都能通过变法来实现，你若不珍惜，我便收回去了。"

太子泷威严还是在的，这一次冒了大险回救落雁，已得到林胡人的认可。

姜恒眼里带着笑意，看了郎煌一眼，示意他不要托大。

"我不是说了对变法没有意见吗？"郎煌道，"让姜恒、山泽他们去处理就行了。"

"你连第一天上朝也不乐意吗？"姜恒说，"好歹也坐到我们散朝罢。"

姜恒心里也清楚，孟和只喜欢游手好闲地打猎，要么就是参战，根本坐不住，比耿曙还难伺候。郎煌则不喜欢与雍人打交道。姜恒原本与太子泷商量的是，外族王子们爱来不来，给他们保留席位，随时可来。

这样他们有话要说，便可来说，想旁听也随意。

"这地方有人想杀我，"郎煌说，"我浑身不自在。"

"没有人要杀你，"太子泷说，"往事一笔勾销了，乌洛侯煌，我还没朝你谢罪呢。"郎煌摆摆手。

忽然，耿曙神色变了，想起一件事。

他望向界圭，仿佛明白了什么。

界圭要杀郎煌，当真只是巧合？当时他完全可以睁一只眼闭一只眼，为什么要冒着让姜恒生气的危险，也要借自己的手除掉郎煌？太不值得了。

耿曙自己从来就是把"让姜恒生气"看作天大的事，只要有别的选择，他就绝不会让姜恒生气，这点细微的不合理，顿时引起了他的警惕。

"哥？"姜恒诧异地叫道。

耿曙回过神，答道："没什么。"

郎煌似笑非笑地看看耿曙，看看姜恒，又把东宫里所有人打量了个遍。东宫里充斥着一股酒气，太子泷完全不理解，这群蛮子为什么这么喜欢酗酒，只得抓紧分派了任务，就让人散了。

血 月 门

深夜。

"你这几天是不是有心事？"姜恒说。

"没有。"耿曙为姜恒铺床，回头看了眼屏风后界圭的影子。界圭一如既往地跟在姜恒身边，始终不说话，姜恒已经习惯了他的存在。

"真的吗？"姜恒朝耿曙问道，"你从来不骗我的。"

"嗯。"耿曙答道，"只是担心你伤没好，每天忙活这么多事，怕你身体受不住。"

不管发生何事，姜恒都知道耿曙不会骗他，便不再追问。

"睡罢。"耿曙躺到榻上说。

姜恒稍稍侧身，枕在耿曙的手臂上。耿曙怕碰到他的伤口，离得远了点。

"界圭。"耿曙忽然叫道。

"嗯。"界圭在帷帐外答道。

"让他在那儿，"姜恒说，"没关系。"

界圭跟随在姜恒身边，也就意味着他与耿曙没有秘密，他们不管说什么，都默认了太后是可以知道的。耿曙起初觉得界圭会事无巨细地朝汁琮汇报。但郎煌的话，忽然令耿曙生出了异样的想法。

"你什么时候进宫的？"耿曙道。

姜恒："嗯？"

姜恒不明白耿曙为什么会对界圭的身世感兴趣，他很少与家人之外的人说无关紧要的话，对别人漠不关心。

姜恒捏着耿曙的下巴，让他稍稍转头，朝向自己，眼里带着询问的神色。

耿曙低头看着怀中的姜恒，做了个禁言的手势。

"很久了，"界圭说，"久得记不清了。"

"你和我们一样，是越人，对吗？"耿曙又说。

"也许是罢。"界圭随口答道，"你俩觉得自己是越人吗？你们的爹，很早便跟着汁氏到北方来了，怎么？"

"你认得姜晴，"耿曙又道，"也认得夫人。"

界圭："哪个夫人？"

"昭夫人。"耿曙说。

"姜晴认得，"界圭说，"姜昭不熟，惹不起她。"

姜恒笑了起来，想到向来是谁也惹不起母亲的。

耿曙却忽然想起了很久很久以前的一段记忆，那已是八年前的事了，久得他甚至无法确定那件事是否真实发生过……

那是个夕阳如血的傍晚，是昭夫人离开他们的前一天。

"我所修炼的碎玉心诀与天月剑相配，"昭夫人远远地说，"你是男人，学不了，黑剑心诀须得常练，不可荒怠。"

"是。"耿曙知道那话自然是提醒他的。

"碎玉心诀是什么？"

当时姜恒还问了她。

"宁为玉碎，不为瓦全。"

耿曙有时回想起来，昭夫人的话一向很少，但每一句话都仿佛别有深意。

他也是个话少的人，得到姜家抚养后，话就变得更少了。他总觉得那天昭夫人还想告诉他什么。

碎玉心诀……

耿曙又想起了白天明纹所说的话：学碎玉心诀，须得保持处子之身，那么姜恒……

他转过头，看着怀中的姜恒，姜恒喝过药，已睡着了。

他伸出手指，撩起姜恒的额发，仔细看他的五官，细细地看他的眼睛、鼻子、嘴角。记忆中父亲的面容早已变得模糊不清。

他按捺住令自己恐惧的念头，目光瞬间移开，却很快转回，驻留在姜恒温润的唇上。接着，姜恒无意识地搂住了耿曙的脖颈，耿曙竭力把某些事从自己的脑海中驱逐出去，闭上双眼。

不，不会是这样的。耿曙尝试着说服自己，并试图把这个可怕的想法忘记。

深夜，汁琮寝殿。

"界圭出城后什么也没有做，我怀疑他根本就没有刺杀敌将的打算。"卫卓吊着一只受伤的手臂，朝汁琮回报道，"当时我们的刺客看见他直奔城外，提着黑剑去找姜恒了。"

"不，"汁琮说，"不可能。"

卫卓提醒道："姜恒受伤后，是界圭抱着他回来的。"

汁琮不敢细想。这意味着什么？界圭出去保护姜恒，难道是太后的授意？他宁愿相信是姜恒在游历的半年里与界圭建立了感情。

"那半年里是界圭陪着他。"汁琮说，"我听说过，界圭也是个性子发痴的家伙，与姜恒做了什么事……也不一定。"

当年界圭与自己兄长汁琅的那点破事，闹得满后宫皆知，搞得朝廷上下全在议论。界圭还一副无所谓的模样，汁琅只得将他暂且放逐出去，等风头过了再召他回来。

界圭曾经是兄长最亲近的人，一个男的，待另一个人这么好，汁琮实在是有点受不了。

卫卓说："当初将界圭从太子身边调离，拨给一个外人，这也是臣感到奇怪的。"

"姜恒，"汁琮道，"是王室的亲戚，又是姜昭名义上的儿子……不奇怪。"

汁琮沉吟不语，太后如果知道就麻烦了，她是他的生母，当然也是兄长的生母，当年的事她万一全清楚呢？一个儿子杀了另一个儿子，她别无选择，只得屈服，因为如果把他也处死，先不说她能否下这个决定，如果他死了，雍王室就彻底无人继承王位了。

这么多年里，太后会不会一直在忍着？小时候虽听说她也是会武艺的，但汁琮从来没见母亲动过手。这次宗庙一战，母亲竟然取了车倥的项上人头！可怜车倥也是有名的大将，在天月剑面前竟毫无还手之力。

这是母亲给他的警告吗？汁琮越想越恐惧，这不可能。

就算是，他又能如何？连母亲一起杀了？

汁琮："……"

"不可能。"汁琮朝卫卓道。

"王陛下还是早做防范的好。"卫卓说，"不管是谁，接下来，我们势必将面临有史以来最为混乱的内外交战。"

"不错。"汁琮说，"让你选的卫队，选了不曾？"

卫卓说："臣重新甄选过了，这群人乃是昔年越地亡国后，远走西域的一支越国后裔，俱已改作西域人姓氏，他们的师门曾有过与海阁抗衡的实力，名唤血月。"

"又是胡人。"汁琮道。

卫卓说："未来十年中，我们需要大量的刺客，中原成名的五大刺客，罗宣是那小子的师父，界主使唤不动，神秘客不知是何人，耿渊、项州已身故，实在无人可用。"

"他们要什么条件？"汁琼说。

"血月的门主名唤'血月'，不知是男是女，当初也想过入主中原，却被海阁阻挠。如今传闻海阁已离开神州，血月想要人，"卫卓说，"要六岁的孩子，中原人的孩子，雍人的孩子，越多越好。他们还要地，要剑门关西北到河西走廊的地域。他们想建国，建国后，便与雍国通商，未来雍国收复中原后，他们再和洛阳通商。这块地与中原互不接壤，素来是神州化外之邦，臣觉得可以给他们。"

"地没关系，人上哪儿找去？"汁琼道，"孤王也要人，你生给他们？"

"不着急，"卫卓说，"只要允许他们自行挑选，血月便愿意派出十二名弟子，为王陛下效力。"

"太少了。"汁琼说。

"他们每一个都有当初耿渊的实力。"卫卓道。

汁琼："不可能，否则中原早就落到他们的手里了。"

"他们还想在王陛下成为天子后，"卫卓说，"讨要耿渊大人的黑剑。臣说这不行。"

"黑剑倒是可以。"汁琼说。

卫卓十分震惊，汁琼竟愿意将黑剑给人？

"但这……归根到底，是耿家所持有。"卫卓志忑地说道，他可不想去找耿曙要黑剑，否则耿曙一定不介意用这把剑捅死他，毕竟当年死在这把剑下的，都是有名有姓之辈。

"黑剑最开始也不是耿家的，"汁琼道，"汁森从来没用过它，我看他也不如何惦记他爹的事。到时再说罢，等孤王当上天子，要什么没有？"

汁琼有一点倒是说对了，耿曙确实不在乎自己是否拥有黑剑，即便只给他一把火钳他也能杀人。何况除了姜恒，天下所有的事，他都不怎么在乎。

而当耿曙与汁琼面对面时，一个念头便再次从他的脑海中浮现，并非他所恐惧的那件事，而是：面前这个男人，为了夺权，毒死了自己的亲生兄长。

权力有这么重要吗？耿曙实在不明白。他对人世间最初的眷恋，全从父母身上习得。耿渊虽然双目已盲，却仿佛早就看开了一切。生母聂七一生的幸福亦只系于父亲一人。

他与姜恒不一样，与汁泷更不一样。

他无法想象，与汁琅一起长大的汁琮在做出那件事时，内心是什么感觉。他有时忍不住想问养父，但他最终还是没有问出口。

这一切也许是郎煌的阴谋。耿曙如是想。

设若郎煌把这件事告诉了姜恒，以姜恒的头脑，马上就会把所有的前因后果联系到一起，推出事情的唯一结论。但耿曙没有，他拒绝真相，因为这个真相一旦被证实，足以让他的人生从此垮塌。

"儿？"汁琮说。

耿曙回过神来。郑军铩羽而归三天后，武英公主回来了，汁琮马上召开了军方的核心会议。

汁琮觉得很奇怪，自从姜恒回来后，耿曙就总是在会议上走神。

父子二人彼此揣测着对方的心思，都带着警惕。

"你觉得呢？"汁绫风尘仆仆赶回王都后，肺都要气炸了，来不及喝杯水，便在会议上表达了她的愤怒：一定要找郑国复仇！

陆冀说："现在物资短缺，又是一年中最不适合出兵的冬季，冶铁、运粮都要重新规划，百姓需要重建家园，武英公主……"

说来说去，说到底只有两个字：没钱。

"恒儿说得对，"耿曙朗声道，"胜军先胜而后求战，败军先战而后求胜。要发起举国之战，功课要做在上战场之前。"

汁绫有点意外，心想：好罢，果然耿曙什么都听姜恒的。自从姜恒回来以后，耿曙就像变了个人似的。但此刻姜恒已证实了他的所有预测，不听他的，只有死路一条。

"所以你的意见，也是不可开战。"汁琮说。

"现在不行，"耿曙说，"打不赢，联军不能出关，他们不熟悉关内的作战方式。"

汁绫希望调动所有兵马，借着国内军民们的怒火冲出玉璧关，先把安阳打下来再说。他们现在有三族联军六万人，汁绫手上有六万人，王都一万御林军，宋邹手里有王军两万，共十五万兵力，而梁军常备军只有十万。此时不打，更待何时？

可惜耿曙直截了当地拒绝了她。

她知道吗？知道汁琼杀了她哥哥的事吗？耿曙心里还在想另一个问题：她与汁琼更亲近还是与汁琅更亲近？她会不会也参与其中？他回忆起与姑姑相处的一点一滴，他相信她不会是这样的人。

在她的心里，家人是最重要的，这也是耿曙愿意听从她的原因。

"最好的办法是，"耿曙说，"解甲，保留常备军编制，放风戎人回家。其他的，来年再说。其实各位自己心里都清楚得很，何必要我说出来呢？"

姜恒最常用这招攻心之计，他清楚争执的源头在何处，并总是不留情面地指出大家不愿意承认的事实。耿曙也学到了，废话说再多，不如大家说实话节省时间。

殿内十分安静，汁琼带着欣赏的目光看着耿曙。他长大了，他不再冲动。在军方一致要求发起复仇战的时候，他仍然能够保持头脑清醒，知道这场仗不能打，这很难得。

姜恒鲜少对军队中的事务指手画脚，也很少在耿曙身边出谋划策，这是汁琼得以容忍他的原因之一。姜恒相信以耿曙的军事才能，不需要自己多嘴也能应对这种局面。

"什么时候复仇？"汁绫说。

"等到东宫有能力战胜郑国的时候，"耿曙朝汁绫说，"我觉得快了。"

汁绫面对文臣们的劝说，来一个骂一个。陆冀劝，汁绫便道："死的不是你的弟兄！"管魏劝，汁绫便说："没钱出去抢就有啦。"

最后她还是在自己侄儿面前让步了，她承认耿曙早已青出于蓝，才能在自己之上，他觉得不能打，就是真的不能打，打不赢就是打不赢。

"别让我等太久。"汁绫说。

"不会的，姑姑。"耿曙答道，安抚了除姜恒之外，他最喜欢的这个家人。

固 城 墙

真正的寒潮来了，一夜间落雁城遭遇了前所未有的考验。士兵们放下武器，成千上万人投入了抢修城墙的工事；工寮建设暂停了，工人们纷纷去修理被毁坏的房屋；氐人为雍人送来过冬的粮食与物资；林胡战士们无处可去，便留下帮助雍人修复城市。

姜恒在十天内完成了所有的活计，伤势也已大致痊愈。临近冬至的黄昏，太子泷说："我们出去走走罢，姜恒。界圭，可以陪我们一会儿吗？"

界圭拉起斗篷，挡住脸庞，看了眼姜恒。

姜恒欣然点头，问："殿下想去哪儿？"

"去看咱们的哥哥，"太子泷答道，"他率军修复城墙，已有好些天未曾回宫了。"

但太子泷不知道的是，耿曙每天深夜都会回宫，陪姜恒睡到天蒙蒙亮，又在疲倦中起身，换上铠甲，到城南去，顶着寒风，与每个士兵一样，以自身的力量拖动砖石，打下新的地基，修建起牢固的城墙。

姜恒与太子泷选择了步行，他们穿着朴素，一如城中的平民少年。这是他们的家园、他们的族人。百姓经历了灭顶之灾，却依旧在太子泷的号召下自发地捐钱捐物，只留片瓦遮头。

"殿下，"姜恒说，"这就是你的臣民、你的百姓。"

太子泷走过长街，没有人认得他们，有界圭跟在两人身后，大抵是安全的。

"他们不是牲畜，"姜恒想了想，提醒道，"不是数字，是有喜怒哀乐、有家人、活生生的、与你我一样的人。"

"我懂，"太子泷说，"我都懂，我正在这么做。"

管魏向他解释过，父亲为什么要那么做。"家天下"的时代已经过去了，分封的结果就是像晋廷一般，任由诸侯坐大最终导致国家分崩离析。

他们需要更强大、更坚固的朝政体系，将人与土地牢牢地锁在国君的身边。他们讨论了许多办法，最终汁琮做出了一个野蛮的选择。但如今姜恒带着王道来了，带着内圣外儒的希望来了，每个人都需要做出改变，而这改变势必会伤筋动骨。

"恒儿，哥哥有时觉得，自己真的很懦弱。"太子泷忽然说。

"何出此言？"姜恒笑道，"我倒是觉得，你很鲁莽。"

太子泷说："我既懦弱又鲁莽，什么时候能像你或者王兄一样就好了。"

"那不一样，因为你置身其中，"姜恒指出了最关键的一点，"我们置身事外。"

太子泷心里好过了不少，唯一会肯定他的，就只有姜恒与耿曙了，从这点上来说，他会将他们视作自己一生的手足。

"而且比起年初刚见面那天，"姜恒说，"我觉得你可是有气势多了呢。"

太子泷不禁失笑，姜恒和耿曙是唯二赞同他回援国都的人。

回想起初春姜恒抵达落雁时，太子泷忽然发现了一件事：这一年里，自己的心境确实变得不一样了。姜恒的到来仿佛催促着每个人的成长，他的身上有股神奇的力量，不仅他自己，连汁琮、曾嵘、甚至整个朝廷，都在他的威严之下开始自省。

曾经的雍国仿佛是一辆慢悠悠的马车，随着一名中原人的到来，霎时加快了速度。姜恒带来了危机，也带来了鞭策。他就像一名监工，哪怕他只是安安静静地站着，王族亦觉得浑身不自在，不自觉地挺直了脊梁。

"你是许多人的榜样。"太子泷牵着姜恒的手，说道。

"那倒不见得。"姜恒笑道，"不过有人说点不合时宜的话，总是好的。"

耿曙打着赤膊，就像他手下的将士一般，穿着薄薄的黑色武裤，防滑靴踩在脚下，扛着城楼上一人高的大转轮，将转轮推进铁榫中，这样一来，城门的绞轮便修复了。

"殿下！殿下！"亲卫来报。

"不要大呼小叫！"耿曙正忙着，冷不防被这么一喊，险些松了绞绳。

"那是姜大人吗？"亲卫说，"姜大人好像来了！"

耿曙顾不得绞轮，马上擦了擦手，闻了下身上的汗味，找来毛巾胡乱擦了几下，探头从城楼上往下看。

"恒儿！"耿曙看见姜恒，却没看清楚太子泷，太子泷出宫时戴着斗笠，以遮挡失去的耳朵。

"唉！"姜恒仰头笑道，"哥！"

"你怎么来了？"耿曙说，"快回去！这不是你来的地方！"

塔楼的小房间里，太子泷解下斗笠，众将士纷纷朝他行礼。

王族不顾一切，在最后关头抱着同归于尽的念头，为太子泷赢得了尊敬，所有人的目光都驻留在他失去的耳朵上。

"我给你带了酒来，"姜恒说，"顺便当监工，看看情况。"

耿曙有点不自在，命人生起火。太子泷让界圭分发了犒劳将士的酒肉，便安静地坐在了一旁。耿曙则背对太子泷，匆忙穿上外袍，系上腰带。太子泷目不转睛地看着他的背脊。

耿曙已经是成年人了，当年他来到雍都时，还只是少年，如今的他就像汁琮一般，肩背宽阔，腰线漂亮，给人一种成年男性特有的安全感。

他渐渐地取代了汁琮，成了雍国新的守护神。

"来喝酒罢，哥？"姜恒说。

"不喝，"耿曙严肃地说道，"你伤没好，不许喝，汁泷也不许喝，谁都不能喝。"

"哎——"姜恒说。

姜恒要捏他的腰，奈何耿曙武艺高强，姜恒刚伸出手，手腕马上就被耿曙锁住了，姜恒只不管不顾地与他打混，太子泷看在眼里，只觉甚是有趣。

他曾经也有心和耿曙开开玩笑，设计点无伤大雅的恶作剧，但耿曙表露出明显的不喜欢，太子泷只得作罢。

耿曙挡开姜恒的手，最后让步了："只能喝一点，一口。"

耿曙让姜恒就着他的碗喝了一口，便夺走了。

"给我也喝一点，哥。"太子泷忍不住说。

于是耿曙递给太子泷，让他在一个碗里喝过，又理所当然地收走了。

"你们的活做完了？"耿曙问。

姜恒拍拍胸脯，说："怎么可能做得完？永远也做不完。"

太子泷笑道："做不完就不能来了？"

耿曙："那来这里做什么？"

"想你了呗，"姜恒大大咧咧地说道，"不行吗？"

耿曙脸上忽然一红，稍稍侧头，看着生起的火盆，这话太子泷可从来不会对耿曙说，但姜恒每次说出口，都带着难以抗拒的魅力。

"是啊！"太子泷笑道，"想你了。"

小房间里陷入寂静，界圭出去与士兵们喝酒了，耿曙想找几句话来说，却不知该说什么，看着姜恒与太子泷待在一起，他忽然有了一个前所未有的、奇怪的念头。

太子泷看似是这个国家未来的国君，但姜恒自然而然地占据了主导地位，仿佛他才是太子，而太子泷则是他的兄弟。

"我还记得上一次在角楼里喝酒，"姜恒朝太子泷说，"是在洛阳。"

太子泷说："哦？也是冬天吗？"

耿曙也想起来了，但他不想再提往事，姜恒却自顾自地起了个头，说起那年的冬天。太子泷自然是记得的，当时武英公主亲自出使洛阳，便是为了劝说姬珣来落雁城。

但那一次，姜恒万万没想到，来看过驻军的耿曙后，等待着兄弟二人的，便是长达五年的离别，险些天人永隔。

"后来，哥，你去灵山了，对罢？"姜恒问。

"嗯。"耿曙简单地答道，目光十分复杂地看着姜恒。

太子泷带着担忧的语气询问了当年那惊心动魄的经过，耿曙却听得走神了，一个声音在他心底不停地回响着，把这些天里他不愿面对的心事统统翻到了眼前。

他不能再视而不见了，他必须查出这一切的真相，哪怕他不能接受。

"再后来，我被师父捡到了。"姜恒解释道，"现在想起，也当真是命大……"

"恒儿不是我的亲弟弟。"耿曙的心里，那个无情的声音回响着。

"那是陆相提议的，"太子泷叹了口气，说，"但是管相反对，不是反对他的举措，而是觉得……还不是时候。"

"他们说，姬家人的身体里流淌着疯狂的血液，"姜恒笑道，"现在我算是懂了。"

"他不是我爹的儿子……"耿曙心里，那声音时时刻刻提醒着他。

他一直以为他们的身体里流淌着来自同一个人的血，他们是彼此唯一的羁绊，可郎煌那天所言，彻底颠覆了他的想法。

"恒儿。"耿曙忽然道。

"啊？"姜恒说。

这几天耿曙的表现很不寻常，但太子泷与姜恒都未曾注意到，只因他大部分时候都不在宫中。

"他不是我亲弟弟了，我与他……现在算什么？"

"但他还是我的恒儿。"

耿曙怔怔地看着姜恒，看着他被火焰映着的脸庞，姜恒眉毛稍一扬，朝他望来，不解其意，眼里却带着一如既往的笑意。

"不要说以前的事了，"耿曙道，"我不爱听。"

姜恒将它理解为耿曙不愿听到他受苦的日子，便自嘲般地笑了笑。

太子泷说："都过去了。"

"没有过去。"耿曙却道。

这毫无来由的一句话令姜恒与太子泷都十分疑惑。

耿曙避开姜恒茫然的眼神，起身推开门，说："回去罢，别在外头待得太久，宫里又要担心你们了。"

"哥，你没事罢？"姜恒问。

耿曙摇摇头，站在城墙上望向城内，随着城墙的修复，工事已近尾声，接下来，就是迎接冬至日和新一年的到来了。

一只温暖的手拉住了耿曙的手指，耿曙蓦然转头，发现是姜恒走了出来。

他望向角楼，太子泷还在里头。

姜恒怀疑地看着他的双眼，耿曙下意识地想避开他的手，情感却战胜了他的理智，他反手握住姜恒的手，握得紧了点。

"恒儿。"耿曙喃喃道，边说边将他抱进自己怀里。

"你怎么了？"姜恒说。

"没什么。"耿曙没有强求姜恒，而是伸出手覆在他的侧脸上，拇指轻轻撇了下，"只是想起从前的一些事。"

姜恒说："忙完了罢？今晚会回来吗？"

耿曙点了点头，说："等我。"

他很清楚，一旦姜恒的身份暴露，等待着他们的将会是什么。而就在此时，一骑到得城墙下，朝高处喊："太子殿下！王子殿下！姜大人——！"

"王陛下有令！"信使道，"速往中殿内。"

"你看，"耿曙说，"找来了，你们先去，我稍后就来。"

肉 中 刺

姜恒平时也不离宫，如今刚走出一步，汁琮就派人来了，当真是把他们看得死死的，他只得与太子泷先回去。

今天与以往很不一样，冬至前的三天，数名朝中重臣全部就座，就等太子泷与姜恒回来。

陆冀与管魏仿佛先经过了一轮讨论，两人一起看着姜恒。

"汁淼呢？"汁琮问。

"还在做城墙最后的收尾工作，"姜恒答道，"马上就来。"

"把门关上，"汁琮吩咐道，"稍后来了通传就是。"

界圭上前关上殿门，守在外头。姜恒看看周遭，卫卓、陆冀、周戎、曾松也来了，外加管魏，这阵仗当真是前所未有。

太子泷也察觉了，朝姜恒点点头，两人分开，太子泷坐到汁琮身边。

"两件事，"汁琮说，"是你提的办法，须得让当事人清楚。"

姜恒与管魏交换了眼色，这一老一小虽从不私下交换消息，却对彼此的心思不能再清楚了。

"愿洗耳恭听。"姜恒说。

曾松若有所思地看着姜恒。

汁琮道："我们决定采纳你的提议，开春通知关内四国，于玉璧关内召开五国联会。"

说着，汁琮拿起金玺，犹如拿着惊堂木般，将其拍在案几上，发出气吞山河之声："届时孤王将亲自奉上传国金玺，分化四国。"

姜恒点了点头，说："这是最好的办法。"

"这是没有办法的办法。"汁琮说道，"我们经过谨慎的讨论，要占领洛阳，没有比这更合适的计策。"

姜恒没有插话，南方四国一旦开始争斗，战争一起，汁琮便会马上出关，占据土地。

"除此之外，"管魏说，"派出去的信使回来了。"

"什么信使？"姜恒不记得有信使。

"与郓国结盟的信使。"管魏道。

这时候外头界圭说："殿下来了。"

"让他进来。"汁琮说。

耿曙走入，扫视众人一眼，汁琮一指姜恒身边，示意他坐。

"我们在说与郓国结盟的事。"太子泷朝耿曙说。

"哦。"耿曙答道，这与他并无太大关系，他本来也不在乎。

"条件是什么？"姜恒说。

"条件很苛刻，"汁琮答道，"他们正在协商与代国的盟约，面对我们的结盟要求，郓国有挑选的余地，你懂的。"

姜恒说："比起与咱们，我更好奇他们与代国结盟的条件是什么。"

"姬霜嫁到郓国，"陆冀说，"两国以巴地为缓冲。郓国支持代国，代国与郑国是母舅氏的姻亲，郑国与梁国又唇齿相依，这么一来，四国便会再次联合。"

"这是赵灵的提议罢。"姜恒说。

"不清楚。"汁琮说，"郢国朝咱们提的要求有三点，其中两点都与你有关。"

姜恒皱眉，汁琮淡然地说道："所以，孤王也必须知会你一声。你对大雍而言，举足轻重。接下来，由管相说罢。"

"首先，"管魏说，"郢国要求，划黄河为界，嵩县归郢。其余有关分梁伐郑的细节，大可商酌。"

"好大的口气，"耿曙冷冷地说道，"吃得下吗？"

没有人回答。嵩县已经封给了耿曙，这意味着对方在明目张胆地讨要耿曙的封地。

"其次，"管魏没有评价第一条，"与郢国联姻，派一名王族前去迎娶郢国公主。"

"我记得郢国没有公主，"姜恒说，"不过临时封一个，也不是问题。"

"最后，"管魏说，"送姜大人前往江都为质子，待两国最终平分天下后，质子方可放回。"

耿曙瞬间怒吼道："不行！"

姜恒正处于震惊中，被耿曙这么一吼，还来不及想清楚，便吓了一跳。

汁琮说："这件事太重要了，孤王不能不顾当事人意愿，大家都回去仔细想想罢，就这样，先散了。"

是夜，姜恒仍处于震惊之中。

"为什么是我？"姜恒疑惑地问道。

耿曙没有说话，阴沉着脸，回到寝殿后率先坐下。郢国的要求实在太过无礼，既想要他的封地，又想要他的弟弟。

但随之而来的还有另一个麻烦，郢国提出联姻，目标是王族，那么谁去娶？今天当着耿曙的面这么说，最合适的人选自然就是他了。

否则由太子泷娶郢国公主吗？他的婚事，汁琮一定早有安排。

"我不会给他们嵩县，"耿曙说，"也不会娶郢国的公主，我的婚事，我自己做主。"

姜恒笑了起来，他第一次听见"婚事我自己做主"这种话，忽然察觉了耿曙的某个小心思。

"你喜欢上姬霜了吗？"姜恒想来想去，只有这一个可能。

"当然不。"耿曙有些莫名其妙地问道，"这与姬霜有什么关系？"

姜恒坐到案上，大惑不解地盯着耿曙，他总觉得耿曙最近有点不大对劲。姜恒对他的好奇心已远远超过了今日之议。

"哥，"姜恒说，"我不是让你娶郢公主，我就是好奇，你想和什么样的人成亲，共度一生？"

这是两兄弟第一次正式谈起这个话题。

"我不知道。"耿曙生硬地说，"不，我知道，我不想成婚，我想就像现在这般守着你，过一辈子，这就够了。恒儿，你呢？"

姜恒说："那么耿家就……没有后人了，你想过吗？"

"不是还有你吗？"耿曙说，"你如果有孩儿，可以过继给我一个。我替你抚养……不，咱们时时在一起，谁来抚养，有区别吗？"

姜恒语塞，他确实也没想过成亲的事。

"设若我也不想成亲呢？"姜恒说。

"那就更好了。"耿曙说，"想到你每天夜里睡在另一个人的枕畔，我……虽然知道这是必然，却依旧有点……有点寂寞，但这是我自己的事，你不必理会我。"

姜恒："……"

耿曙在他面前向来直来直去，姜恒素来知道他的独占欲很强，而且只对他。但听见这话时，他仍然十分感动，他以为这些年里，时光改变了他们，没想到耿曙内心最深处依旧是那个倔强又固执的家伙，从未改变过。

"那耿家就……"姜恒总觉得这样不太好，毕竟他受读过的圣贤书影响，思路与耿曙的不一样。

"有什么关系？"耿曙说，"天下的百姓就是你的孩子。这话是你自己说的。"

姜恒蓦然被耿曙开导了，他没想到耿曙对此竟看得比他还要透彻。

"你说得对，"姜恒说，"那就不强求了。"

耿曙心里仿佛堵着一口气，说："本该如此。"

姜恒说："那就只得让太子泷去……哦，不，我还有个好主意。"说着，姜恒露出了恶作剧得逞般的笑容。

耿曙一头雾水。

"没什么。"姜恒很自然地结束了这个话题，他还不知道郢王为什么在这么多人里偏偏瞄准了他，让他去当质子。可行吗？自然是可行的。变法已近尾声，一切都在按部就班地进行着，接下来，则是雍国的休整期，这个时间不会太长，顶多三年，快的话，一年便可恢复。

但耿曙还有话要说，先前他一直躲避着姜恒的目光，现在他终于直视了姜恒的双眼。

"恒儿，"耿曙说，"你去哪里，我就去哪里，这些日子里我想了许多，当然，这只是哥……自己这么想的。不知道你……"

姜恒听了这话，脸上有点发热，这不是耿曙第一次朝他这么说了。

"是是是，"姜恒笑道，"你说得对，你说得都对。"

耿曙："……"

姜恒已经有主意了，他岔开话题朝耿曙说："如果我去当质子，你也去郢国，咱们依旧在一起，可以去吗？"

耿曙那表情显然还想说什么，被姜恒这么一问，忽然怔住了。

"可以。"耿曙先前竟没想到有这个办法，可是他以什么名义去呢？眼下雍国军队解甲归田，诸族平定，暂时也用不着他了。

姜恒想了想，征求地看着耿曙："是可以的？"

"可以，"耿曙重复道，"这我乐意。"

"那我明天与你父王谈谈。"姜恒说。姜恒准备实施他的恶作剧了。他知道汁琮在算计他，他必须去当质子，因为和议的设想是他提出来的，为了推动天下一统，他必须亲自去解决。

虽然他不知道汁琮为什么这么想算计他，但他总有对付汁琮的办法。

翌日清晨，姜恒走出花园，还在想这件事。

"我不明白。"姜恒自言自语地说道。

"你不明白的事最近似乎多了不少?"界圭跟在姜恒身后,说道,"看来小太史偶尔也会犯糊涂。"

姜恒停下脚步,回头看了界圭一眼。

"你要去吗?"界圭昨夜听了姜恒与耿曙的对话,想必今天姜恒来见汁琮,已经下了决定。

"你会去吗?"姜恒说。

"太后把我送你了,"界圭说,"你去,我当然就去。"

姜恒说:"那可不是一个好主意,虽然战事已结束,但保不齐会有人来杀太子与雍王,我觉得你留在宫里比较好。"

界圭说:"你果然还是嫌弃我了,你这个记仇的小家伙,想来林胡人那桩事后,你就时时在记恨我。如果你哥跟着,我也只会碍事。"

"倒不是这个缘由,"姜恒打量着界圭,说,"虽然你确实挺碍事的。"他知道昨日半夜界圭不见人影,多半是去回报姜太后了,他决定听听界圭的看法。

他在走廊里面朝界圭问:"你有什么要教我的吗?"

"任凭是谁,"界圭说,"立下救援王都的大功,又让东宫对他言听计从,都不会让人安心。我要是汁琮,肯定迫切地想让你赶紧滚出去,再也不要回来。"

"原来是这样啊!"姜恒明白了,点了点头,说,"我倒是没往这方向想过,懂了。"

"所以呢?"界圭居高临下地看着姜恒。

"所以就要当个识趣的人。"姜恒说。

他走向御书房,看见门口侍卫把守森严,与平时有点不一样。

联 姻 计

书房内,汁琮正与卫卓相对,沉默不语。

"这么一来，"卫卓说，"只要他到了江都，便足以轻而易举地取了他性命，再推到郢王头上。同时，陛下还可试探太后一番，留下界圭，看她是否会坐不住。"

汴琮手指轻轻敲了下御案，说："他还有什么地方，你觉得是可用的？"

卫卓说："他死后，东宫定会得勉励之心，他的变法之议还在，推行变法将再无阻力，同时太子殿下也会成长。"

汴琮说："但汴淼让不让他走，这就很麻烦了。"

让卫卓最头痛的也是这个问题，耿曙几乎与姜恒寸步不离，想支开他不容易。但他总有疏失之时，想除掉姜恒，也不是全无办法。

汴琮又说："郢王那边提议后，我也未曾想明白过，他到底为什么这么想要姜恒？"

卫卓摊了摊手，汴琮总觉得这里头有自己没弄明白的事，凡事多疑的他开始怀疑：郢国会不会想利用姜恒，扶这名太子复国？但郢人怎么可能知道这远在千里外的落雁城中发生的事？还是过去了很多年的事。

不过这不重要，他迟早是要死的。这个时间点，汴琮已经安排好了，他会在召开五国联会之后，让卫卓下令将姜恒杀掉。这样一来，郢与郑定会互相猜疑。

"姜太史求见。"这时候，外面侍卫通传道。

姜恒进来了，朝卫卓点头为礼，卫卓上下打量着他，打量着这个将死之人。

"想清楚了？"汴琮说。

"变法快完成了，"姜恒说，"施政的部分，还须按部就班地进行，要谨慎推进，不可揠苗助长。"

汴琮听了个开头，就知道姜恒决定去当质子了。质子的身份从来就由王子甚至太子充任，让王室的一个表亲替国家去当人质，乃是绝无仅有之事。

"我会尽快将你换回来，"汴琮说，"不必担心。到得江都，你也有任务，说不定能协助郢王推动攻打梁国的计划。"

"会的。"姜恒点头。

郢国与梁、郑、代三国接壤，与雍国的领土面积相近，疆域十分广阔。汁琮与郢王熊未议定之事，正是在联会结束后，便出兵率先瓜分梁国。

"但嵩县，我认为绝不可拱手让人。"姜恒说。

汁琮道："嵩县乃兵家必争之地，你想保有它，就要看你如何说服郢王了。"

姜恒说："我建议，派汁森王子前往嵩县，重新进驻并招募兵马。嵩县行水路，顺流而下只需三天便可抵达江都。"

汁琮沉吟片刻，事实上他也清楚，耿曙绝不会放姜恒去当人质，只能让他跟着。反正眼下并无用兵计划，只是不清楚耿曙会跟到什么地步，是像在落雁城这样寸步不离，还是在嵩县遥遥呼应？

以汁琮对养子的了解，多半是前者，但他只要按计划开始进攻梁地，耿曙就不得不回嵩县去调兵遣将，支开他后，想杀姜恒简直易如反掌。

"他本来也是武陵侯。"汁琮说，"你有把握说服郢王，留下嵩县？"

"也许可以，"姜恒说，"无非交易。"

姜恒的计划是：先由耿曙入江都，朝郢王说明情况，即嵩县允许郢国派兵驻扎，却依旧由耿曙进行管理，且不撤换地方官。宋邹只听命于他俩，只要耿曙在江都，郢王便可通过他朝嵩县下达命令。

虽然嵩县也并无多少可规划的地方，但至少全了双方的面子，不至于如此赤裸裸地割地，毕竟名义上嵩县仍是汁琮所有。

"那么他打算去江都，当郢国的上门女婿了？"汁琮说。

"啊，不，"姜恒说，"我哥不愿意娶郢国公主，话说得很明白了，我也拿他没办法。"

汁琮冷冷地说道："你哥不想成亲，倒不亲自来说，反而让你来说？"

"我在。"耿曙在门外说道。

汁琮顿时一凛，耿曙不知道什么时候来的，竟旁听了全程？刚才言语间，他对姜恒并不如何客气，私下见面时，二人总是暗流涌动，针锋相对，但他在耿曙面前维持的形象不是这样的。

姜恒眼里带着笑意，他也不知道耿曙什么时候来的，但看汁琮被抓了个现行，这让他觉得很有趣。

"来了就进来，"汋琮不悦地说道，"鬼鬼祟祟地在外头做什么？"

耿曙推门而入，汋琮知道，接下来才是姜恒真正的条件。

"汋泷不能联姻，"汋琮说，"我们迟早有一天要与郢国开战，雍国未来的国君若是郢女所生，必会影响雍国一统天下的计划。"

姜恒点头道："对，不能是太子。"

姜恒与耿曙对视一眼。

"那么你想亲自上阵？"汋琮颇有点疑惑，说，"封你个王子，也未尝不可。"

汋琮的话里带着几许戏侮。这应当是姜恒最后一次与他交锋了，提前给死人点奖赏，他乐得做个好人。

"不，"姜恒说，"我也不想娶。"说着，他的眼里露出狡黠的神色："话说，王陛下，都这么多年了，您就没考虑过续弦吗？"

汋琮："……"

汋琮当真是聪明反被聪明误，只因联姻之事，虽是郢王熊耒所提，却是由周游暗示：他必须尽快给耿曙安排婚事，免得养子越来越不受控制。

然而姜恒轻飘飘的一句话，就把麻烦扔给了汋琮，那意思就是：大家都在牺牲，你总不能置身事外，什么都不做罢。雍王身为天下之表率，已经有了太子，不存在郢女把持后宫的问题。

这天，汋琮先叫来儿子，想拿他当挡箭牌。

太子泷却拆台拆得很彻底，说："我无所谓，父王。"

太子泷又朝姜恒与耿曙说："父王这么多年无人照顾，太孤单了。有王妃，这是喜事。"

汋琮："……"

姜太后来了也说："你身边也得有个人才行。娘看得住你一时，还看得住你一世？"

汋绫来了说道："哥，你确实该好好考虑。"

姜恒摊手，示意：这不是挺好吗？

汁琮的婚事居然就这么糊里糊涂地被王室的一个表亲赶鸭子上架般决定了。汁琮当真气不打一处来，且于情于理，还毫无反驳的余地。

汁绫说："这些年里，你脾气越来越暴躁了。来个嫂子管管你，挺好的。"

汁琮说："你嫂子是风戎的公主，什么时候又多出来个嫂子？"

"风戎人不会介意的。"太子泷本来也有一半是风戎人的血统，多亏如此，风戎与雍这些年来才相安无事。风戎人甚至不认汁琮，只认汁泷，在他们眼里，汁泷是风戎人的外孙，他能当上国君就行，汁琮爱娶谁就娶谁，只要不出夺嫡之变，其他的事，统统不关心。

"人总要向前看，是不是？"汁绫语重心长地劝道，在这点上，她与姜太后、太子泷倒是站在了同一阵营。

就这样，汁琮的人生大事被决定了，朝臣一致拥护。这么一来，他们将与郢国缔结无比坚固的同盟，出关大计指日可待。

汁琮："……"

"你虽姓姜，"姜太后淡淡地说道，"却已与我汁家人无异，我看过些时日，须得让你去祭拜耿家的祖先，改回你父姓是正经。我这两个孙儿都不能去，给你添麻烦了。"

这话无头无尾，是朝着姜恒说的。姜恒自然明白太后之意，质子通常是王族担任，汁家欠了他个人情。

"这样就挺好，"姜恒笑道，"改姓的事，以后再说也不迟。"

汁琮忽然心中一动，目不转睛地盯着姜太后。他的母亲素来是个强势的越人，想什么便说什么，也正因如此，与母亲相处时，汁琮从来很少猜疑她。这么看来，她实在不像是知道了真相。

姜太后轻轻叹了口气，说："到得江都，须得照顾好你自己。"

"是。"姜恒其实挺期待的，他依旧是那少年心性，非但不认为这是考验，还有种趁机溜出去玩的兴奋感。

"汁淼会陪他去，"汁绫朝母亲说，"不用担心，他俩互相照顾惯了。汁淼，别光顾着玩，你还有事要做。"

"我会记得的。"耿曙答道，他肩负着另一个任务——他须得在嵩县征兵，尽快为大雍远征招募一支五万人的军队，这些人从哪儿来，眼下还是个问题。

太子泷非常舍不得姜恒，他的到来，好不容易让东宫有了努力的方向，变法更是姜恒亲手促成，这就要走了？虽然他很清楚这是雍国迈向一统天下这个宏伟目标的必经之路，却总觉得暗地里正在发生什么，那是他无力阻止的。

父亲不喜欢姜恒，从未当着外人的面予以他褒扬。当东宫的人听到姜恒要去做质子时，竟都表现出了不易察觉的兴奋，哪怕那些兴奋以"敬仰""尊敬"来掩盖，太子泷却依旧感觉到了。

"该带的，我让他们都给你带上，"太子泷只能做到这点了，他很明白姜恒是替他去当质子的，"有什么缺的，你派风羽捎个信回来就行。"

姜恒笑道："不会缺的，开春以后，雍、郪便要建立商路，到时什么都有，殿下不必担心了。"

姜太后悠然地说道："本想派几个人跟着打点照顾，你又不让。"

"娘，"汁绫说，"他又不是去和亲。"

众人都笑了起来，姜太后对姜恒从最初的冷淡到现在，态度已温和了不少。太后说道："怕就怕在江都被哪个王女看上了，也说不好。"

"我会看着他的，"耿曙说，"王祖母放心。"

"你自己也是成亲的年纪了。"汁琮对此事依旧耿耿于怀，婚姻大事，父母做主，耿曙仿佛从来就没听过话，下次还得让姜太后亲自指定。

众人在这一天表面上都是其乐融融的，让姜恒有了久违的"家"的感觉，这不禁让他又想起母亲来，莫名有些难过，若她还在，该有多好！

姜太后只以为他累了，于是吩咐他尽早回去歇下。

"这婚事，总得给耿渊个交代。"汁琮私下朝母亲说，"都老大不小了。汁淼开春二十一，姜恒开春也十九岁了。"

姜太后最近总是心不在焉，闻言淡淡地说道："我都给他俩看好了，王上不用担心。蛮夷未灭，何以成家？晚个几年，无伤大雅。"

汁琮听见母亲已有了合适的人选，便不再操心，接下来，将是至关重要的一年，开春后雍国将召集五国联会，并正式加入角逐一统中原的棋局中。亲儿子与耿曙的婚事对他来说，都是极有用的棋子。

在杀掉姜恒之前，汁琮还是想为他谈一门亲事的，联姻非常有用，哪怕他一两年后便会命丧南方，汁琮仍想榨干他的最后一分价值；同时，他的内心深处仍有着向兄长赎罪的念头：我杀了你，又杀了你儿子，但完全可以给你儿子留个后，权当补偿。

这很合理。

红 绳 穗

数日后，冬至到来，这天是雍国最为隆重的节日，也是雍国的年。

落雁城银装素裹，勉强从战争的创伤中恢复过来，百姓压下了对死亡亲人的哀思，大家强颜欢笑，开始庆祝一年中白天最短的这一天。

姜恒对即将到来的生活倒不如何关心，在他心中最重要的仍然是变法。于是他加快了审议的速度，决定要在冬至次日把所有的政务交卸完，忙得不可开交。直到节前的最后一夜，他才把所有的案卷整理完毕，共一千一百二十六卷。

"父王看到这些，"耿曙如是说，"一定会恨死你的。"

"他不会看，"姜恒说，"本来也不是给他看的。"

太子泷看着案前的变法案卷，将整个东宫的人集合起来，站在堆满卷轴的御案前。

姜恒提议道："法令一定比人活得久，咱们朝它拜一拜罢？"

曾嵘等人都笑了起来。太子泷率领东宫诸臣跪下，朝这一千一百二十六卷文书拜了三拜。

接着，姜恒又抬手与曾嵘击掌，数月里他与这名东宫首席大总管合作的时间最长，争论也最多，但他也感受到了这里的每一个人都对未来有着信念与决心。而最让他高兴的是，东宫的每一个人都非常年轻，这代表着他们有比其余四国更为蓬勃的朝气。

"剩下的事，就交给你了。"姜恒知道监督法令的实施也非易事。

"放心罢，在南方照顾好自己。"曾嵘说。

接着，众人又朝姜恒鞠了躬，姜恒看着这些人、这些文书，有种如释重负之感。

耿曙交卸了所有的军务，也松了口气，进得东宫来，朝姜恒扬眉示意：你们在做什么？

"完成了！"姜恒笑道，"出门玩去喽！"

今天他要好好逛一逛雍都。姜恒当即一个飞扑，骑在耿曙背上，耿曙见好不容易有机会，当即背着他跑了。

"哥！"太子泷忙追出去，喊道，"我也与你们去！"

耿曙头也不回地说："你今天事多得很，不能去玩！"

冬至日天一亮，王族便忙得脚不沾地，汋家必须先祭宗庙，再由太子出面，设宴款待群臣，接待各士族的家主，抚慰三族的贵族子弟，抽空看一眼东宫，再出去见百姓。

汋琮换上王铠，简单露了面以稳定民心，然后便把剩下的一切事务交给了太子，导致太子泷从早忙到晚，不得抽身。这也向朝野发出了一个明确的信号：很快，国家的大部分权力都将在新的一年里正式移交给东宫，时间点以变法为界限。

至于汋琮自己在做什么，他丝毫不担心权力的旁落，从这点上看，他很有自知之明，他不喜欢治理国家，他只想打仗，战场才是他熟悉的地方。老子打江山，儿子在后方治江山，这就是汋琮最想要的雍国的样子。

落雁四街今日统统开市，战时的宵禁令取消，外族被允许随意出入都城并参与到今夜的积雪灯会上来。这天是难得的晴朗天气，待得入夜时，全城将喝上冬至的热汤，子时全城将一同点燃爆竹以庆祝新一年的到来。

百姓们穿上自己最好的衣服，城里到处都是外族人，人们打雪仗的打雪仗，摔跤的摔跤，玩得不亦乐乎。

今年来落雁城的人更多了，汁琮也不再设限，权当对三族的感谢。这在曾经是不可能发生的，今年的积雪灯会将是雍国百年来最为浩大的一场盛会。

姜恒裹着他的猞猁裘，耿曙则身穿狼皮袄，戴着一顶风戎人的环帽，漆黑的双眸清澈无比，宛如星辰。今天他们恢复了寻常百姓的装扮，混进了城内的狂欢之中。

"好热闹，"姜恒说，"真是太热闹了，比当年的洛阳还要繁华。"

耿曙说："往年没有这么热闹，今年不知道为什么，突然一下来了这么多外族人。"

姜恒看见了不少在集市上穿行并引吭高歌的林胡人，林胡人都是天生的歌手，塞北已有好些年不曾响起这歌声了。

"一定是变法的消息传出去了。"姜恒说。

这座城市、这个国家正在迎来新生，东宫经手大量变法细节，不可能不走漏风声。三族都很清楚，他们的苦日子将随着太子泷开始执政而终结。

"吃点什么？"耿曙在集市上坐下，说，"以前当兵那会儿，忙里偷闲，常来这家吃缚托。"

缚托即热面汤，乃是雍人冬天最常备的食物。姜恒便跟着他一同坐下，说道："现在还在当兵，说得自己多老了似的。"

耿曙笑了起来，好几个月了，姜恒难得看见耿曙笑。

两人身边围了不少小孩儿，姜恒便取出东宫的五色花糖分发给他们。花糖做得如水晶般，顿时引起了孩子们的兴趣。

"没有了！"姜恒一下就被围住了。

"我还有。"耿曙自己的还没吃，本想留着给姜恒，当下拿出来散了。

"两位殿下，请慢用。"店家端上缚托，将孩子们赶走了。

耿曙有点不自在，仿佛在掩饰什么。

姜恒一听就知道，耿曙以前一定也带着太子泷来过，每个人看见他在耿曙身边，都把他认成了太子泷，可见当初他们也形影不离过一段时间，而耿曙总是因此提心吊胆，生怕姜恒翻旧账。

"烫，"耿曙不动勺，看着姜恒说，"慢点吃。"

姜恒正要舀一口缚托来尝尝，见耿曙盯着自己，便打趣道："你弟弟被烫过？"

耿曙："……"

姜恒觉得十分好笑，平日里他喜欢看耿曙在自己面前小心翼翼的模样，没想到今天耿曙却生气了，皱眉道："你……算了！"

"生气啦？"姜恒说，"我就开个玩笑。"

耿曙转过头，眼里带着愤怒，一副欲言又止的样子。

姜恒："到底怎么啦？"

耿曙摇摇头，说："没什么，吃罢。"

姜恒今天心情很好，乐呵呵的，并未察觉耿曙这点小心思。两人静了一会儿，姜恒转头开始欣赏集市上的热闹景象。风戎人带来了他们的货物，其中有许多新鲜玩意，他们以鸟哨招揽生意。

"比起我刚来那天，好像真的不一样了。"姜恒朝耿曙说。

耿曙始终看着姜恒的侧脸，但当姜恒转回头时，耿曙不自然地把目光飞快地挪开了。

"怎么啦？"姜恒感觉莫名其妙，他还在为自己随口的一句话生气？

耿曙认真地说："恒儿，我觉得你在这儿挺好的。"

姜恒一脸茫然，继而明白了耿曙的意思。耿曙觉得姜恒在雍都如鱼得水，既施展了自己的抱负，又改变了这个国家。姜恒当即笑了起来。

"有时候，我反而觉得，我才是多余的那个。"耿曙别过脸去，自言自语道。

姜恒听到这话时，忽然变了脸色，说："怎么会呢？你到底在想什么，哥？"

耿曙意识到自己说了不该说的话，忙改口道："没什么，我就发发牢骚，别理我，一会儿就好了。"

姜恒马上意识到，他最近陪耿曙的时间太少了，耿曙总是很在乎他，但他却有太多的事情要忙，要和太多的人打交道，分到耿曙身上的时间，只有那么一点。

"哥，"姜恒坐过来，说，"对不起，哥。"

姜恒想牵耿曙的手，耿曙却第一次有了避开的想法，他无法再像以前那样对待姜恒了。

"不，"耿曙马上澄清道，"是我的错，是我的错……嗯。恒儿，你没做错什么。"

他还是忍不住握住了姜恒的手，怔怔地看着姜恒的脸。

曾经的姜恒就像他身体的一部分，正如左手覆在右手手背上或是以嘴唇触碰掌心，他们之间无论做什么，耿曙都从未想到别的地方去。

然而就在这一刻，耿曙的心不知为何跳得飞快。

姜恒一脸茫然，抬手在耿曙面前挥了挥。

"我说过，这段时间会很忙，"姜恒说，"过了就好了，你刚来时不也一样吗？"

"哦，"耿曙回过神来说，"你还记得啊，但那会儿我只有自己。"

耿曙曾经朝姜恒诉说过他刚到雍都的日子，那对他当真是一次极大的考验。他虽成为王子，却需要在方方面面证明自己，这次考验对每个人来说都是挑战。他花了将近一年，才在军队中站住了脚并得到了信任。

那一年里，他努力地让自己什么都不去想，让忙碌充斥全身，成为一具只知道服从命令的、空荡荡的躯壳。

食肆乃是半露天的，几案旁放着火盆，熙熙攘攘的人群中，有不少人玩累了在此地歇脚。食肆对面坐着两名氐人青年，他们旁若无人，就像情侣一般小声笑着说话，耳鬓厮磨，那模样极其暧昧。

姜恒吃完了，看着他，耿曙简单吃了几口，说："去街上走走罢。"

"买这个做什么？"

集市上，耿曙见姜恒拿着两根红绳，正在做对比。

"给你重新穿个穗子。"姜恒把手放在耿曙的脖颈上，手指带着冰凉，拎出了他的玉玦。那根红绳已经用了十一年了，早已褪色，耿曙戴着它行军打仗，操练兵马，上面浸过不少汗水，但他只要有时间，便会将玉玦与红绳洗得很干净。

"不用了，"耿曙说，"这个就挺好。"

姜恒说："穿一个罢，这个都掉色了。"

耿曙说："这像女孩儿做的事。"

姜恒莫名其妙地说："那又怎么了？你姑可以带兵打仗，我当然也可以在家里编红绳。"

耿曙忽然觉得好笑，这话说得不错。姜恒从来就是男孩儿模样，也不缺乏清秀的少年气质，是个正儿八经的俊朗男子。

"氐人喜欢编红绳，"姜恒朝耿曙笑道，"他们觉得，能用红绳将喜欢的人拴住。我给你也拴一个。"

耿曙答道："从小就被你拴着，还跑得掉吗？"

离开东市前，姜恒和耿曙看见一群风戎人正在打雪仗，姜恒看着好玩，耿曙让他快走，姜恒却有意无意地凑过去，结果被雪球砸了一下。

"哎！"耿曙顿时怒了，将姜恒挡在身后，开始回击。这群风戎人都是玉璧关守军，跟着汁绫退伍回来的，当即认出他，便纷纷住了手。

汁绫做男装打扮，她不想在宫中多待，正觉得气闷，出来跟士兵们玩，一眼瞥见了耿曙与姜恒，当即喊道："打中王子有赏，别放过他们！"

耿曙素来拿这个姑母没办法，见跑不掉，攒出一个雪球就朝着汁绫扔了过去，雪球如流星般打在了汁绫头上。

白雪飞扬，姜恒不敢乱动，怕牵扯了伤口，只能躲在耿曙身后大声叫阵。耿曙起初只因姜恒想凑热闹，扔了几个雪球玩玩，此时想走了，便喊道："不玩了！恒儿伤还没好……"

"别管姜大人！"汁绫飞身上了高处，站在雍国王碑的顶端，指挥道，"瞄准王子！"

这下雪球如雨点般打来，耿曙让姜恒先跑，姜恒却始终不退，躲在他身后。

局势霎时变成耿曙一人面对"千军万马"，却毫不畏惧，只见他挡着身后的姜恒，大有虽千万人吾往矣的强大气势。

"别怕！"耿曙回头道，"有我在呢！"

"这么认真做什么？"姜恒顿时感到哭笑不得，两人被雪球砸得狼狈不堪，耿曙头上、身上全是雪，却依旧侧身护着姜恒，抽空还能回击。

那一刻，姜恒忽然觉得鼻子有点酸了。

狂 欢 会

汁绫大笑道："认输罢！认输就放你们走！"

耿曙喝道："认什么输?!"

"公主！少喝点酒！"姜恒隔着数十步，都能听见汁绫喝酒后疯狂的笑声。

紧接着，另一个人影从旁出现，一个雪球飞去，将汁绫从王碑上砸了下来。

界圭的声音传来："我来帮你们。"

姜恒转头，见界圭戴了一副银面具，挡住了左脸。霎时雪球再次扑面而来，三人全身是雪，雪散落在空气中，挡住了三人的视线。

"我来帮你们！"郎煌竟也在不远处，带着一群林胡人加入了战团。

"他们来帮手了！"汁绫当即大喊道，"快叫人！朝洛文！朝洛文将军呢？把你弟弟叫来！"

东市前的空地上，当即掀起了一场浩大的雪仗，雪仗向来是落雁城冬至日的大型娱乐活动，人们常常三五成群，莫名其妙就能打起雪仗来，接着加入的人越来越多，又突然变得悄无声息。

雪仗一起，城里四面八方的闲人以及店家、游商、外族，统统放下手头的事，过来凑热闹。人越来越多，姜恒与耿曙反而没人关注了。

林胡人参战后，雍军人迅速变多。水峻高喊道："来了来了！我们也来了！帮哪边？"

联军散后，林胡人与氐人还有不少留在落雁城中。郎煌吼道："怎么这么慢?！这边！来南边！"

耿曙道："来我们这边！姜恒在这儿！"

"我我！"姜恒喊道。

姜恒一喊，氏人都来了，而汁绫那边又来了新的帮手，孟和与一众亲卫正在酒肆里饮酒，听到骚动，马上冲了过来。

"错了！"汁绫说，"孟和！你跑错边了！"

孟和才懒得管她，直接加入了耿曙与姜恒一方。山泽道："王子快指挥一下！杀他们个屁滚尿流！"

耿曙大声道："孟和挡住前面！界圭带一路人到王碑后包抄他们，把他们往东北边赶。"

"不用这么认真罢！"姜恒道，"打个雪仗而已！"

于是落雁城内展开了今年冬至日参战人数最多、规模最大的一场雪仗。三族一来，这场雪仗就变成了雍人与外族的较量，谁都要面子，死战不退。雍人百姓越来越多，已卷入了上万人，开始有人把房顶的雪推下来。

汁琮站在王宫高处，只见落雁城东南方扬起滚滚白雪，犹如云雾一般。

"做什么？"汁琮快步出来。

"回王陛下，"陆冀说，"他们在打雪仗。"

汁琮道："都这么多年了，怎么还这么喜欢闹？快派个人去分开他们，有多少人了？踩死了怎么办？当心大过节的办丧事！"

落雁城的雪仗有时突然就散了，有时却会越聚越多，毫无征兆。汁琮一看便知道已有近两万人规模，说："再打下去，就有危险了！"

姜恒没想到与耿曙途经城东，会碰上专门袭击路人、等着恶作剧的汁绫，更没想到一打起来会有这么大规模。

"快别打了！"姜恒说，"人太多了！"

"让他们打！"耿曙说。

屋顶、校场、空地、草垛上全是人，仿佛过往数年里积聚的情绪、三族与雍的争端、王都遭袭的压抑，在禁酒令放开的节日里，尽数化作漫天横飞的雪弹，要在这一刻痛痛快快地释放出来。

耿曙很清楚，当兵的人平日很苦很累，就像扎营时有的士兵会忍不住学狼叫一样，他们需要一个宣泄的机会。

紧接着，王宫高处敲钟了。

"当——当——当——"王宫发出了警告，三声钟响。

幸亏汁琼的命令依然有用，汁绫喊道："不和你们玩了！"

"手下败将，下回再战！"耿曙牵着姜恒，不屑一顾地走了，真要打下去，汁绫会不会输还真不好说。

姜恒被砸得头疼，看耿曙全身都湿透了，想着得赶紧找个地方烘下衣服。

"到城墙上去。"

耿曙这些天的烦闷，随着雪仗的结束一扫而空，他与姜恒上了城楼，到角楼里让士兵生了火盆，开始烘衣服。

姜恒拿了点钱出来，给守城的卫兵买酒喝，回头一看耿曙，见他脱得赤条条的，皮肤白皙，体形匀称，犹如骏马般充满着健硕的美感，此时耿曙正站在火盆前抖衣服。

"你就是一身力气没地方用。"姜恒说。

耿曙背对他，说道："嗯，发泄出来就好了。"

姜恒笑了起来，说："真好啊！"

耿曙把手放在姜恒的手背上，握着他的手，不敢转身。

幸而姜恒很快就放开了他，耿曙将烘干的衬裤穿上，姜恒拿起武袍，服侍他穿衣服。耿曙躲避着他的眼神，说："我……自己来。"

姜恒没有回答，为他穿上外袍，又拿起帽子。耿曙便摇摇头，示意不用戴了，他接过帽子，牵起姜恒，二人便出去了。

"在这儿坐一会儿罢。"姜恒说。

城里打完雪仗，简直一片混乱，商铺才刚刚恢复营业。姜恒只想找个人少的地方静静地待一会儿。

"嗯，"耿曙说，"去哪儿都行。"

两人并肩坐在城墙上，面朝城外。这是个光芒万丈的晴天，远处绵延的雪山与崇山峻岭依稀可见。

姜恒倚在耿曙肩上，紧了紧外袍。

"恒儿。"耿曙忽然说。

"嗯？"姜恒抬眼看耿曙。

耿曙避开他的目光，望向南面，想了想说："恒儿。"

"嗯。"姜恒笑了笑，他只想与耿曙安安静静地待会儿，今天耿曙的话让他感觉到，他确实陪耿曙太少了。

"恒儿，"耿曙又自言自语道，"你想过没有？"

"想过什么？"姜恒问。

阳光照在身上很舒服，让他俩暖洋洋的，姜恒穿浅色衣服，耿曙则是一如既往的深色王子武袍，两兄弟就像在屋顶晒太阳的黑猫与白猫。

"如果咱俩不是兄弟，"耿曙说，"会怎么样？"

"啊？"姜恒说，"为什么这么想？"

耿曙答道："我也不知道，就……随口说说。"

他当然知道为什么，他不敢看姜恒。姜恒从未朝这个方向想过。

姜恒没有丝毫犹豫，笑道："就这样，还能怎么样？你怎么了？想东想西的做什么？谁和你说了不该说的话？"

耿曙断断续续地说："没有，只是王祖母的话，让我想到……我是……逃生子，连庶子都算不上，我其实不是耿家的人，我不能姓耿。"

"你爱姓什么姓什么，"姜恒答道，"他们管不着，我许你姓耿。"

耿曙道："我不是一定要姓耿，我更想当聂海。我想说……我只是想……恒儿……"

他侧过头，看着姜恒，一刹那动念。

"如果我不是我爹的儿子呢？"耿曙说，"你别多疑，只是如果，我爹万一不是耿渊，是别的什么人，咱俩不是亲兄弟的话……恒儿？"

姜恒："啊？"

姜恒感到莫名其妙，疑惑地看着耿曙。

"这很重要吗？"姜恒说。

"也是。"耿曙点了点头，决定不再追问。

但下一刻，姜恒的话瞬间带着他从迷雾里走了出来，仿佛漫天乌云一刹那被狂风驱散，现出背后的万丈光芒。

"我其实一直不确定，你是不是我亲哥。"姜恒笑道，"可你就是我哥，你是我的聂海啊！"

耿曙："……"

他从未与姜恒认认真真地讨论过他俩之间的关系，这是从他敲开姜家那扇门之后，第一次听见姜恒说出他的心里话。

姜恒说："我没见过爹，也没见过你娘，我甚至不知道你长得像不像爹。"

耿曙点了点头，脑海中一片空白："对，你没见过他们。"

姜恒又道："可是对我来说啊，你是哥哥也好，是谁也好，这都不重要。你……对我来说，你是……你是……"

耿曙的咽喉忽然有点干涩，他按捺住自己想要抱紧姜恒的冲动。

"你是……"姜恒也不知道怎么形容了，他不像耿曙，他从小就不像耿曙一般被母亲聂七抱在怀中，低声唱"你心里只有一个我，我心里也只有一个你……"。姜恒只被母亲昭夫人抱过一次，还是离别前的那次。

他无法将感情宣之于口，他不知道该怎么朝耿曙说。他想描述一番耿曙在他心里的位置，却无法找到合适的话来形容。

"你就是……我……你……"姜恒觉得很难为情。

"我懂。"耿曙说。

姜恒点点头，朝耿曙笑了起来，这默契解救了他。

"你也是，"耿曙朝姜恒认真地说，"你也是我的性命。"

"不管你是谁，"姜恒说道，"不管你是汁淼，是耿曙，还是聂海。我待你的……我待你的心，反正你知道就行了。这不是就挺好，对吗？"

"好什么好？"耿曙听到"我待你的心"，顿时就心花怒放了。但下一句又让他有点疑惑。他最在意的是，他与姜恒之间有着某种超越一切的羁绊，他曾把这理解为兄弟之间的羁绊，但这羁绊也许将突然消失，这才是最令他耿耿于怀的。

"就算不是……"姜恒想了想，他不知怎么形容，"也有不是的好，你记得姬珣与赵将军吗？像他们那样，不也……"

耿曙："……"

姜恒本意是想说，哪怕他们毫无血缘关系，也可以像赵竭守护着姬珣一样，亦有同生共死的羁绊。但耿曙忽然想到了曾经撞见二人的那一幕。

那年他们还小，什么都不知道，他们懵懵懂懂地一瞥，并不清楚那是什么。但耿曙现在成年了，他大抵懂了。那就像他的母亲对他的父亲一样，就像姜昭在四面高墙中足足七年，守着回忆过日子一样。

耿曙无意识地做了个吞咽的动作，心中仿佛有一面高墙无声地坍塌了。

"恒儿。"耿曙再看姜恒时，目光已经变了。仿佛他们正置身于火海之中，烈焰焚烧了整个世界，他们即将一起死去，而在这天地之间，他们只有彼此。

那就是他想要的全部，他活在这世上唯一的理由。

临 别 曲

脚步声传来，耿曙马上转头看去，姜恒则好奇地看了一眼。

耿曙脑海中一片混乱，竟丝毫未察觉界圭早已上了城墙。

"怎么忽然走了？"界圭说。

"找不到你人。"姜恒笑道，"你是来朝我告别的吗？"

界圭翻越城墙，在距离他们不远处坐下，望向南方说："南方来的人，终归要回南方去的。"

耿曙对界圭的突然出现有点不满，但想到他们明天一早就要启程，自己将陪在姜恒身边，这最后一天，也不能赶走界圭，便没说什么。

姜恒知道界圭不会随着自己去郢国，他将留在雍宫中，说不定又会被派给太子。

"待我走了，"姜恒说，"好好与太子相处。"

界圭自嘲地说道："不去东宫了，就待在桃花殿里罢。"

界圭转过脸。不知道为何，耿曙忽然想起了郎煌所描述的那个戴着面具的侍卫。

耿曙眯起眼，打量着界圭。

"你脸上有伤，"耿曙说，"我记得从前没有，哪儿来的？"

界圭说："好眼力，从前确实没有。"

界圭一副轻描淡写的模样，姜恒却是记得的——那天在东兰山中，他掷出一块烧红的木炭，在界圭眼角处留下了一道浅浅的疤。

"对不起。"姜恒说。

界圭一本正经地说道："是我自作自受，本是活该，你心这么软，以后要怎么成大事？喏，给你。"

说着，界圭扔过来一面腰牌，上面以篆文留了个符号，耿曙抬手接住。

"抵达江都后，"界圭说，"人手若不够，可以找桃源的人，出示这面腰牌，他们会听你吩咐。"

姜恒看了一眼，腰牌上面是个桃花的标记，他点了点头。

"越国人？"耿曙问。

"族人。"界圭答道，"越地亡国后，有人跟着汁琮来了北方，有人入郑，有人入郪，桃源人是其中的一支。"

姜恒道了谢，知道界圭一定与故国之人有联络，越人虽失去了他们的国土，却散入了五国之中，成为神州大地的血脉，他们的性格无时无刻不在影响着各国，他们的歌谣正在世上传唱。

姜恒说："谢了，今天过节，你回去好好歇着罢。"

"让他留在这儿罢，"耿曙说，"今天是他保护你的最后一天了。"

界圭朝姜恒说："你怎么总是嫌弃我？"

"我没有，"姜恒哭笑不得地说道，说实话，他还挺喜欢界圭的，"我会想你的。"

"希望是。"界圭说，"我这辈子啊，就是用情太深了。"

"可以了。"耿曙开始觉得不舒服了，界圭总是有意无意地要逾矩，这点让耿曙有时很想揍他。

又有人吹了声口哨，姜恒转头，不见其人，只闻其声。

"孟和！"

孟和一个翻身，上了城墙。

"打雪仗去啊！"孟和朝姜恒说。

又来了一个告别的，耿曙不耐烦地说："不去了！"

"找你们半天，"山泽两人与水峻牵着手，沿着城楼拾级而上，"原来你们躲在这儿啊。"

"我就说他俩躲起来了。"郎煌道。

居然全来了，耿曙知道，他们多半是商量好来找姜恒告别的，毕竟这么一去，回来还不知道要何年何月。

"坐罢。"耿曙说。

于是孟和、山泽、水峻、郎煌，四人一字排开，坐在城墙上，填满了界圭与耿曙、姜恒之间的空位。大家把脚垂着，孟和一脚踏着城墙，一手搁在膝上，提着一袋酒。

"在看什么？"孟和问。

"看长城。"姜恒答道。

"看得见？"孟和转头，看看身边几个人问道，"你们看得见？我莫不是瞎了？我怎么看不见？"

众人都笑了起来。

"你汉话越说越好了。"姜恒说。

"学的。"孟和说。

"废话。"山泽说。

众人又笑，姜恒觉得这场面真的十分有趣，来人全是王子！氐人的王子、风戎人的王子、林胡人的王子——如今已是林胡王了，以及自己身边的雍人的王子。

这当真是难得一见的场面，诸人却不怎么在乎自己的身份，他们吵吵闹闹，像极了落雁城集市上那些三五做伴、勾肩搭背的小伙子。

水峻说："你想回家，是不是？都说南方才是雍人的家。"

姜恒答道："天大地大，天地就是我的家。倒是有些人，应当希望雍人赶紧滚蛋罢？"

众人又笑，郎煌说："是又如何？雍人早该滚了，滚得远远的，不要回来。当然，你愿意来，我们还是欢迎的。"

耿曙淡淡地说道："我呢？"

郎煌说："你就算了。"

孟和指着远方，说："长城！我就想去看看。"

姜恒问："你们到过长城的南边吗？"

"没有。"山泽说。

孟和也摇头。

几人没有一个去过长城以南的地方的。

"南方什么样？"孟和道，"你说，恒儿。"

耿曙皱了皱眉，"恒儿"这个称呼太亲昵了，平日里只能自己对姜恒用。

水峻神秘兮兮地朝山泽眨了眨眼，意思是：你看，我说得对罢？山泽却露出了责备的眼神，让水峻规矩点，不要拿他俩乱开玩笑，毕竟人家是亲兄弟，与少年郎之间的亲昵不一样，传出去对名声不好。

姜恒没有看到这些细节，他回答道："南方啊，其实没有想象的那么好，中原大大小小的战乱已经持续很多年了。当然，也有很美的地方，嵩县就是。"

"我的封地，"耿曙说，"我是武陵侯。"

"嗯，"姜恒朝他们说，"武陵，就在琴川边上。"

"琴？"孟和问。

山泽解释道："玉衡山下，有五道河流，远看就像琴弦一般，所以叫琴川。"

孟和点了点头，做了个"弹琴"的动作。山泽说："我是很想去洛阳看看的，听说那里是天下的中心。神州的知识与书本，诗、书、礼、乐，俱在王都，犹如天上的宫阙。"

"已经被烧了。"姜恒说，"眼下保留得最好的书本，在梁国安阳。"

山泽叹道："太可惜了。"

山泽从小便读汉人的书，对中原十分向往。姜恒说道："等雍军入关，你可以来中原看看。"

山泽说："我从小就想游历神州。"

"会有机会的。"姜恒说。

水峻对山泽说道:"你会带我去吗?姜恒还没走呢,你倒是想走了。"

山泽笑了起来,揽着水峻的肩膀说:"自然要同你一起,去哪儿都不会分开的。"

"哎——"众人实在受不了他俩。

"我也想去,"孟和朝姜恒说,"明年我去看你。"

耿曙对孟和总抱着一点警惕,但耿曙与他的兄长——风戎大王子朝洛文乃是生死之交,所以不怎么讨厌孟和,而且兄弟俩长得太像了,这也让耿曙对孟和讨厌不起来。

姜恒心里则有点不舍,虽然与他们相处的时间不长,彼此却一起战斗过,这是同生共死的情谊,自当不一样。

"我们可以在嵩县见面,如果有机会的话。"姜恒说道。

"你呢?"孟和朝郎煌问。

"再说罢,"郎煌说,"我对中原没什么兴趣,去逛逛是可以的。"

一时众人都沉默了,他们一同望向远方。从这里看不见长城,太远了,也看不见玉璧关,却看得见那隔开中原大地与北方雍国的连绵不绝的山。

"不过我也听过,"郎煌说,"那是一片很美的地方。"

"天下处处都很美,"姜恒说,"你喜欢一个地方,是因为这里有对你而言重要的人。"

大家想了想,纷纷点头。耿曙却知道姜恒那话的本意——姜恒接受了雍国,始终是因为雍国有耿曙在。这个原因,从来没有改变过。

他搂紧了姜恒,夕阳渐渐沉了下去。孟和说:"听说你会弹琴,姜恒,弹琴给我听。"

姜恒哭笑不得地说:"我不会。"

山泽正色道:"你爹生前琴艺是天下第一,你不会?骗谁啊?"

界圭说:"我去找琴,他会,我听他弹过。"

姜恒:"你什么时候听到的?"

"潼关!"界圭眨眼间已下了城墙,"半夜——!"

姜恒与耿曙对视了一眼，耿曙点了点头，示意：弹罢，我也想听。

郎煌看着界圭的背影若有所思，耿曙望向郎煌，郎煌却若无其事地收回了视线，打量着姜恒，然后眼里带着笑意地取出了他的云霄笛。

"我给你吹笛。"郎煌说。

不多时，界圭回来了，拿着姜恒收在宫中的那张琴，还带了几坛酒。姜恒打趣道："你们要趁着今天不禁酒，把一年的量全喝了吗？"

界圭说："不知为什么，今天特别想喝。"

回来后，郎煌又多看了界圭两眼。

姜恒说："好罢，奏一曲琴，权当为同生共死的袍泽们送行。"

"我不听哀乐，"孟和说，"已经送过他们了。"

"要的，我还没送过他们呢。"姜恒接过界圭递来的琴，调整好姿势。耿曙便自觉地侧过膝，架在城墙上，膝头供姜恒枕琴。

随即，孟和让众人稍等，跃下城墙也带来了一件乐器，是一把小小的胡琴，形状犹如琵琶，手指轻弹，会发出清脆声响。

姜恒有点惊讶，孟和居然会弹奏乐器？

"快收起来！"郎煌正在调音，说道，"这又不是赛马大会，没人听你弹棉花。"

众人哄笑，孟和却倔强地要与姜恒和音。山泽与水峻则各拿出一个陶埙，一黑一白。

姜恒笑了笑，沉吟片刻。耿曙腾出一只手搁在琴上，替他按弦。

姜恒行云流水般连弹，所奏却是铿锵有力的《小雅·常棣》。

"常棣之华，鄂不铧铧！"

姜恒低声唱道。

耿曙接唱了下一句，他引吭道："凡今之人，莫如兄弟！"

歌声一起，埙、云霄、胡琴三器应和，乐声顿时澎湃激昂起来。

"死丧之威，兄弟孔怀！原隰裒矣，兄弟求矣！"耿曙看着姜恒，唱道。

姜恒脸上带着悲伤的笑容，他的本意是缅怀在这场大战里死去的外族袍泽们，但在耿曙的歌声之下，哀戚之意渐缓，化作对生者的勉励。

接着，耿曙手腕换弦，姜恒单手弹奏，顿时被带跑了琴音，琴声越发厚重。

"死生契阔——"耿曙闭着双眼，认真地唱道。

"与子成说——"众人纷纷停下手中的乐器。这首歌在塞外传唱已有百年，连孟和都会唱。大家听到熟悉的旋律，顿时随之唱了起来。

"执子之手——"耿曙空出的一只手握着姜恒的手。

"与子偕老。"界圭望向远方，轻轻地随之唱道。

《击鼓》之音响遍神州大地，有人的地方，就有这首歌：死生契阔，与子成说。执子之手，与子偕老。这首歌既是袍泽们征战时对彼此性命的依托，又是情人之间生死相随的歌谣，就连城墙上的士兵们听见这歌声，也纷纷唱起了《诗经·击鼓》。

姜恒停琴，说："两首了，够了吗？"

"再来。"耿曙按了另一根弦，姜恒想了想，奏出第三首琴曲。

"山有木兮木有枝。"耿曙闭着眼也知道姜恒的第三首琴曲是什么。

云霄乐声停，这首《越人歌》是几人都没听过的，但界圭、耿曙对这首曲是熟得不能再熟了。

"心悦君兮——"界圭的声音忽然变得嘹亮，仿佛被那琴声触动，动情地唱了起来。

姜恒："今夕何夕兮，搴洲中流。"

"今日何日兮，得与王子同舟。"耿曙与界圭一同应和道。

这首歌确实非常应景，城墙上所坐俱是王子，真正"与王子同舟"之人，当然就是姜恒了。

"蒙羞被好兮，不訾诟耻。"姜恒每次唱到这句时，总有点不好意思。越人那奔放、大胆的歌谣，仿佛在朝整个天地诉说着自己源源不断的情，而这情感也正是这首歌里最动人之处。

"心几烦而不绝兮，得知王子。"耿曙望向姜恒，嘴角微微上翘。

琴声渐渐沉寂下去，在那余音里，界圭的声音渐低，最后唱道："山有木兮木有枝。"

众人都会了，于是在袅袅琴音消散之际，随之唱道："心悦君兮——君不知。"

姜恒收了琴声，将古琴放在一旁。

"真好听！"孟和震惊地说道，他是第一次听《越人歌》，"太美了！"

界圭朝他们解释道："最后一句，是不唱出来的。因为既然'君不知'，平日里便不可说，只有成'绝唱'之时，才能唱出口，即最后一次奏琴，奏过后便要赴死了。"

"哦。"耿曙点了点头，这点连他也不知道，但回想起父亲生前每次奏这首歌，似乎从来没将"君不知"三字唱出来过。

姜恒却想起了赵竭与姬珣。

夕阳渐沉，众人又出了一会儿神，直到如血般的残阳落下地平线，一年中白昼最短的一天结束了。

"做雪灯去罢，"水峻提议道，"走了！"

姜恒欢呼一声，余人便纷纷下了城墙。落雁城的百姓们狂欢了一天，终于迎来了冬至日倒数第二个庆典，全城近四十万人离开家门，在大街小巷、自家门外、主街道上，以积雪堆出雪人雪狗、飞鹰走狐的造型，把心脏处掏空，放上一盏小油灯。

随着天色渐暗，那才是真正的万家灯火，星星点点的灯光从雪中投射出去，汇聚成从四面八方延展向雍宫的光流，犹如梦境。

最终汁琼亲自在玄武神像前点燃万民之尊的君王灯，以作祭祀之用，保佑来年风调雨顺，战无不胜。

姜恒与耿曙堆起两个手拉手的雪人，各在雪人心上点起一盏灯，与君王灯遥相呼应。王宫开宴并将食物散予全城百姓，百姓纷纷到宫前校场上叩见汁琼与汁泷。

姜恒用过晚饭，玩了一整天，已困得不行了，却还在等夜半的贺岁爆竹，耿曙为他换过衣服，说："明天一早还要出门呢，困了便睡下罢。"

"我躺会儿，"姜恒说，"半夜叫我起来。"

耿曙才不管那些，见姜恒躺下，便也上榻去睡在他身旁。姜恒推了推他，说："回你寝殿睡去。"

"不去。"耿曙直截了当地拒绝了他。

姜恒只想捉弄他，唱道："今日何日兮，得与王子同舟……蒙羞被好兮，不訾诟耻……"

耿曙："别闹！"

姜恒要用被子捂他，耿曙却反过来压着他，让他不许乱动，姜恒眼皮渐重，睡着了。

出 质 行

夜半，爆竹声响起，一年过去了。姜恒迷迷糊糊中听见有人在与耿曙说话，便挣扎着要起来。

"你快回去罢，"耿曙说，"明天还来送呢，着急什么？"

"明天怕来不及说了。"太子泷的声音传来。

"殿下？"姜恒彻底醒了，他感觉到了太子泷身上散发的冰凉气息。今天太子泷也很累了，他在宫外替汁琮见百姓，站了大半天，又要款待群臣。他刚脱下身上满是雪的斗篷，两手还是凉的，呵了呵气就坐在了榻畔。

耿曙只得起身去给姜恒倒水喝。

"你今天一定很累了，"姜恒说，"早点回去歇下罢。"

"不累，"太子泷笑了笑，说，"这是我的责任，好不容易忙完，只想与你说说话，你躺着就行。"

姜恒还是坐了起来，耿曙说："喝点热茶罢。"

于是三人围坐在几案前，雪夜红炉，茶香四溢。

"你明早就要走了啊，"太子泷说，"我舍不得，你是我弟弟，这一去不知多久才能再见。"

姜恒笑了起来，说："五国联会上就会见面了，最迟秋天。"

太子泷轻轻地叹了叹气，又看耿曙。

"你照顾好哥哥，"太子泷说，"他没有看上去那么……我知道他的心里，其实很……很在乎你，恒儿。你责备他，他就会生气，你待他好点，他就高兴得不行……"

耿曙觉得莫名其妙："你大半夜的过来，就说这个？这与你有什么干系？"

姜恒笑了起来，说："我会看好他，我会好好待他的。"

耿曙："我照顾恒儿还差不多。"

姜恒与太子泷相视一笑，仿佛有着某种默契。姜恒知道太子泷接受了，他不再执着于耿曙，哪怕他仍依恋着耿曙，却已释然了。因为耿曙本来就是姜恒的，除了他，姜恒什么都没有，而太子泷自己还有父亲，有家人。

若他还想与姜恒争夺耿曙，那姜恒就什么都没有了。

"这一年，"太子泷又想了想，说，"对大雍来说，是前所未有的一年。"

姜恒说："像是看见了历史，对吗？"

太子泷点了点头，内心有点不安。这话每一个人都没有说出口，但心里一定都在想一样的问题：雍国出玉璧关，将面临百年来前所未有的剧变。也许雍国会一统天下，也许是万劫不复，但天意的车轮既已开到面前，便无法阻挡，只能随之向前。

"我们会成功的，"耿曙说，"放心罢。"

太子泷说："有时我就像在做梦一般。"

姜恒接过耿曙递来的茶，手指蘸了少许茶水，在案几上画出简单的天下地图，说："你觉得我们有什么？"

"我们的人不够，"太子泷说，"物资也不够，我们面临着许多难关，变法的整个过程反而让我糊涂了，大雍如此年轻，能争得过有着数百年历史的中原四国吗？"

"正因为大雍年轻，"姜恒说，"这才是我们最大的倚仗。"说着，他示意太子泷望向梁、郑、代、郢四国，说："中原的每一国，俱是士大夫把持朝政。梁国自重闻故去后，朝中势力便无法再相互制衡，于是梁国开始重文抑武。郑国俱是老朽之人，行事僵化。代国不必再多说了，王族的内斗虽已结束，却也无力再争霸天下，只能成为别国的附庸。"

"我们有什么？"姜恒提醒道，"我们有人。"

太子泷点了点头。

"雍国的人才，尤其是东宫的人才，"姜恒说，"放眼如今天下，已足够与四国一较短长，而且这些人才非常年轻，年轻就意味着他们天不怕地不怕。更重要的是，雍国关内是毫无利益之争的，大家不需要顾忌利益，在征战天下这个目标面前，大家可以团结一致。"

姜恒所言不假，雍国关内各族间几乎不存在利益争端，也就不会有内斗，朝中文武百官不需要顾忌哪一国该打、哪一国不能打的问题。

"我们有五国中最优秀的军队，"姜恒看向耿曙，说，"有五国中最优秀的将领。"

耿曙说："还有最优秀的文臣。"

姜恒笑道："不敢当。"

太子泷吃下了姜恒的这枚定心丸。确实如此，代王李宏死了，梁国军神重闻被杀了，连郑国大将车倥都死于姜太后的剑下……车倥死得实在冤枉。

试问如今天下论打仗，还有谁是耿曙的敌手？唯一能与耿曙对阵的，就只有郑国那名美人将军龙于，但也仅仅是对阵耿曙。同时，他们背后还有个一样能打仗的雍王以及武英公主汁绫。

虽然汁琮一败再败，先丢了玉璧关，最后还险些被端了王都，但太子泷依旧对父亲抱着坚定的信心。雍国从建国起，培养武将的能力就是天下最强的，换句话说，名将绝不是问题，而唯一的短板就是文臣。

姜恒加入后极大地发挥了东宫的优势，这个短板也被抹平了。

"我再问一句，咱们现在最缺的是什么？"姜恒朝太子泷问道。

太子泷本来觉得军费也缺，人也缺，可就在迎上姜恒的目光时，他知道姜恒要的不是这些答案，他必须谨慎回答。

"民心。"太子泷最后道。

姜恒笑了起来，点头说："得民心者得天下，来日入关后，一定要赢得民心，殿下，其他问题都是次要的。"

太子泷说："你会回来的罢，我可不希望你最后成了郢国人。"

姜恒大笑，耿曙喝了口茶，说道："只要我在雍，他就在。"

太子泷有点疲惫地笑了笑，看着耿曙，他心里很难受，几乎哽咽着说道："哥，我会想你的。"

"我也会。"耿曙答道，一时间他觉得自己对太子泷确实有点无情，但他的心已经不可能再装下另一个人了。

姜恒凑过去抱了一下太子泷。这半年中，他与太子泷已成为共进退的搭档，太子泷对他也给予了极度的、毫无保留的信任，太子泷从未怀疑过他的任何决断。

"这个你戴在身上罢。"太子泷拿出玉玦，要交给姜恒。

"不不不。"姜恒观之色变，这是星玉，怎么能拿？

太子泷说："你去郢国当质子，我始终不放心，它能守护你。"

姜恒："王陛下发现星玉没了，会千里追杀我的！"

耿曙亦为之动容。这些年来，太子泷始终将星玉视作性命般爱惜，从来不轻易示人，汁家没有金玺，于是星玉便成了汁琮自诩"正统"的证明。

如今太子泷竟愿意把它交给姜恒！

姜恒非常感动，但他绝对不能收。

"我有这块，"姜恒伸手从耿曙的胸前掏出他那块，说，"一样的。"

太子泷想道：也是，那本是耿家的东西，姜恒对它也有继承权，便不再勉强。

"星玉是国君之证，以后你会是一个很好的国君。"姜恒认真地说，"这是我的心里话，殿下。"

"不可能，"太子泷无奈地说道，"不必安慰我，我知道我不行，比起伯父来，差远了。"

"比起父王来，还行。"耿曙破天荒地表扬了他一句，还是拿汁琮做对比。他从前始终觉得汁琮的决断没有问题，但就在姜恒回来后，他发现汁琮是个好父亲，却一定不是个好国君。

太子泷才是雍国未来的希望，也正因如此，朝臣们都忍着，百姓也忍着，汁琮也知道所有人都在忍他，但他不在乎。

姜恒打趣道："你为什么不相信呢？我见过这么多的国君，哥哥，你确实做得很好。"

太子泷说："只不过是矮个里头挑高个罢？"

姜恒忽然想到之前和鬼共生的对话，没想到太子泷倒是自己说了，当即被触动了，瞬间大笑起来。

耿曙："有这么好笑？"

姜恒笑得眼泪都出来了，连连摆手。

"你愿意相信人，"姜恒说，"储君也好，国君也罢，都不是圣人。哪怕圣人也会犯错，学会信人与用人，这是身为君王最重要的品质。"

太子泷笑道："那也得信任对的人，我不过是运气好罢了。"

"该信什么人，不该信什么人，"姜恒笑道，"你心里其实都明白，是不是？"

姜恒一直很清楚，太子泷有明辨是非的能力，对山泽的态度、对氏族、对汁琮的决定，他心里本来就有一杆秤，只是在汁琮的威严之下，他许多话不能说，却不意味着他是非不分、黑白混淆。

他有信心，太子泷来日是个能分辨忠言与谗言的国君，因为太子泷始终是清醒的。

但耿曙听到这番话时，实在有种说不出的滋味，他已经彻底混乱了。

这得怎么办？设若他的推测不错的话，姜恒才是真正的太子。

太子泷离去后，耿曙好不容易平息下来的心绪再次波动起来，他必须守护好姜恒，太子泷的那块星玉再次提醒了他。

那本该是姜恒的东西，它是汁琅传下来的。耿曙现在已经完全确认他对此有责任了，半点也没有像最开始看见另一块星玉被太子泷持有时那么抗拒了。

另一块玉玦归太子泷，耿曙不认。

如果归姜恒的话呢？耿曙认，不仅认，还必须为他赴汤蹈火，取回这块本该是他的玉块。

可是他得怎么做？朝汁琮报仇？杀了他？废了太子泷？让姜恒当太子？

站出来维护真相的结果是什么？

他与姜恒一起死。

不会有人相信，就连耿曙都用了很长时间才说服自己，可见这个消息一旦传出绝对可以撼动整个雍国。他必须考虑周全，自己粉身碎骨不足惜，但绝不能害死姜恒。

翌日姜恒出质，王室除了姜太后都来送了。耿曙看着汁琮，心里又浮现了那个念头。

天蒙蒙亮，晴空万里。

姜恒依质子之礼拜别雍王室与文武群臣，物资共押了八车，乃是按诸侯王的礼法布置的，又有雍国骑兵护送，打黑色王军大旗。汁绫亲自护送他们前往玉璧关，再驻留于玉璧关换防，派人送他们下郢地。

"出去就……自己照顾好自己罢，"汁琮祭过酒后说道，"反正你俩自幼就是这么过来的。"

汁琮已经做好了布置，在他的计划中，姜恒还剩下一年的性命了。

"是，父王。"耿曙答道。

队伍启程，耿曙进了马车，姜恒正在马车中读一本书，路上十分无聊。

"现在又剩下咱俩了。"姜恒笑道。

"恒儿，"耿曙在旁坐定，忽然说，"就算全天下人都是你的敌人，我也会守好你。"

姜恒："啊？"

这些天里，姜恒一直觉得耿曙有些莫名其妙："你都在想什么？"

耿曙不再说话了。姜恒踹了踹他，耿曙叹了口气，仿佛做了一个极其艰难的决定。片刻后，他不再多想，说："到我这儿来。"

姜恒便挪了过去，依旧看他的书。耿曙沉吟不语，他将心里的事想了又想，毕竟这是对他而言一生中最重要的事。

设若姜恒的身世当真如他猜测……那么姜恒就是太子。汁琮杀汁琅做错了吗？做错了。他必须为姜恒讨回这个公道。对此，他只能与汁琮为敌，别无选择。

太子泷是无辜的，耿曙不会杀他，铸成大错的人是汁琮。

他要为姜恒讨回这一切，这是他的使命。可是要怎么做呢？太难了。耿曙几乎能预见自己将与大雍举国为敌的局面。

然而哪怕前路布满荆棘，他也必须为姜恒去拼命。

他开始意识到郎煌的厉害之处了，他虽不是雍人，手段却比雍人更狠。

郎煌算计了他，这场算计简直太毒辣了。

但一切还不确定……

雪 山 巅

耿曙反复告诉自己：我没有证据，我需要找到证据并在适当的时候告诉姜恒这个事实，让姜恒自己决定。只要姜恒需要他，他什么都能去做，大不了就是个死，有什么好怕的？

耿曙现在唯一的希望就是：郎煌在骗他，这一切是假的。

可当他看见界圭的面具时，他已无法再说服自己了，而且他始终认为，这不可能是郎煌离间他与雍王室的恶作剧。

姜恒："嗯？"

姜恒抬头看耿曙，用书拍拍他的侧脸，问："你又怎么了？"

耿曙今天又开始心不在焉了，他猛然回神说："没……没什么。昨夜没睡好。"

姜恒扳着耿曙的脸，在他的脸上亲了一下。在马车里避开了外人，姜恒便像以往一般放肆了。

耿曙满脸通红，不自觉地抿了下唇，转过头去，他竟有点紧张。

"我……恒儿。"耿曙说。

姜恒又将手伸进耿曙的脖领里掏出玉玦。耿曙当即做了一个前所未有的举动，他拽住了绳，说："做什么？不能给你。"

耿曙的举动纯粹是下意识的，因为现在与从前完全不一样了，姜恒才是另外一块玉玦的持有者，他就是另一半星玉，而自己则是这一半。他们就像这两块玉玦，从来到这个世上，便注定了彼此依存的命运。

姜恒："我不要！收着你的破烂罢！"

姜恒不搭理他了，开始在马车座位下翻找。

耿曙想起来了，问："你给我编了穗子吗？"

姜恒懒得答话，他找出红绳就开始编。耿曙讪讪地想说点什么，奈何嘴拙，不知怎么讨好姜恒，姜恒却"啊"的一声，说："你听。"

耿曙赶紧凑过去，抱住姜恒，说："什么？"

姜恒拉开马车帘，说："听见了吗？有人在吹笛子！"

笛声离得很远，若有若无。耿曙也听见了，他皱起眉撑着车帘。

"桃之夭夭，灼灼其华。之子于归，宜其室家……"姜恒跟着笛声，轻轻吟唱道。

"是界圭。"汁绫公主的声音传来。

"他会吹笛子？"姜恒震惊地说道。

"会。"汁绫骑着马过来，到马车前说，"我大哥还在世的时候，他天天在宫中吹。有人稍微惹他不高兴，他就坐在桃花殿里吹这根破笛子。大哥死后，他就不吹了，这是他在送你呢。"

界圭站在满是冰雪的山峰上，戴着银面具，表情淡漠地吹着一根越笛，笛声传下山去，远远地传向大路。

直到姜恒的车队已成为一行黑点，界圭才收起越笛。

"当初杀我没杀成，是不是很后悔？"郎煌来到界圭身后说道。

界圭没有回头，他眺望山下，漠然地说道："人各有命，这是太后说的，既然你没死，就是天意使然，有什么可后悔的。"

郎煌活动了一下手指，捏了几下指节，说："早知道你不会持之以恒地来杀我，我就不用这么慌张，急着把这件事说出去了。"

界圭冷漠地说："有人信吗？哪个白痴？叫来我看看？"

"只有一个人会信。"郎煌皱眉道，"人各有命，天下这么大，什么人都有，总有人会信，对不对？"

界圭不再答话，他跃下山，朝着落雁城的方向去了。

落雁城前，送别姜恒出质后，大臣们各自散了，只有太子泷还站在城墙上依依不舍地望着远方。

汁琮今天选择步行回宫，卫卓跟在他的身边，许多年来，他们君臣相伴。卫卓与汁琮低声说着话。

"昨夜殿下在他的寝房内待了一个多时辰。"卫卓说。

"汧泷是个单纯的孩子。"汧琮对亲儿子的个性实在很头痛。

汧泷太容易信任别人了，对国君来说，这不是什么好事，不过一切很快就会结束，姜恒的威胁已变得不重要了。但杀了姜恒，未来是否还有其他威胁，这很难说。什么时候，儿子才能在大臣面前树立储君的威严，不要那么言听计从呢？

"人已经跟过去了罢？"汧琮自打卫卓提议以来，还没见过那群刺客呢。

卫卓答道："鸣沙山的门主已派他们入关。"

汧琮说："打发他们点钱当经费，一群西域人，会说汉话不会？"

"血月手下的孩儿们虽然自小在轮台长大，却都是汉人出身，"卫卓说，"王陛下大可放心。"

汧琮点了点头，卫卓又现出为难的神色，说："但血月有一句话，须得知会王陛下一声，虽说到一年后才动手，可就怕情况有变，到时想动手还须提前刺探。"

汧琮明白卫卓的话中之意：要下手杀人，须得等最好的时机。就像耿渊埋伏多年才动手一般，这个时机也许要等待很久，也许就在一两天之内到来。哪怕成名的刺客，也无法决定这个时间点。

"时机交给他们自己判断罢，"汧琮说，"早几天晚几天，没有多大区别。"

汧琮暗示：如果合适，大可提前刺杀姜恒。卫卓听到这儿便放下了心。

"但记着，"汧琮说，"不要碰汧淼，否则说好的报酬就全没了。"

卫卓忙躬身道："是。"

大寒，征鸟厉疾，水泽腹坚。

姜恒再一次看见了玉璧关，情况比军报中描述的要严重不少，这都拜宋邹的火攻之计所赐。一个月前的那场大火借着风势，无情地吞噬了玉璧关两侧的山头，烧死了近八千名梁军。如今两山被烧得光秃秃的，山上覆着新雪，不时还有小型雪崩。

"你部下烧的，"汧绫说，"烧得还挺是时候，宋邹看模样斯斯文文的，也是个狠角色。"

姜恒无奈地说道："必须速战速决，没有办法，战术是我哥制订的……"

"很好啊！"汁绫道，"烧的反正不是我。"

姜恒站在关墙下抬头看，只见玉璧关被熏得漆黑，这场大战给它留下了不可磨灭的印迹。从夺回关隘起，汁绫便吩咐一千名士兵日夜擦洗关墙，足足一个月的时间，只恢复了两成。

耿曙摸了摸海东青的头，辛苦它在中间传信，还受了伤。

姜恒看了一圈，发现大部分防御工事都被烧毁了。耿曙重新与汁绫商量布防，两天后，车队重新启程。

离开玉璧关，姜恒一行人便真正进入了中原地域。

"其实现在回想起来，"姜恒朝耿曙说，"陆冀的眼光还是很长远的。"

耿曙道："你怎么知道是陆冀？"

"东宫的规划，"姜恒说，"多半出于他手，不会有别人。你看管魏像是会抓天子当人质的人吗？"

两年前雍兵入关，控制了洛阳沿线的官道，一路深入中原腹地，直抵长江北岸、玉衡山下的嵩县，这就使得雍国得到一条狭长的、南北走向的长廊。也正因如此，姜恒与耿曙南下才不会遭到任何国家的伏击。

"去洛阳看看？"耿曙说。

"算了罢，"姜恒答道，"回头再说。"

当初的洛阳已被郓军一把火烧成白地，那是姜恒与耿曙的另一个家。浔东城与洛阳都被火烧了，有时姜恒总觉得自己是不是命里缺点什么，每次都会碰上火灾。

耿曙站在高处，眺望曾经的王都，又转头，望向遥遥相对的另一道高崖，那是他曾经万念俱灰，想纵身一跃去陪姜恒的地方。

幸好没有。

"也是。"耿曙说，"只要人活着，就总有希望，走罢。"

那是他们分离五年后重逢的逃亡之路，昔时战乱的痕迹已被植被掩盖，哪怕再惨烈的战场遗迹，一旦覆上了千万新芽与藤蔓，亦有欣欣向荣的气息。

车队持续行进，最终抵达了嵩县。

"唉，又回来了。"姜恒进入城主府后的第一件事，就是脱光了去泡温泉。时值隆冬，嵩县却四季如春，只不过每次回来，都匆匆忙忙的，逗留时间不超过三个月，所以没有一次能好好享受这里的生活。

"汇报军队情况。"

耿曙今天没有陪姜恒去泡澡，而是在回府后召集将领与宋邹议事。

"就这么忙吗？"姜恒道。

"你先去。"耿曙说，"得抓紧时间，咱们不会在嵩县待太久。"

宋邹抱着军务文书上来，耿曙便示意他讲。

姜恒尚不知道耿曙在躲避什么，这一路上他总觉得耿曙有点心虚，举手投足间也有点不自然，总像有心事般，问他又不说，姜恒便将它简单地归结为：耿曙在考虑出质的事。

他在温泉池中泡了许久，等耿曙回来，耿曙却还在议事，最后姜恒泡得头晕眼花，实在不想等了，就拿着梅子水边走边喝。姜恒回到正厅中，见人已散去，耿曙依旧端坐，埋头翻看军事情报，宋邹在旁坐着。

"洗好了？"耿曙说。

"等你半天了。"姜恒说。

"那我去罢。"耿曙答道，旋即起身。

姜恒心想：刚才怎么不来？于是他懒洋洋地倚在榻上，朝宋邹说："有什么说的？"

"还真有不少，"宋邹笑道，"太史大人选中新的天子了？"

姜恒没有回答，耿曙却插话道："没有，试试而已。"

"快滚！"姜恒说。

耿曙快步走过长廊，前往温泉池的途中他不禁叹了口气。

正厅内，姜恒手上依旧编着穗子，随口道："未来的钱，将大量经过嵩县，往代、郓两国流转，你知道有多重要，千万当心点，别给我们惹事。"

"是。"宋邹答道。

嵩县既是长江的港口，又与代、郓二国接壤，陆路商队可通西川，水路可通江州。接下来，雍国的钱将通过此地换成货物，有流转，便有油水可捞。姜恒很清楚，宋邹不可能是完全的清官，所以提醒他不要做得太狠，凡事必须以大局为重。

"想必太史与上将军这次也不会待太久。"宋邹说。

"三天后就走了。"姜恒答道。

宋邹沉默了，姜恒问："四国有什么重要消息？"

"情况与落雁城的判断并无太大出入。"宋邹说，"太子灵败走，经潼关撤入代国境内后，如今已回到国都济州。老郑王恐怕撑不过今年了，赵灵再无余力出兵，更何况盟友梁国折损士兵近万，还丢了玉璧关。赵灵的声望已落到谷底，五年之内不可能再发起联军了。"

"其他的，"宋邹想了想，说，"都汇报给上将军了。但有一件事是关于汁琮的，方才来不及说。"

姜恒扬眉做询问的表情，心道：我信你个鬼，什么来不及说？一定是不想告诉耿曙。

姜恒："庙堂之争？"

宋邹："江湖传闻。"

姜恒已很久没听过江湖传闻了，倒有点好奇。

"您听说过一个叫'血月'的组织吗？"宋邹说。

"听过。"姜恒的回答让宋邹大感意外，但宋邹转念一想便懂了，自言自语地说道："确实应当听过。"

"但也仅仅是听过而已。"姜恒说，"曾经在师门中，鬼先生说过，这个组织始终想入驻中原，控制神州天子，组建影子朝廷，不过没有成功，也许是运气不太好罢？"

宋邹道："他们是起源于轮台东地的一个西域门派。"

"嗯，"姜恒说，"培养刺客的组织，听说他们的刺客非常了得。"

宋邹说："还听说，轮台人会不定期到中原来，甄选六岁以下的孩童带到血月中培养，让他们充任杀手，为各国国君办事。太史大人觉得，他们的本领如何？"

姜恒编着手上的穗子，答道："不太清楚，你觉得呢？比起我爹怎么样？"

"传说血月中的顶尖高手，足够与中原的大刺客平起平坐。"宋邹想了想，答道。

"人们都说我哥的武艺已经与我们的爹生前差不多了，"姜恒笑道，"若有天碰上，我倒很好奇。"

宋邹说："也许有这个机会？我们的商人打听到了一个消息，血月与雍王达成了一个协议。"

重头戏来了，这是姜恒完完全全不知道的，汁琼瞒过了所有人，他甚至猜不到是谁在其中牵线。

宋邹有自己的情报网，他告诉姜恒这点，也是在暗示姜恒，汁琼一定还有别的计划，让他务必注意。

"知道了。"姜恒说。

耿渊琴鸣天下，给中原四国带来了前所未有的震撼，让他们彻底清醒过来——以一个人的力量，可以造成如此影响，国家与族人的未来被控制在武者手中，这非常危险。

而琴鸣天下也昭示着一个时代过去了。从此各国加强了对御前侍卫的训练，招募身手强大的武士门客，力图改变这一切。如今的中原，大刺客已绝迹，四国不遗余力地收编或剿灭尚武组织，以避免再有耿渊之流的出现。

要下棋就得遵守规则，绝不能一言不合就掀棋盘。如今大刺客里，行迹确定的只有界圭，罗宣远走海外，神秘客也有许多年未曾听见消息了，刺客们最辉煌的时代已消逝，汁琼却依旧不死心，意图引入新的变数。

这不是好现象，但至少目前来说，姜恒不需要忌惮任何刺客，因为他的身边有耿曙。

沉 江 舟

耿曙敞着浴袍，露出胸腹，在坐榻上擦头发上的水。

"怎么？"耿曙不安地说道，迎上了姜恒打量他的目光。姜恒笑吟吟的，仿佛在看自己的所有物。

姜恒侧过去为他擦拭头发，耿曙说："早一点出发去郢都罢，后天就走。"

"好。"姜恒顺从地说，只要身边的这个人在，他就什么都不用怕。

耿曙需要找点事忙，否则他会被自己层出不穷的想法逼得发疯。可他最大的愿望，又是安安静静地待在姜恒身边，这两个念想当真是互相矛盾的。

"用过饭后就早点睡，"耿曙又说，"路上也困了。"

姜恒"嗯"了一声，兄弟俩接过送来的食盒，各自用饭。嵩县的饮食比落雁城考究了不只一点。吃到南方的饭食，姜恒还是很喜欢的，尤其是稻米与酱肉，饭后还有甜糕。

姜恒吃饭时一如既往地把脚架在耿曙的膝上。耿曙从前是不介意的，今天却不易察觉地将姜恒的脚推了下来。

"冷就盖张毯子。"耿曙说。

"嗯。"姜恒没发现，还在边吃边说着江州之事。

耿曙心不在焉地听着，忽然他停下筷子，怔怔地注视着姜恒，姜恒还在谈论郢宫，未曾发现耿曙眼神的变化。

这一刻，耿曙只有一个念头——带他走。带他到天涯海角去，带他去一个没有别人，只有他们俩的地方。

姜恒："哥，你累了？"

"有一点，"耿曙在心里叹了口气，说，"睡罢。"

夜里，姜恒先躺下，耿曙却不上榻来，而是在油灯下整理宋邹送来的文书。

"你不睡吗？"姜恒迷迷糊糊地道。

耿曙答道:"我再看会儿,将军务处理完。"

开春嵩县须得征兵,事务繁杂。姜恒也不怀疑,翻了个身,先睡下了。耿曙不时地盯着姜恒,直到确认他入睡,自己才整理浴袍,轻手轻脚地躺上榻去,规规矩矩地躺在姜恒身旁,闭上双眼入睡。

"又要走了。"姜恒对嵩县颇有点不舍。

耿曙说:"到时朝郢王说说,应当能让咱们偶尔回嵩县。"

离开嵩县这片小天地,未来等待他俩的,就不再是两人独处的时光了。这些天里,耿曙强迫自己将心中奇怪的念头驱逐出去并刻意地避开姜恒。

他告诉过自己,他与姜恒也许已不是血缘之亲了,但他仍忍不住将姜恒视作弟弟,他从前总想将对姜恒的疼爱更进一层,奈何不得其法。如今他仿佛站在某条界限的边缘,内心生出的不安,让他感到自己正在走入一片禁忌之地。

姜恒多少感觉到了耿曙的不安,也不像先前一般与他亲近了。那滋味很奇怪,姜恒身处其中,甚至辨不明自己的心,只能将它单纯地归结为"难为情"。

相思相见知何日?此时此夜难为情!

数日后,兄弟俩乘船顺流而下,宋邹又给他们的随身行李中添了不少金银,以备在郢都游说、行贿之用。按理说,郢国只让姜恒做质子,耿曙不必去,但他是以"护送"为由,陪伴质子入国。至于护送完毕后,什么时候走,有待商酌。

他若想赖着不走,碍于雍国的情面,郢王总不能下令赶他。中原四国有一个好处:人才就像金银般,可以自由流通。很多王族、士子在本国得不到重用,于是投靠他国甚至敌国,委身公卿门下做"客卿"。

"客卿"的最大任务,就是服务主家。雍国地处塞北,一道长城隔断了雍国与中原的往来,自然也没有这个习惯。除非犯下重罪者,否则极少有人会逃往塞北这种酷寒之地。

雍人与中原人界限分明,但中原人之间的敌友关系转换却非常快。

进入南方后，天气明显暖和起来，虽有几场新雪，较之北地已温暖如春。

只是入夜时，江风仍有寒意。姜恒趴在榻上看雍国的随行礼单。金二百镒、兽皮六百张、银一千两、各色珍贵草药若干、东兰山不沉木两棵、丝帛五百匹、玉璧三对。

这么多东西都要将船压沉了，只能让宋邹分批运送。

耿曙忍不住抱怨道："军中抚恤每年就这点，百姓自己都吃不饱，还送外国这么多礼物。"

"陆冀安排的。"姜恒说，"郕王族爱财，总有用得着的地方，何况就算不拿来送礼，也花不到百姓身上，只会拿来扩军罢。想朝郕国买粮，总得将他们的王族伺候高兴了。"

"哥，你睡吗？"姜恒有点困了。

耿曙说："我再看会儿。"

耿曙拿着一本兵法，翻来覆去地看，也不知道在看什么，只是不敢在姜恒醒着时与他上榻去。姜恒却说："我好久没抱着你睡了。"

耿曙："哪天夜里没有？你睡着了，总喜欢趴我身上。"

"那不一样，"姜恒说，"太冷了，快来。"

耿曙的情感终于战胜了理智，那也许源于一种习惯，只要姜恒叫他，他便随时会放下手头的事过去，哪怕姜恒并无要紧事。

"好罢好罢，"耿曙说，"你规矩点。"

耿曙穿着单衣，躺上榻去。江船在浪涛中摇了几下，两人躺不稳，耿曙便伸出一只手撑着幕墙。

耿曙："……"

"我听到水声了。"姜恒抬头看向他，两人近在咫尺，呼吸交错。

耿曙没有说话，怔怔地看着姜恒，忽然，两人都听见了"噔"的一声巨响，仿佛是木榫崩落了。

"什么声音？"耿曙注视着姜恒，脑海中一片空白。

姜恒眼神里带着少许茫然，紧接着，"哗啦"一声，船舱下面开始有人大喊。

耿曙意识到船出事了，喊道："等等！"

耿曙翻身下榻，一开门，冰冷的江水登时涌了进来，姜恒喊道："进水了！"

这艘船是宋邹为他们准备的，乃是嵩县最好的船。如今在大江上行驶，这艘船突然在江心打横，开始以极快的速度沉没，将士们大喊起来，其中不少是他们带来的雍人，这些人毫无水性可言。耿曙马上转身拉住姜恒，喊道："跟我走！"

冰冷的水灌进船舱中。姜恒在长海畔住了四年，夏天常跟着罗宣去长海中畅游，自然熟识水性，然而在这冰冷的水中，他竟险些喘不过气。

"闭气！"耿曙喊道，紧接着冲上甲板，一手搂住姜恒，两人朝着江面纵身一跃。

气泡声响起，姜恒沉入水中，耿曙牢牢地拉住了他的手，他的水性比姜恒更好，只见耿曙犹如黑夜里的游鱼，带着姜恒朝着漆黑的岸边游去。

大船在江心轰然垮塌，散成无数木片，雍军纷纷抱着浮木在江中大声呼救。

"快救人！"姜恒道，"别管我！"

耿曙让姜恒在一块石头上坐下，又转身去救士兵。

"你自己当心！"姜恒道。

"不碍事！"耿曙喊道，转身犹如一条灵活的游鱼扑向江心。

忽然，姜恒听见了漆黑树林里的一阵细碎之声，蓦然转头。

"哥？！哥！"姜恒喊道。

"什么？！"耿曙从江里冒出头，将士兵推向岸边，朝姜恒喊道。

姜恒感觉自己仿佛被一双隐藏在黑夜里的眼睛盯住了，那丛林里有着野兽般的喘息声，他辨认不出那是人还是动物，走近前去，借着月光查看。

没有活物的迹象，只有地面上一摊黑色的腐臭物，闻之刺鼻。

姜恒内心疑惑。

岸边林中又传来窸窣声响，姜恒警觉地问道："谁在那里？"

没有人回答，只听见窸窣声响逐渐远去。这时，背后一只手紧紧攥住了姜恒的手腕，姜恒吓了一跳，回头见是耿曙。

耿曙一身单衣贴在身上，现出肌肉的线条，头发湿淋淋地贴在脸上。耿曙皱眉道："让你别乱跑！"

姜恒点了点头，心神稳定了下来。

日出时，姜恒打了个喷嚏，依旧坐在火堆前烤火。

耿曙清点完人数，四十二名雍军士兵都在，全被他救上来了，随船押送的物资则沉入了江底。

"你手臂怎么了？"姜恒皱着眉问道。他看见耿曙左臂上有一道伤口。

耿曙摆手示意无事，说："在水下救人的时候被断木划的。"

但那是匕首的划痕，伤口被水浸泡后已略微泛白，姜恒与耿曙交换了眼色，彼此都没有再说下去。

耿曙朝随行卫队长说："你们沿着陆路，这就回嵩县去，不必跟着我们。"

那队长登时慌了："殿下……"

"按殿下说的做。"姜恒明白了，一定有人想刺杀他俩，只是被耿曙发现了，没有得手。假设对方尚未远去，随行的侍卫们跟着他们，碰上敌人枉送了性命不说，还容易暴露目标，处境会更危险。

耿曙说："回去告诉宋邹这件事，让他火速派人去查。"

江船突然肢解，水下还有刺客藏身，谁要杀他们？不可能是宋邹，哪怕宋邹与他们有什么深仇大恨，也不会选择在此时动手，否则他难辞其咎。

郢国人？不可能。这里已经距离江州很近了。

姜恒实在想不到，究竟是谁这么着急要杀他们。

"去罢，"姜恒说，"我们这就走了。"

于是，雍军卫队沿着陆路撤离了。耿曙抬头看向天上飞翔的海东青。

"东边有人来了，"耿曙说道，"一队人。"

姜恒说："是谁想杀咱们呢？"

耿曙道："我觉得不会是宋邹。"

姜恒："我看也不像。"

二人面对生死，竟十分镇定，似乎只要两人在一起，遇到什么事都无所谓。

"你带了什么出来？"耿曙说，"能证明咱俩的身份吗？"

姜恒裹着外袍，朝怀里摸了一下，只有一块界圭给他的木牌，朝中拟的文书、外交照会全部沉入江底。

耿曙则在最后一刻左手拉姜恒，右手持烈光剑，因此，只带出了一件兵器。

"水底有人想袭击我，"耿曙说，"我没刺中他。"

姜恒只觉疑惑，饶是他也想不出刺杀者是谁。当然，天底下想杀他们的人一定很多，代国李霄、郑国赵灵都有充足的理由——破坏郢、雍二国的结盟。然而这时间找得实在太巧了。

江 州 城

"能走吗？"耿曙问，"我背你罢。"

"可以。"姜恒起身，衣服已烤干，却仍然不够保暖。此刻，两人身上全是泥，犹如两名乞丐，这当真是近几年来他们最落魄的时候了。

耿曙转头，打量了一下山林，忽然说："如果现在跑进山里，这世上就再也没人找得到咱俩了。"

姜恒还在想刺客的事，被耿曙这么一说，只觉得十分好笑，当即笑了起来。

"然后呢？"姜恒说。

"嗯？"耿曙牵着姜恒的手，在小路上慢慢地走着，转头看了他一眼，说，"然后就找个小村庄，过小日子去。"

姜恒觉得耿曙有时候的想法实在太好玩了。他们若跑了，除却那伙雍兵，无人知道他们从何处失踪，落雁城的人只会以为他俩上岸后被人刺杀了。

但接下来郢、雍二国定将交恶，会不会开战，属实不好说。

"你还真有这个念头？"姜恒说。

耿曙的手指紧了紧，说："随便想想，我听你的，你说了算。"

姜恒说："我有时觉得，你就像个长不大的小孩儿。"

"这叫赤子之心。"耿曙答道。

"喂——"一队郢兵挑着王旗沿路前来，纷纷驻马。

"见着江里那艘沉船了吗？"为首的卫队长说，"船里头的人呢？"

卫队长打量着身上满是泥巴、狼狈不堪的两人。

海东青拍打着翅膀落下，耿曙持剑回搭，腾出剑柄，让海东青站立。

众骑兵胯下的战马见到海东青，登时不安地后退，展现出本能的畏惧。

"你说呢？"耿曙反问，胸膛前的玉玦折射着光芒。

"跟我们走。"卫队长将他们带回，一路来到了郢都——江州。

这是姜恒第一次来江州，江州号称天下众水之都，与洛阳、落雁，甚至济州城有着天渊之别，江州并非一座方正的城市，而是一座巨大的环形城市。

整个江州占地近一千二百平方千米，相当于落雁、灏城与山阴三座塞北大城占地面积的总和，占据了长江南岸、玉衡山下至为重要的据点。城中央乃是郢王的王宫，朝外辐射出一百零八坊，一环套着一环，一环挨着一环，环与环之间则是纵横交错的水道相连，这些水道乃是郢国穷数百年光阴挖出的人工河道。

江州是中原人口最多的城市，连同王都的周边，鼎盛之时竟达到百万户规模。除此之外，郢王治中原十七城，田地丰饶，百姓富庶。

就是这么一个中原大国，却常以"蛮夷"自居，别国既视其为百越与三夷的后代，郢人也乐得如此自居。

六百年前，郢侯得封地，其后伐长江下游的随国。郢王熊隼御驾亲征，随国国君道"我无罪"，郢王对此的回答则是"我蛮夷也"。

耿曙骑着马，身后坐着姜恒，二人进了江州城。姜恒抬眼望去，郢国之富，较之代国又有不同，代国连接中原与西域，物资来自货物的流通。

郢国则是实打实的国内积累，犹如公卿之家，细枝末节都投射出一股贵族气派。

皇宫以白玉铸就巨墙，飞檐镏金，琉瓦辉煌。

寻常百姓家，户户门口种着桃树，时近立春，也近郢人的新年，集市繁华，百姓做越人、东夷人打扮，江州的大港更是繁荣兴盛。

耿曙转头看，姜恒凑到他肩上说："与他们结盟是对的。"

耿曙回头，说："中原随便一国，都比雍富庶。雍地太贫乏了。"

姜恒答道："生于忧患，死于安乐，富庶要看是藏富于民，还是国富民穷，若国富民穷，就不是好事。"

这点耿曙是认同的，生活环境太好了，人就容易生出倦怠之心，都道郢王室穷奢极欲，安于为一方霸主，这么看来半点不假。汁琮若有这么一座城，以城中三年给养，早已一统天下。

姜恒朝卫队长说："现在去哪儿？"

"王宫，"卫队长说，"项将军的吩咐，到了先去见王陛下。"

耿曙低头看了一眼自己这一身，朝卫队长示意：你让我们这样去？

卫队长"呃"了一声，说："我们也没有办法。"

耿曙："你们王陛下不在乎，我当然无所谓。"

姜恒猜测这伙郢人想要折辱他们，把他们当乡巴佬取乐，却也无妨，姜恒笑道："那就走罢。本该先拜见郢王。"

耿曙纵马，载着姜恒，跟随卫队在城中绕来绕去，饶是他擅辨地形，也被绕昏了头。江州城简直跟迷宫一般，坊里有街，街旁有巷，巷与巷之间又有水道，这要是什么时候想带姜恒逃难，跑出城都是个大问题。

姜恒却在细心观察城中的景象，见城中虽人声鼎沸，人头攒动，卫队穿行时却丝毫不在乎百姓，纵马踢的踢，赶的赶，看见背着竹篓拦路的人，还扬起鞭子抽。大多百姓身材佝偻，一副愁眉苦脸的模样，显然被压榨得甚狠。

曾经在海阁修习时，姜恒便读到过，郢国乃是鱼米之乡，田地是五国中最肥沃的，但课税也最重。万顷良田俱归王族和士族公卿，收上来的粮食在仓库中放得生虫烂掉，也不愿降税。

"到了。"卫队长在两座巨大的红木门前停下，侧旁开一小门，让他们进去。

耿曙看了眼姜恒，明显地表达出不满，说："我想将这座门斩下来。"

"别。"姜恒知道耿曙是说给他们听的。雍国来使，不走正门，旁边开一小门，足见郢王对二人的轻视。

"走罢。"姜恒说。

经过王宫正门，是一段白玉镶金的宫外校场路，远处的郢国王宫四正八圆，到处都是琴声，犹如进了仙境，侍女成群，侍卫们高大英俊。

"这可比你爹的王宫气派多了。"姜恒说。

耿曙说："放把火烧起来，能烧上足足一个月罢。"

姜恒哈哈大笑，卫队长只当听不见，将他们引到偏殿前，耿曙牵起姜恒的手，迈步进入大殿。只见殿内金碧辉煌，白天仍点满了灯，镏金王榻、盘龙珠、红木案，两边坐满了大臣，舞姬们翩翩起舞，丝竹齐奏。郢王带着一众官员，正在饮酒作乐。

"回王陛下！"卫队长说，"雍国质子带到！"

殿内奏乐声停，舞女们退去。姜恒定了定神，只见王榻上倚坐一人，与汁琮差不多年纪，却更高壮些，穿一身绛紫色天子袍，颔下微须，披头散发，搂着一名姬妾，朝他俩望来，微张着嘴。

"哎哟——怎么这个模样？！"

那人正是郢王熊荣，看见姜恒与耿曙时，登时瞪大了双眼。

"王陛下安好。"姜恒行了地方官见封王的礼节，耿曙只是稍一抱拳。

大臣们开始窃笑，议论纷纷。

"你你你……"熊荣掩鼻，说，"怎么搞的？"

"我们在长江上受袭，"姜恒正色道，"事出仓促，让王陛下见笑了。"

"怎么回事？！"熊荣说，"你们谁是姜恒？是你吗？"

姜恒示意自己是姜恒，熊荣便朝他招手，姜恒上前几步，熊荣马上色变，示意他不用靠太近，仿佛姜恒身上的泥会扑到他脸上来。

"回禀王陛下，"这时，一个沉稳的声音解释道，"他们在江上遇到了刺客，被凿穿了船底，末将得到消息后，便加派人手，现在正在派人查清真相。"

"项将军，"熊未说，"这可是你保护不周了，他是来做客的，怎么能让他们被刺客追杀？"

姜恒心想：这应当就是御林军队长了，便朝他点头示意。

殿内静了片刻，坐在左手最上、郓王身边的年轻人说："父王，他们奔波劳碌，一定也累了，不如让客人下去，换身衣服，稍后再谈。"

"嗯，"熊未说道，"王儿说得对，项余，你把人带下去。"

姜恒心想：这应当就是太子了，于是感激地朝他点了点头。

那御林军统帅起身，来到姜恒身前，认真地打量他，项余的身高介乎姜恒与耿曙之间，不过二十来岁，十分年轻英俊，五官带着郓人的特质：颧骨高，鼻梁挺，眉毛粗，肩宽手长。他的手上戴着一副贴肉的黑色手套，表情却十分温和，眼里有股温柔的气息。

"请跟我来，姜大人。"项余说，"这位小哥，怎么称呼您？"

"我叫聂海。"耿曙没有亮明自己的王子身份，毕竟雍国的照会上，也并未强调是他来护送。

姜恒与耿曙离开偏殿，乐声又奏了起来，舞姬们簇拥到场内，依旧起舞。

"郓国欢迎你们，"项余在前带路，说，"一路上辛苦了。"

"还行。"姜恒手肘杵了一下耿曙，示意他也说点什么，别一副事不关己的模样。

项余打量着耿曙，说："你是姜大人的贴身护卫？来，请进。"

郓王为他们准备的房间倒是不错的，这是一处雅院，院内种满了湘妃竹，颇有点洛阳城特有的风格，小桥下流水潺潺，三进的院子十分宽敞，房内睡榻也很大，榻上铺了绣金线的被褥。

"洗澡的地方在侧房，柴房已经让人去烧水了。本来以为您会带点随身侍从……"项余说，"便未给您安排侍女，我看要不……"

"不需要，"姜恒笑道，"有他就够了。"

项余点头，再看耿曙，说："这位是雍国派来的人？"

"他是我花钱在路上雇的。"姜恒童心忽起，与项余开了个玩笑。

耿曙："……"

项余说："再安排点人？"

姜恒说："不打紧，有他足矣，我还没给他结钱，东西都沉入江里了。"说着又朝耿曙道："聂兄不介意再等几天罢。"

"不介意。"耿曙冷淡地回道。

项余打量了一下耿曙，姜恒给耿曙想出来的身份确实很合适，吴、越古地常有无所事事的游侠以此为生，他们的任务或是护送，或是刺杀，腰畔佩一把剑，自视甚高，谁都不放在眼中，见诸侯王族亦不外如是。

耿曙见惯了雍国排场，自己又是王子，自带宠辱不惊的神情，在外人眼里看来不像寻常人，伪装成一个被雇佣的游侠，便说得过去了。

项余没有怀疑："这样罢，有什么缺的，随时找御林军侍卫说，我就不打扰了。"

项余也十分同情劫后余生的二人，便退了出去。

"你姓项，认识项州吗？"耿曙忽然问道。

项余停下脚步，没有回头。

姜恒想起来了！方才那熟悉感，确实来自另一个人——项州。他俩长得有点相似，虽然姜恒只见过项州一次，但那双眼睛里的温柔他无法忘怀。

"那是我族兄，公子州。"项余想了想，说，"您师门何方？与他是旧识？"

耿曙随口答道："听说过他。"

项州年少成名，被郢地、越地不少年轻人仰慕，项余也不怀疑，却道："在王陛下面前，千万不要提这个名字，切记。"

"知道了，谢谢。"耿曙答道。

姜恒想起罗宣说过的话：项州曾是郢地的王族。

"你居然看出来了。"姜恒迈进桶里，把自己泡在了热水中，耿曙背对着他正在脱衣服，说："我就觉得他脸熟。"

耿曙也不等姜恒洗完，脱得赤条条地进来，与他挤在一个桶里，小时候他们也用这种浴桶，那会儿他俩尚小，如今却都成年了，浴桶的空间有点狭小，二人的手脚挤在了一起。

"你转过去。"耿曙说。

"你转过去，"姜恒笑道，"听话。"

耿曙便转身，背对姜恒，姜恒为他擦洗脖颈，拉起他的手臂，架在木桶边上。

"恒儿，"耿曙说，"你……"

"怎么了？"姜恒说。

耿曙说："没什么。别碰！我自己来……"

"我自己来。"耿曙不安地说道。

姜恒只得放开手，递给他毛巾让他自己擦洗。

姜恒却又想起一件事，说："待会儿咱们穿什么？"

耿曙醒悟过来，说："对，没衣服穿了，怎么办？"

姜恒嘴角抽搐地看着两人换下的满是泥泞的衣服，耿曙更是穿着单衣进城的，一身衬裤白衫出门，简直与赤身裸体无异。

"光着罢，"耿曙随口道，"反正也是郢王先不要脸的。"

姜恒："……"

这时，浴房外再次传来项余的声音。

"太子殿下猜两位没有换洗的衣服，"项余说，"着我送了来。"

姜恒忙道："太客气了，您吩咐个人送来就行。"

项余又道："愚兄也拣出件自己的衣服，还没穿过，兴许短些，若不嫌弃的话，给聂兄弟穿。"

"放着，"耿曙答道，"谢了。"

"换好衣服请到王寝殿来，"项余说了地方，道，"王陛下想见你们。"

"你去吗？"姜恒笑道。

"报酬呢？"耿曙给姜恒穿好衣服，一本正经地说道，"给点好处就去。"

姜恒笑着捏了捏耿曙的脸，想到郢国几乎没人见过耿曙，雍国的照会上写的是王子汁淼留在嵩县，预备与郢国进行简单交接。谁会想到一国王子就站在姜恒的身边？

"报酬是什么？"姜恒凑到耿曙耳畔说，"先前说好的，我可没有钱。"

耿曙脖颈发红。

"穿上衣服再与你算账。"耿曙道。

琉 璃 席

姜恒笑着走了出来，耿曙穿上单衣里裤，将长袍随手一系，快步跟上，抱着手臂，背着烈光剑，跟在姜恒身后走向王寝殿。

"当心点。"耿曙提醒道。

姜恒说："郢国一定会保护我的安全，否则怎么朝北边交代？"

"那么你告诉我，"耿曙又道，"路上的是什么？"

姜恒始终对此感到疑惑，这个谜到现在还未曾解开。但这里是郢宫，若再有刺客，郢王的面子往哪儿搁？

耿曙打量着郢宫中的侍卫，观察着附近地形。郢人确实与尚武的雍人不同，郢人显然疏于习武，哪怕是宫廷中的寻常侍卫，亦带着一股贵公子的气质，唯独姜恒与耿曙二人随意朴素，哪怕二人穿着郢服，全身上下也毫无修饰，明显是他乡异客。

"哎哟！来了啊！"

姜恒踏入宴请地，唯一的念头便是：郢国当真太会享受了。郢王竟在宫中以极其昂贵的琉璃搭起了一座琉璃亭，亭子顶端乃是由五光十色的琉璃拼成的琉璃顶，四周则是镂空的琉璃柱，夕阳西下，满殿灯火，映得亭子光彩夺目。

琉璃大多用来制造器皿，郢王竟以如此珍贵的材料搭了一座方圆近二十步的殿内琉璃亭！

时近黄昏，夕阳从顶棚照下来，殿内犹如一个幻境，姜恒心想：这景象真是太美了。

只见熊枺搂着一名面容姣好的女子，女子正在喂他吃水果。王榻两侧，环绕宴会厅的是一座座抬头望天的朱雀像。冬春交替时节仍有寒意，朱雀像下生起炉火，令这无壁的宴会厅内温暖如春。

熊枺示意他们坐，姜恒看那女子，心想：这应当不是王后，多半是妃子。

"介绍你们认识，"熊枺身材高壮，搂着那美貌女子就像搂着一只金丝雀一般，"这就是你们雍国未来的王妃，芈清芈公主，是我的王义妹。"

姜恒心想：你搂着雍国未来的王妃，这是什么意思？姜恒忙上前行礼，旋即看了看耿曙。

耿曙则一脸嫌弃地打量了一下郓王。

"你你你，"熊枺说，"你又是谁？"

姜恒刚解释了几句，熊枺听了个开头，便兴趣全无地挥挥袖子，姜恒本以为他要让耿曙退下，孰料熊枺却说："来了就坐罢，你带来的人，你俩坐一起。"

姜恒心想郓王倒也随和，便与耿曙入座，两人肩并肩挨着。

"我们带来的礼物都沉到江底了，"姜恒抱歉地说道，"已经传信，让嵩县我哥那边再准备一批礼物过来。"

"你们雍国能有什么好东西？"熊枺放开身边的公主，示意她去做自己的事，然后带着嘲讽的语气说道，"心意到了就行了！"

姜恒笑了笑，这时候项余也来了，在另一张案几后入座，席间便只有他们四人。芈清离开时，脸上带着笑意，有意无意地多看了耿曙几眼。

"不过呢，"熊枺又说，"敢在郓地动手，郓国也一定会给你们一个交代。我已经让项将军派人去查了，届时会把刺客的头颅送到你们面前。"

"谢王陛下。"姜恒说，"不过，还是先留个活口罢？"

"你说了算！"熊枺乐呵呵地说，"活口就活口。来人！开宴了！还等什么？"

熊枺责备地看向一旁的侍臣，侍臣忙出去通传人开夜食。

"太子殿下不来吗？"项余说。

"他去巡视了，"熊枭挥了挥手，说，"不等他，咱们吃。"

姜恒见夜时与白天不一样，郢王身边并未围绕着大臣，反而只有零星几人，可想而知，项余一定很得熊枭信任。

"碰上刺客，"项余说，"没有受伤罢？"

姜恒总觉得项余很像一个人，他举手投足间另有一番亲切感，姜恒却想不起他像谁了。

耿曙替姜恒答道："没有。"

熊枭想来想去，忍不住又开始怀疑。

"什么人想刺杀你们？"熊枭怀疑地打量着姜恒。

姜恒摊手，说："也许是太子灵？"

"那小子啊，"熊枭说，"不至于罢，他再恨你，也不会在本王面前动手。"

"王陛下，姜太史乃是耿家之后，"项余说，"曾有宿敌，也是正常。"

熊枭想起来了，说："对对对，你爹当年还杀了长陵君！"

"呃……"姜恒一时不知该如何作答，忍不住看了眼耿曙。

"算了算了！"熊枭挥手道，"上一代的恩怨，归根到底，和你也没关系。你都没见过你爹几次罢？在安阳当卧底，一卧就是七年，都不能让人知道在哪儿。"

姜恒顿时感觉如释重负，事实上郢国传他出使的原因，最初他猜测，有很大可能就是为报长陵君的血仇。然而熊枭是四国之中迄今为止表现得最为无所谓的国君，兴许长陵君生前并不讨他喜欢？

宫侍抬上一担食，姜恒本以为是给殿内所有人吃的，孰料却一盒又一盒地统统摆到了他的面前，花团锦簇，二十五样菜攒成梅花形状。

"这……太隆重了，"姜恒说，"我们俩实在吃不下这么多。"

"没关系！"熊枭说，"随便吃点，而且那是你一个人的。"

姜恒："……"

接着是给郢王上菜，国君非常遵守礼节——天子朝臣见地方封王，朝臣代表天子，于是朝臣面前先上食，然后是地方封王，再是使臣随从，最后才是地方武官项余。

姜恒实在不知该如何评价，说熊枭自高自大罢，这位国君又十分尊敬他；说他谦虚罢，末了又来了一句："你们雍国吃糠咽菜，苦日子也过得够了，来江州就多吃点！"

姜恒一手扶额，竟无言以对。

耿曙长这么大，也是头一次面对如此豪华的排场，他拿着筷子，看着满案的菜碟，竟不知如何下箸。

姜恒记起很久以前过年祭祀时才能吃到的"盛宴"，他大致知道礼数，低声朝耿曙道："从外头朝自己的方向开始吃就行。"

熊耒说："不用讲这么多规矩！立春快到了，那是我们的新年，冬末的莼菜，让你们尝尝鲜，来，吃罢。"

姜恒便开始下筷，熊耒一样尝了点，又问："听说，汁淼很会打仗啊，我还挺想见他，你这个哥哥在嵩县吗？"

姜恒："是。"

"他大你几岁？"熊耒又问，"模样俊不俊？"

项余说："既然亲兄弟，想必也是一表人才。"

耿曙这时发话了："他哥长得不如他。"

耿曙就在身边，姜恒若无其事地笑了笑。

项余又说："听说他行军打仗都是高手。"

"是啊，是啊，"熊耒说，"本想招他来当本王的妹婿。"

耿曙欲言又止。

姜恒："呃……先前他说他不太想成婚，回头我说说他去，他在嵩县应当会多耽搁一段时间。"

熊耒说："住武陵呢，比你们那里好多了，看你面黄肌瘦，吃都吃不饱，落雁城有鸡蛋吃吗？"

耿曙："……"

姜恒："……"

项余识趣地打了个岔，说："听说连代王都不是淼殿下的对手，当初钟山一战，淼殿下名扬天下，只恨我不在场，没能瞻仰令兄的风采。"

项余拿起筷子，点头微笑。姜恒注意到他哪怕在吃饭时，手上也戴着那副黑色手套。

姜恒一手搭在耿曙的腿上，轻轻捏了一下，眼里带着笑意，心里为他而自豪。

耿曙则把手放在姜恒的手背上，紧了一紧，两人的手随即分开。

熊耒又问："他明明是耿渊的儿子，怎么又成了王子？那你是他弟弟，自然也是王子喽？"

郢王显然对雍国的事毫不知情，姜恒更听出，在此前，他们根本不关心北地的一群蛮子，只得朝他解释，耿曙是如何被汁琮收为义子的，两兄弟又如何分别了五年。

"哦——"熊耒听完才说，"是这么个情况啊！"

熊耒嘴角抽搐，胡须动了动，又朝项余问："你和汁淼打架，谁能赢？你不会输给他罢？"

项余："……"

姜恒心想：伺候这么个国君，当真辛苦项余了。

项余要回答这个问题显然非常艰难，谦虚罢，不免被人低看一头；自夸罢，对方的弟弟又在面前。

"论单打独斗，"项余朝熊耒说，"臣不及他；论行军打仗……或许我带兵时间长些，在经验上略胜一筹。"

耿曙淡淡地说道："期待你们有切磋的时候。"

姜恒朝耿曙说："我宁愿还是不要有切磋机会的好。"

要切磋，自然是打仗切磋了，这也意味着两国将开战，这都是拿人命去切磋，没有必要。

熊耒乐呵呵地说："说得对，说得对啊！本王是不希望打仗的，大家好好过日子，有什么不好呢？"

姜恒心想：我信你个鬼，当初母亲姜昭如果不是碰上芈霞率军攻打越地浔东城，又怎么会害得他们家破人亡，卫婆身死？

项余说："长陵君昔年在时，确实好战。来日若有机会，你可朝汁王修书一封，告诉他，我们大王向来爱民如子，不轻易动兵戈。"

姜恒点了点头，熊耒却补充道："君子动口不动手嘛，这才最好，只要与他们耗，各国迟早都会穷死，你看，你们雍国不就穷得暴乱了吗？穷生变，就是这样。"

"我怎么记得'穷生变，变则通'不是这个意思？"耿曙低声在姜恒耳畔说。

姜恒摆手，示意不要说了。这时候宫侍又来上菜，将二十五样小碟撤了，换上三十六小份儿的肉类。

姜恒："我吃不下了，王陛下。"

"一样尝一点。"项余说。

姜恒看到那么多肉便头痛，虽然单个分量有限，但全是选的鸡膀、鸭胸、狍颊、鹿舌、鱼腩等珍稀食材，三十六份儿全加起来也得有个两三斤，他只得硬着头皮尝了。

"吃不完，送去给风儿吃。"熊耒又交代道。

姜恒忙道："送这些过去给王子罢？我还没动过。"

项余笑道："那是陛下养的狗，无妨。"

熊耒说："我养的孩儿们，过几天让你们看看，你们北方那么冷，狗能活下来吗？能养狗不？"

耿曙："……"

姜恒说："狗……勉强可以，我们都在宫廷里养熊。"

"哎哟！"熊耒说，"熊可是我们的姓氏！在郢国是不能吃的！"

项余说："我们也养熊，就在江州后山上，空了把你那熊送来？"

姜恒看出耿曙实在有满肚子话要说，快憋不住了，示意他千万客气点，忙笑着点头。

"你吃点这个，"姜恒把自己吃不完的给他，低声道，"别说话。"

耿曙看了眼姜恒，低头继续喝酒吃肉，酒喝完了有人给续上，喝了又有人给续上。姜恒又说："少喝点，不能喝了。"

耿曙说："我当了这么多年穷小子，好不容易跟在你身边，有山珍海味吃，还不让人多喝点酒吗？"

熊耒哈哈大笑，说道："尽管吃！"

姜恒带着少许笑意，不再阻拦他，说道："那你喝罢。"说着给耿曙斟酒。

席间熊耒又问了些嵩县的风俗往事，丝毫不提落雁，明显对北方毫无兴趣。姜恒本以为郢王会像太子灵一般，朝他讨教如何一统天下的策略，至少也会问问如何吞并梁国，雍国下一步有何打算，什么时候可以南北分治……事实证明他想多了。熊末只关心一个地方能给他缴纳多少税，有什么风俗特产可供他炫耀赏玩，对嵩县的态度也是如此。

姜恒提起嵩县有一处玉矿时，熊末马上就有了兴致，嵩县的特产向来很得他的欢心，熊末说："你给你哥写封信，让人送去，开春就派人挖挖看，这矿停多久了？"

"许多年了。"姜恒说，"当初还叫武陵时，便有一玉坑，后来才慢慢发展成如今模样，只是停了七年，如今确实想为王陛下重开玉矿。"

"美玉就该拿出来得见天日，不可蒙尘嘛！"郢王又道。

百年前，天子朝中玉器俱是武陵所供，而后百姓聚集，才发展到如今规模。而玉矿在开采到近乎枯竭时，底部矿脉便会产出"墨玉"，墨玉通体漆黑，在光照之下却能现出翠绿通透的模样，雍都落雁城中的玄武像正是巨擘山中的墨玉所雕，异常珍贵，熊末自然是喜欢的。

"嵩县驻军虽说是王军，却都是雍人。"姜恒说，"我哥说，开矿也缺人手，如果郢国不介意雍人驻于嵩……"

"不碍事！"熊末说，"让他们继续待在那儿就行，才两万人，能起什么作用？"

姜恒没想到问题居然就这么解决了，果然如他所料，郢王要的只是宋邹朝他纳贡，而非派驻郢军前去占领交割，这下解决了一个大麻烦。

主食上完，就连耿曙也只吃了一半，姜恒只略微尝了一下，熊末则随便动了两筷，便不吃了。项余将吃不完的食物让人用食盒装上，带回家给妻儿吃。

接着，则是十一道餐末的糕点以及一碗解酒的碧绿冬茶。

姜恒："……"

姜恒已经吃得顶喉咙了，只能坐着喝茶。不多时，点心依样撤下，应当是送去喂狗了，姜恒这才松了口气，但又有点提心吊胆，不时地看向门外，生怕又有吃的送进来。

长 生 术

宾主尽欢，江州已入夜，天上的冬季星河与王宫的璀璨灯火交相辉映，灿烂无比。

"姜恒。"熊耒捧着茶，懒懒地歪坐在王榻上，项余还没有走。

"王陛下请说。"姜恒知道他一定有话朝自己说。

"你以前在海阁学艺？"熊耒眯着眼打量着姜恒。

姜恒心想：这件事你是怎么知道的？

"王陛下好眼力。"姜恒知道该来的终于来了，雍国单方面送质子，郢王谁都不要，指名道姓地要他，绝对有理由。

"龙于说的，"熊耒说，"今年联军，就是他亲自出使，他前来江州时，本王见了他一面。"

姜恒懂了，郑国要牵头当盟主，就必须保护越地的安全，所以只有龙于亲自出使才够分量，只有他才能说服郢国。

"看来他没说我什么好话。"姜恒笑道。

"他言辞之间，"熊耒似笑非笑地摇了摇头，不知是赞叹还是惋惜，"可是对你推崇得很呢！"

"那属实过奖了。"姜恒说。

项余道："太子灵说过，得姜先生者便能得天下。没想到，今天姜先生竟到本国来了。"

姜恒蓦然爆出一阵大笑，仿佛听到了什么有趣的事，熊耒被他吓了一跳。

"赵灵是个很狡猾的家伙，"姜恒笑道，"他这是在吹捧我呢。"

"你在中原这么出名吗？"耿曙朝姜恒说。

"都是国君们给的面子，"姜恒笑道，"也许，他们更喜欢天子让我保管的金玺罢？"

"哦，对！"熊耒说，"金玺哪儿去了？"

姜恒说："联议上，雍王会拿出来的。我想，如今天下除了王陛下，也没有哪一国国君有资格保有它了罢？"

"为什么？"熊末饶有趣味地问道，"你说说？"

项余却朝熊末使了个眼色，熊末想起与他商量过，暗道失言。姜恒正想夸夸郢国，项余却岔开话题，说："别的不论，太子安倒是说过，得空想与姜先生商量商量，如何推动平分天下的大计。"

"随时恭候。"姜恒答道。从这句话里，姜恒听出郢国对征服别国领土也并不是完全没有野心，哪怕郢王耽于安逸，朝中却仍有头脑清醒的人，其中也包括太子。

只是郢太子今夜没有来，想必有些话熊末不想当着儿子的面说。

"姜恒啊，"熊末喝了口茶，说，"你知道为什么雍国这么多人，本王却偏偏想要你吗？"

来了，终于来了……姜恒知道郢王绝不会毫无理由地选择自己，这个问题须得谨慎回答。

"想来，多半是因为王陛下有不少话想问我。"姜恒笑道。

熊末欣赏地点头，说："你很聪明。"

"我有什么是这家伙想要的呢？"姜恒始终十分疑惑，来时也与耿曙反复讨论过，他总不可能把金玺也一起带来，除此之外身无一物，唯一的长处就是治国。治国之才说大很大，说小也很小，碰上不欣赏他的国君，只会四处碰壁。

忽然间，姜恒脑海中闪过一个念头——熊末已经提醒过他了。

"莫非，"姜恒说，"王陛下对我的师门感兴趣吗？"

"正是，"熊末说，"正是啊！与聪明人打交道，自然不必多说。你被海阁收为弟子，自然是一等一的聪明人哪！"

项余说："你有什么想朝王陛下说的吗？"

姜恒："我？"

姜恒又糊涂了，但项余只是盯着姜恒，继而扬起眉毛，会心一笑，那笑容里竟隐隐带着邪气。

"王陛下想要什么呢？"姜恒说，"海阁上到天文地理、世间万物化生之道，下到防身武艺、百工厨技、治国之道……"

"世人曾道，海阁中有许多秘辛。但我只在师父门下学艺四年，实在汗颜，只学到点皮毛。王陛下若果真有兴趣，自当知无不言，言无不尽。"

"很好！"熊耒睁大双眼，突然来了精神，说，"你知道一个叫'项州'的人罢？"

姜恒一怔，看向项余，先前他还特地嘱咐过，不要在熊耒面前提到这个名字，没想到郢王却自己先提起来了。

"他是我大师伯。"姜恒说，"我入门时，鬼先生已不收徒了，我的师父名唤罗宣，江湖中并不如何出名。"

"那是谁？"熊耒转念一想，说，"不管了，罗宣？嗯，罗宣。项州是不是死了？怎么也没再听见他的消息啦？"

项余仿佛有点走神，目光却始终在姜恒身上。

"项州名义上是我师伯……"姜恒想起当年之事，有点难过地说，"但我们情同师兄弟，罗宣更像我师兄，嗯，项州算是大师兄罢？他……在洛阳故去了。"

姜恒知道在海阁中，鬼先生相当于亲自收他为徒，只是寄在罗宣名下，让二师兄代为照顾。

"他是我的儿子，"熊耒正色说，"其中的一个儿子。"

"啊？"姜恒点了点头，他也听罗宣说过，项州曾经有个身份，是郢国的王族，所以倒不如何惊讶。

"本王当年亏待了他，"熊耒说，"他不能姓我的姓，只能跟母亲姓项，告诉你也无妨，姜恒，男人嘛，有时不太能管住自己，想必你也能理解。"

姜恒没有回答，一瞥项余，心中更生出疑惑来。熊耒看似不知道项余认识项州，这又是怎么回事呢？

熊耒说："关于他的事，本王也不多提了，只是听上将军说过，项州在你们海阁中待了很久……"说着示意项余，让项余说下去。

项余自若地说道："海阁除了罗宣与鬼先生，还有什么人？"

姜恒起初确实打算知无不言，言无不尽，但碰上这两人拐弯抹角地查探他的底细，总不免留了个心，说："没有了。"

"罗宣是个什么样的人？"项余又问，"他是你的师父，但我想问，你与他之间关系如何？"

姜恒："啊？"

"他是一个……"姜恒停顿了一下，他实在很难描述罗宣，但想起他们曾经在一起的岁月，在那四年里，罗宣给了他一个家。

如今的他早已离开中原，远走海外了罢？不知道他在新的海阁中会不会偶尔想起自己，想起当初那个不争气的小师弟呢？

耿曙听到这话时，转头看着姜恒，眼神十分复杂。

"我哥不在身边的那几年里，"姜恒更多的是朝耿曙解释，他认真地说道，"他抚养我长大，就像兄长或者父亲一般，也多亏有他，我才度过了人生中最艰难的时日。他很疼我，我也很敬爱他。"

耿曙第一次从姜恒口中听到他对罗宣的感情，但耿曙没有吃醋，也没有介怀。一来，罗宣已经将弟弟还给了他；二来，人非草木，孰能无情？姜恒一向重情重义，这么说也是理所当然，反而让耿曙更觉得他不易。

"那么他一定将一身技艺，"熊耒又说，"倾囊相授喽？"

"没有。"姜恒无奈地笑道，"我天资愚钝，其实就是个寻常人，不比别人聪明，学不到他本事的一成，毕竟海阁的藏书太多了，每名弟子必须有专攻，否则只会贪多嚼不烂。"

"上将军告诉过我，"熊耒说，"他从项州那里得知……"

熊耒说到这句话时，稍稍倾身，压低了音量，神秘兮兮地说道："你们海阁中传说有长生不老、与天地同寿的永生之术，是不是这样？"

熊耒的表情一刹那变得严肃起来，他死死地盯住姜恒，准备判断他接下来的话是真是假。姜恒听到这话时，一脸震惊地看向项余。

他怎么知道的？是项州生前告诉他的吗？

这下终于真相大白了，姜恒内心暗道：原来如此！

原来如此！

我说怎么放着这么多人不管，偏偏要我来当质子呢？

耿曙听到这话也十分惊讶，看了姜恒一眼，这已经远远脱离武艺范畴，乃是仙道了！

"有没有？"熊耒朝姜恒问道。

"有。"姜恒不假思索地笑着答道。

项余会心一笑，看向熊末。熊末得到这肯定的回答后，马上现出了贪婪的目光，盯着姜恒看。

"你学到了？"熊末说，"你能够永生不死？"旋即他又露出了怀疑的神色。

姜恒笑道："王陛下，不是您想象的那样，如果您愿意，我可以为您慢慢解释。"同时心想：项余你这家伙……原来是你撺掇郓王把我不远千里地弄过来。

"你说，"熊末道，"你细细地说，真有这等法术？"

"确实是有的，"项余认真地说道，"末将听公子……听他说过。只是在许多年前了。"

看熊末那模样，像是想遣开项余，但再怎么说这个消息也是他交出来的，总不好过河拆桥，马上就赶人。

项余倒是非常识趣，知道这种事越少人知道越好，自觉起身告退，说："末将去巡城了，姜大人这几天若无事，再由末将带着，在江州好好玩玩。"

"去罢，去罢。"熊末摆手说道，他正求之不得呢。熊末又望向耿曙，说，"这个脸瘫的孩子，你……"

"无妨，"姜恒说，"让他坐着罢，他一身蛮力，说了他也听不懂。"

耿曙："……"

熊末想到这武士是姜恒带来的人，反正他想告诉对方，迟早可以在私底下说，便默许了耿曙的旁听，他又挥退了所有的宫侍，亲自到一旁将灯火弄暗。

姜恒心想：熊末这胆子委实太大，耿曙还带着剑，这个时候要动手刺杀熊末，只要一剑，明天郓国就可以办国丧了。

"说罢，"熊末的态度顿时变了，只见他端坐王榻上，一副准备接受仙人抚顶，直受长生的表情，做了个"请"的动作，"先生请说。"

姜恒想了想，说："我对此也是略窥门径，但首先想提醒王陛下的是，您想要保持一个时期的模样，长生不老，永葆青春，不大可能。"

"哦？"熊末显然十分紧张，声音都发着抖。

"想永生不死，"姜恒认真地说道，"也许可以达到。修习永生之术，不是为了容颜永驻，永不衰老，而是到了一个时期，身体自然而然地改变，犹如冬去春来，万物生长；犹如蛇虫蜕壳，自我更新。渐渐换掉苍老的皮囊，以天地万物化生的力量焕发出新的生机。"

"哦——！"熊耒震惊地说，"原来是这般！"

耿曙怀疑地看着姜恒。

姜恒想起刚拜入海阁时，鬼先生虽是仙颜，却容貌已老，其后明显是练就了返老还童之术，于是正色道："人身体中有'气'，气在体内周天循环，这股气从孩提时便拥有，它是清澈的，所以叫'清气'，但随着五感交汇，诸多愁绪不断，气就会渐渐变浑浊，称为'浊气'。"

耿曙："……"

耿曙那表情像在说："姜恒你在胡说八道。"练武之人当然知道内功心法，习武的第一课就是练气，所谓"内练一口气，外练筋骨皮"，姜恒现在简直是在胡说八道。

但耿曙按捺住想要反驳姜恒的冲动，他一手撑着前额，低下了头。

只听姜恒又说道："浊气会让身体逐渐老化，所以要再次将浊气转化为清气，才能让身体逐步返老还童，回到年轻时的状态。"

熊耒已经听得蒙了，他缓缓点头，急切地问："那么要如何转化呢？"

"朝天地借力，"姜恒两手朝前伸出，做了个施力练功的动作，说，"把您的浊气排出去……"

耿曙的肩膀抖了几下，咳了一声，表情有点不自然。

姜恒又在耿曙的大腿上掐了一下，接着说："再吸纳天地间的清气，这就是所谓的'采集天地灵气'。当然，想要返老还童还需要配合特殊的功法，甚至还需要闭关。还要搭配固定的饮食。"

"哦？"熊耒怀疑地说，"不需要服什么灵药吗？丹药呢？你们师门没有给你留药吗？"

"需要灵药，"姜恒说，"但不需要丹药。"

养生丹里大多是汞，姜恒不敢让熊耒乱吃，恐怕熊耒暴毙，于是说："需要午夜子时天地间的露水，搭配一些非常珍贵的药材。至于功法，每年以七七四十九天为一周天，一年练一周天，共需练九周天。"

姜恒胡诌了一个九年的期限，反正时间一到，他已经不知道跑哪儿去了。

熊耒本想着姜恒也许携带着什么仙丹或是会炼仙丹，但这么说来，玄奇之处，应当都在这功法上。

"你会功法？"熊耒说。

"记得的。"姜恒说，"但师门不许摹写，我只能口耳相授，还望王陛下理解。"

"当然！"熊耒说，"当然！你说！怎么练？"

耿曙心想：我看你再胡诌，心法怎么编？

姜恒说道："不能马上就练，否则对身体有害无益。王陛下先要提前做好准备，三十六天之中：第一个六天斋戒；第二个六天忌酒；第三个六天起，绝荤腥；四六每日焚香沐浴；五六起禁行房事；六六的每天清晨，日出时便要出外吸饮露水。如此三十六天后，方可开始习练功法。当然，如果您能一开始就全部做到，严格约束自己，就更好了。"

熊耒："这么麻烦？"

姜恒见熊耒那模样，便知他每天大鱼大肉，胡吃海喝，酒色纵欲，有意让他收敛点，便道："王陛下，恕我直言，想永生不死，这哪里算麻烦呢？"

熊耒转念一想也是，郢宫中常有方士，那群方士每天炼丹焚香，持斋多年，清心寡欲，然而最后该死的还是会死，三十六天的准备工夫，外加四十九天的持戒，已算得上是速成了。

"嗯，"熊耒说，"要不要挑日子？"

"要。"姜恒说，"过几天是立春，从立春开始就很好，但每年最好都固定在同一时间做修炼的准备，结束后也不可过度纵容自己。"

熊耒想了想，说："那我试试。"

姜恒道："只要一小段时日，王陛下就能有明显的感觉。"

熊耒又殷切地问："有什么感觉？"

"身轻如燕，"姜恒说，"像是年轻了许多。当然，因人而异。到了第九年时，就会非常明显了，届时还须配合另一套……有点像蜕皮的心法，即闭关八十一天，出关时顿时就会判若两人。"

"九年。"熊耒今年已四十八岁，很快就要迈过知天命的大关，如何求长生，成了这几年里对他最重要的事，毕竟珍馐佳肴、金殿玉器，总得有命才能享用，若姜恒所言非虚，他就要当千秋万世的国君了！

至于这套功法传不传给他的儿子呢，那还要另说。

寅 丁 坊

姜恒又补充道："其实以王陛下如今的身体，想练'化元心法'是不是太早了？"

耿曙听到姜恒说得头头是道，连功法名字都有，差点就信了。然而接下来的话又让姜恒露了本性。

"您每天本来也没有什么烦恼，衰老得自然比别人慢上许多。"姜恒恳切地说，"像雍王汁琮，虽只有四十岁，看上去却比王陛下还老了许多呢。您看上去只和姬珣差不多模样。"

"唉，"熊耒说，"你是不知道，这几年里，我时常觉得眼睛有点花。不早，不早，这时候一点也不早。"

姜恒说："那么就早点开始练，也是好的。"

熊耒顿时来了兴致，翻来覆去地念叨着姜恒口述的流程，又确认了半天细节，姜恒已经困得有点受不了了。到得后半夜，耿曙终于忍不住说："我们要去睡觉了，王陛下，你不困，他困得很。"

熊耒意犹未尽，嘱咐姜恒功法绝不可透露给其他人，待他斋戒结束，再亲自请姜恒来秘授功法，叮嘱后才放两人回去。

"哈哈哈哈——"姜恒回到寝殿后马上就精神了，躺在榻上直笑，他没想到自己还演了一回江湖骗子。

耿曙先是确认附近无人偷听，也无郢国密探，才皱眉道："我现在怀疑你那些治国大略也全是胡诌的。"

姜恒翻身起来脱衣服，笑着说道："你别说，这功法还真的有。"

"有什么？"耿曙晚上喝得实在太多了，他带着酒意问道，"有胡诌？"

姜恒说："松华从来就是个小女孩模样，鬼先生确实返老还童了，但他们从没教过我，师父只略提起过，四十九天这一期限，这点我倒是没有骗他。"

耿曙过去给姜恒换衣服，醉酒后的他捏着姜恒的下巴，左看右看，端详着他的面容。

姜恒则准备睡觉。耿曙却捏住了姜恒的腰肋，姜恒顿时吃痒地挣扎起来，笑道："干什么？"

耿曙借着酒意，不知为何只想欺负他。

"别！哥！"姜恒满脸通红，酒意撞上心来，一时心脏突突地跳，不住地求饶。

耿曙那眼神忽然变了，他不顾姜恒的挣扎，把他摁在榻上，不由分说地开始捏他，姜恒笑得快哭出来了，继而不闻声音，只是不住地喘气。姜恒再顾不得下手轻重，死命地蹬耿曙，要将他蹬开。

奈何耿曙纹丝不动，低头欣赏着姜恒眼角泛泪、脸上与脖子上泛起红晕、被他欺负的模样。

"啊！"耿曙被姜恒咬了一口，吃痛地起来了。

姜恒终于得到了片刻喘息，他满脸通红，笑着翻了个身，抬起衣袖擦了下嘴角。

"你想，"姜恒说，"我先让他持斋，戒房事……"

耿曙在床榻外，有点不知所措地站着，他甚至不敢接姜恒的话，等待疯狂跳动的心平静下来。

"再禁酒，早睡早起，调理一番，多吃点养生顺气的药……"

姜恒自顾自地笑着，放下床帏，说："一个月出头，当然身轻如燕。"

他只听耿曙在榻外"嗯"了声，便道："睡了，你不困吗？喂！睡觉啦！"

耿曙好不容易平复了心绪，本想找点事推托，让姜恒先睡，但转头看了姜恒一眼，姜恒正充满期待地看着他。

在那眼神面前，哪怕刀山火海、人间炼狱，耿曙也愿意为他一往无前。

何况只是一起睡觉。

于是耿曙二话不说，撩开床帷，躺上榻去。

"别乱碰，"耿曙警告道，"今天喝了不少酒，别惹我。"

姜恒只觉得好笑，他拉过耿曙的手臂枕着，蜷在被里睡了。

"起来了。"耿曙在姜恒耳畔说。

眼睛一闭一睁又是天亮，姜恒伸了个懒腰，连日的疲乏渐消，年轻人的干劲大抵很好，哪怕前一夜刚落水遇刺，狼狈不堪地逃难般前来，一觉睡醒又是精神百倍。

耿曙已换上宫中送来的郢服，抱着胳膊，站在一旁看郢人送来的早饭，林林总总，摆了一大桌，耿曙示意姜恒起来换衣服。

"起来，"耿曙说，"去过年了，过他们的年。"

"对啊！"姜恒惊叹道，"过年啦！又有年可以过了！"

耿曙示意姜恒看看自己这一身，问："好看不？"

耿曙这身郢服乃越锦所制，姜恒终于看见他穿故国之服了。

雍人尚军，代人尚商，梁人尚儒，郑人尚士，而越人尚游侠。天底下再没有比越服更适合耿曙的了，他仿佛生来就是为了穿越服的，肩背宽阔平直，腰身挺拔，穿上雍人的铠甲略显笨重，而越人简单的武袍与文武袖正适合他。

深蓝色越服的领口处填了黑色的脖围，袖身绣有暗纹桃花，枝繁叶茂。左袖为文袖，衣身上的绣样为展开的半树繁花；右袖则是武袖，上有三枚花朵形的红色袖扣，方便拔剑。背后有系剑鞘的带扣，腰前系一镶金缕的腰带。前襟至膝前，后襟至小腿处，现出漆黑的武靴，衬得腿长腰直。

太好看了！姜恒坐在榻上看了半晌，只觉心中荡漾，耿曙当真是美男子，就像华服里裹着的不世金玉，风度翩翩。

耿曙："怎么了？"

耿曙又示意姜恒看桌上的早食，姜恒看到桌上满满当当的食物显然很头痛。接着，耿曙过来伺候姜恒梳洗。

姜恒与耿曙刚在北方过完一个年，来到南方，又要过一个年了。一年能过两次年，总是好的。只是，这早饭就像昨夜的晚饭一般夸张。

"那是什么？"姜恒看了眼案上的书信。

"项余着人送来的，"耿曙说，"衣服也是他为咱们准备的，他邀请咱俩今天到他家去，带咱们在江州城中逛逛，去不去？"

姜恒："当然去了！"

这是姜恒数年来最为闲暇的时光了，毕竟当质子的生活，什么也做不了，顶多只能通过风羽与嵩县简单地往来信件，再经过宋邹之手，将信送回北方的落雁城。耿曙也不必参与没完没了的军事会议，不用每天为军中大小事务操心。

姜恒的工作一夜间尽数解除，他身上再没有任何负担，可以过长的假期，与耿曙一同好好享受享受。

耿曙却有点不大情愿，看姜恒也随之换上了一身浅蓝色越服，暗纹绣锦乃是湖纹与云样，犹如将南方的水集于一身，有种烟雨朦胧的感觉，他心里实在是填满了说不出的喜欢。姜恒在雍时常着文士袍，正式场合穿一身官袍，书生气十足，现在换上了文武袖，颇有少年侠客的英气，耿曙也不掩饰自己，目不转睛地看他。

两人你看看我，我看看你，心情都很好，但耿曙半点也不想去见项余，他只希望与姜恒单独相处。毕竟有外人在时，他不习惯多说话，而姜恒总要与旁人交谈，与他之间的谈话就随之变少了。

奈何姜恒兴致勃勃，耿曙也不扫他的兴致，便牵起他的手，把烈光剑负在背后，说："走罢。"

"我没有剑。"姜恒说。

"带什么剑？"耿曙不以为然地说道，"你天生就不用使剑，你们纵横之人，一张嘴可比千军万马厉害多了。"

宫中早有马车来接，马车穿过江都的大街小巷。耿曙端坐车内，握着姜恒的手，把他的手拉过来，放在自己膝上，姜恒则倚在马车的窗帘前朝外看。

"桃花开了。"耿曙很想姜恒多看看他。早上起来时，姜恒睡眼惺忪，那眼神让他受用得很，在那短暂的时间里，姜恒的注意力全集中在他身上，仿佛他成了弟弟的整个世界。

姜恒回过头，朝耿曙说："对啊！"

旋即他又朝外看去，郓地的桃花开得很早，还在立春前便已有不少花骨朵开始绽放，为这个南方国家增添了几分春色。

"你在看什么？"耿曙坐不住，他侧过去，自然而然地搂着姜恒，他的手稍稍发抖，心里有点紧张。

"你看那些百姓。"姜恒说，他的眼里更多的是在郓国这一最富饶的国家中生存的人。

今天马车途经东城，缘因立春庆典要提前封路，供王族检阅军队，接见百姓，车便绕了个弯路，经过"寅丁坊"。寅丁坊是城中的贫民区，桃花树种到此地便戛然而止，满地泥水犹如在地面上铺了一层厚厚的地毯，姜恒从房屋的间隙望过去，看见小巷里大多是衣不蔽体、只穿黄褐色长裤的中年男子，带着全身赤裸的小孩，在屋外用柴火煮一锅混合物，锅里散发着刺鼻的气味。

这在落雁城里是前所未见的，耿曙搂着姜恒，手指在马车的窗台上有节奏地敲了敲，想说点什么，却不知如何置评。

最后，他朝姜恒说："看见四国的弊病，回去治理国家时，便能少犯点错，挺好。"

姜恒说："这里与郓王宫就像两个世界。早饭四十八样，午饭七十二样，晚饭一百零八样。散给民间，不知道能养活多少百姓。"

耿曙"嗯"了了声，心想：你不管到哪里，都不会闲着的。

"不要骂他，"耿曙想了想，又说，"你是质子，不比在雍。"

姜恒当然不会像对汁琮一样，朝熊耒直斥其非，但在力所能及的范围内影响一下郓王，还是可以的。

马车绕过更多的贫民窟，这里的人较之猪狗尚且不如，犹如王家圈养的牲畜，做着最低贱的活。他们没有田地，一家十余口挤在一个马厩拼起来的屋棚之中，透过屋顶的缝隙能看见白茫茫的天空。男人去做拉纤、运石等力气活，女人则在家无所事事，抱着孩子在路边喂奶，这些人望向马车时，看见衣着华贵的姜恒，眼里只有麻木。

赶车的是名年轻车夫，他朝姜恒说道："姜大人觉得我们的国家怎么样？"

"你自己觉得呢？"姜恒反问。

车夫一笑，片刻后答道："我不好说，须得您说。"

姜恒只能说："会好起来的。"

车夫道："都说你们雍人要进关了，只怕好不起来。"

姜恒想了想，正要开口，车夫又道："不过再怎么样，也不会比现在更糟了，倒是万幸。"

"你读书吗？"姜恒说。

"不读，"车夫说，"没有机会认字，但上将军待我们是很好的。"

"看出来了。"姜恒笑道，如果不是信任的人，也不会让他来接客人。

"这么一对比，可见雍国有些地方也不错。"耿曙向来是大雍军事体系忠诚的维护者，但维护雍不意味着维护汁琼。在他眼里，哪怕许多人不能凭自己的意志去选择该怎么活，但他们至少还能像个人一般活下去，只要适龄，能为国家贡献力气，就不至于饿死街头。

"那确实，"姜恒说，"碰上连活都活不下去的时候，哪有尊严与体面可言？"

耿曙终于正式表达了自己的态度，虽然他从来都承认姜恒是对的，内心深处却一直觉得，历代君王所建立起的大雍，也并非真的一无是处。

"可是，"姜恒正色道，"这世上是非此即彼的吗？让汁琼收敛自己，改变大雍，意思就是变成郓国这样吗？上一任国君的积累，总是有家底在，我们的目光，难道不该望向更好的未来吗？"

"是是是，"耿曙点头道，"你说得对。"

姜恒侧头扬眉看耿曙，见耿曙无比认真的表情，心里当真非常非常喜欢。

耿曙很少与他讨论治国，在治国上从来也是不遗余力地支持他，全无保留地相信他。姜恒也知道，耿曙是发自内心地爱雍国，希望雍人能变得更好。

心怀国土与国民的男人，天生有让人仰慕的魅力。从这点来说，姜恒觉得耿曙已不能更完美了，雍国确实给予了他很多。

太子安

"到了。"赶车的年轻人笑道。

马车进入卯庚区，仿佛从一个戏台穿行到了另一个戏台，一切又变得不一样了。过了水道就到了卯庚区，这里是郢国军方将领的住所，重重桃树、柳树掩着临河道的房邸，四周全是重将。兵府的东南营地则在一里开外。

地面清扫得纤尘不染，项府大清早便开了门，等待迎接贵客。

"项将军！"姜恒笑道。

项余正背着手，在廊下逗他的金丝雀，听到声音便朝姜恒礼貌地说道："昨夜睡得还好罢？我让人连夜改了几件衣服，给你们送过去，还挺合身。"

姜恒忽然明白，项余身上的另一种熟悉感来自何处了，他的亲切与自然有一点点像罗望，那个代国的将军，就像彼此早已相识。

"谢了。"耿曙淡淡地说道。

但项余有家有小，与家徒四壁的罗望丝毫不同，府上有一恩爱多年的夫人，听闻姜恒来了，便出来见客，携一儿一女，儿子六岁，女儿四岁。

"稍后等一个人过来，"项余朝姜恒说，"咱们便一起出去。下午到听江榭聊聊天，晚上愚兄带你们看戏。"

姜恒自然应允，想必项余还找了别的人作陪，便与他入厅堂喝茶聊闲话。

耿曙则没有进厅，他在廊下坐着，观察着四周。项余的家里当然不会有刺客，否则郢国早就翻天了，这只是耿曙的习惯使然。

"大哥哥，"项家六岁的大儿子站在离耿曙三步开外的地方，好奇地看他，问，"你背着的是剑吗？"

耿曙看着那小孩儿，没有回答，眉毛冷峻地一扬，仿佛在逗他。

小女儿也过来了，说："可以看看吗？"

小女儿爬上一侧的廊椅，跪坐在廊椅上，与正坐的耿曙正好平齐。

"不行，"耿曙说，"会划到手。"

"让我摸摸剑鞘罢，"项家大儿子说，"我不抽出来。"

耿曙还是很喜欢小孩儿的，在雍都的时日里，他对每个孩童都很有耐心，平日里轻易不让人靠近的他，面对五六岁的小孩儿，竟然毫无抵抗力。兴许是童年与姜恒在一起生活的时光使然，在失去姜恒的日子里，每一个孩子，对他来说都是他曾经万般疼爱的弟弟。

于是耿曙连剑带鞘解下，拿在手里，男孩儿伸手来拿，耿曙却把剑举高逗他。小女孩儿笑了起来，去搂耿曙的脖颈，耿曙稍稍避让，说："男女有别，不能乱抱。"

那男孩儿却抱住了他，抬手去夺剑，耿曙只得给他，随手一转剑上的机括，锁住剑格，免得发生意外。

"你叫什么名字？"耿曙朝小女孩儿说。

"我叫召，"女孩儿说，"召之即来，挥之即去的召。"

"好名字。"耿曙说。

烈光剑对一个六岁的孩子来说实在太重了，男孩儿吃力地托着，女孩儿又看见耿曙脖颈上的红绳，说："你戴着什么？"

女孩儿半点也不怕人，她只想看耿曙的玉玦，耿曙自然不能让她看，毕竟这代表了耿曙的身份，便握住她的手，在身上掏了一下，掏出一小包点心给她，那是他离开王宫时带在身上，想与姜恒找个桃花开得好的地方，坐下来一起吃的。

女孩儿欢呼一声，男孩儿跑回来了，说："我也要！大哥哥！你偏心！"

"男孩儿没有，"耿曙说，"吃这些奇奇怪怪的东西做什么？剑还我。"

男孩儿把剑放在一旁，来他怀里闹他，摸来摸去，耿曙无奈，变戏法般又掏出一包下酒的肉干递给他。

这下两个孩子都满意了，耿曙一手按在剑鞘上，安安静静地看着他们吃，想起在浔东的往事。想起那年，如果他再大一点就好了，再大个几岁，有一身武艺，他便会豁出一切去守护那年还幼小的姜恒，他可以为昭夫人去刺杀前来进犯郑地的芈霞，可以保护卫婆，保护姜恒。

这样姜恒依旧会有一个家。

可那时的他没有钱，没有本事，什么都没有，只有他自己。他既不能买来吃的逗姜恒开心，也不能为他上刀山，下火海，只能陪在他的身边，最后险些连他也失去了。

都是命。耿曙又想起姜太后的话，人各有命。

项府外又来了人，耿曙下意识地握紧了剑，转头望去。只见前院里走进一名年轻人，身后跟着四名侍卫，正是郢国储君——熊安。

"殿下！"项家的孩子认得他，忙快步上前，朝太子安行礼。

太子安与耿曙短暂地对视，看了眼他按在剑上的手，笑了笑。耿曙懒得起身，也不与他打招呼，只要姜恒不在身边，一应交际应酬能免则免。偶尔行个礼，也全是看姜恒的面子。

太子安却不如何在意，摸了摸两个小孩儿的头，进了前厅。不多时，耿曙听见姜恒问候太子与项余给太子行礼的声音，便负剑在背，顺手打开剑格，方便拔剑，进了前厅。

姜恒见项余与自己无非寒暄几句风土人情，对昨夜之事只字不提，及至太子安来了，项余便笑着起身迎接，姜恒知道等的人除了他，不会再有别人。

"这是我的侍卫，"姜恒朝太子安介绍道，"聂海。"

耿曙点了点头，太子安则朝姜恒笑道："听说是花钱雇来的，看模样身手不错，雇这么一名少侠，得花多少钱？"

耿曙淡然地说道："没多少钱，毕竟越人命贱。"

姜恒笑着说："他向来目中无人，让殿下见笑了。"

"无妨，"太子安有意无意地回应了一句，又看了眼烈光剑，笑道，"年轻又身怀绝技的人，自当盛气。这就请罢，昨日未能一尽地主之谊，姜太史一定要给我这个机会。"

这是姜恒见过的第四名太子。

赵灵、李谧、汁泷，如今则是熊安。

各国里，每一个太子都有相近的气质，即性格温和、平易近人。这是王家的教导使然，作为未来的国君，必须有宽广的胸襟，至于性格，每一位储君就又有自己的特色了。赵灵城府很深，李谧外表谦虚却有野心，汁泷现在看来反而是最善良、最仁德的一个。

与太子安的正式会面，其言谈中给姜恒的第一印象是"自负"，太子安仿佛对姜恒毫无了解，更不知道父亲为何要这么一名质子。

"在雍国朝堂，"太子安说，"很辛苦罢？"

姜恒笑道："还行，饮食居住，自然不比郢国奢华。"

太子安说："来了就当告假罢，好好休息。"

四人来到马车前，项余说："聂小哥不嫌弃的话，与我乘一车可好？"

耿曙看了眼姜恒，做出询问的表情，姜恒点了点头，表示不会有问题，便与太子安上了前车。项余则与耿曙上了后面那辆。

太子安绝口不提长陵君，说："姜恒，你是浔东人啊？"

姜恒坐在车内，忙道："是，自打懂事起，就在浔东了。"

说话时，姜恒忽然想到一件事，母亲是什么时候迁往郑国的？他是在那个大宅里出生的吗？

太子安想了想，似是在没话找话，毕竟僵着也不好，又道："听父王说，你去过许多国家？"

姜恒诚恳地说道："除了梁，天下五国都去过了，也包括王都洛阳。"

这年头，哪怕是一国公卿，离开自己国家的机会都很少，前往他国只有两个可能，一是出使，二是流亡。乱世之中，游历各国的机会非常非常难得。姜恒年纪轻轻，却走遍了四国，放眼天下，有像他这般丰富人生的人，委实不多。

太子安说："那么你觉得，江州比起这些地方来，怎么样呢？"

郢王熊焘如今已不太管事，城中事宜大多由太子安负责治理，熊焘如今控制着军队，对外交、战略部署会发表意见。除此之外，民生、税务等工作则归于东宫。

这名太子显然比汴泷更有经验，年纪也大了不少。

姜恒想了想，笑道："比任何一国都要富庶。"

太子安很满意，他用打量偏僻小国之民前来朝贡的眼神审视了姜恒一番，说道："我知道本国尚有许多不足之处。父王也让我向姜太史多讨教，昔年天子治辖之下，乃是真正的天下之都，什么时候才能重现六百年前的辉煌呢？"

太子安对雍国只字不提，显然根本不承认雍国是一个"国家"，拿自己的政绩对比的对象，也只是洛阳。姜恒说："是的，万民犹如川河，奔腾不息。想要被千秋万世称颂，是很难的。"

太子安说："你觉得还有什么不足之处？"

姜恒想了想，说："今天我从王宫前来项将军府上，看见了一些景象，想得百姓称颂，也许殿下在未来的一年半载中，可以从这里下功夫。"

太子安的脸色不太好看，姜恒巧妙地给他留了个面子，说："身为储君，日理万机，实在是太忙了，有时手下人的汇报会出差错，欺上瞒下的情况总会有的，您须得抽时间亲自去看看。"

与此同时，另一辆马车中，姜恒不在，项余忽然像变了个人似的，与耿曙一句话不说，连客套的寒暄也欠奉。

耿曙甚至没有多打量他一眼，知道对方把自己当作寻常侍卫，所以只是抱臂背靠着车窗，注视着沿途的动向，以及前面的马车。

终于，项余开了口。

"行刺你们的人，有想法了吗？"项余淡淡地问道。

"那不是你们的工作吗？"耿曙沉声道，"我们是在郓地被人刺杀的，能有什么想法？"

项余说："派人去查了，没有查到。"

耿曙道："那就只好算了。"

一问一答，简单直接。

"与你们有仇的人挺多，"项余扬眉，朝耿曙问道，"平时行事还是得当心点，你说是不是，聂小哥？"

耿曙冷冷地答道："是你要当心点，设若姜太史出点差错，你猜谁会来找你的麻烦？"

项余一笑置之，他自然知道耿曙所指，雍国的怒火还没那么快能到眼前，但郓王的疯狂一定会先将项余烧成灰烬。

国君可是要长生不老的，万一出了差错，断了熊末的念想，项余全家一定会倒大霉。

浣 衣 妇

马车抵达江畔，四周早已清开了人，项余先下车，引着身后的姜恒与太子安，前往听江榭。太子安有意落后些许，在项余耳畔低声说了几句话，项余稍躬身听了，马上点头，前去吩咐下人。

"项将军什么都要管，"姜恒笑道，"也是大忙人。"

太子安说："他从十七年前就在朝中任职，郢地有屈、项、芈、熊四家，父王最喜欢项余，项余就像我兄长一般，是父王亲自看着长大的。"

姜恒点了点头，他看出太子安与郢王的关系算不上太密切，也许因为太子安的生母来自屈家，而熊末的生母，即芈太后，来自芈家，这里头又有公卿大夫的利益争夺在彼此影响。

但熊末依旧将熊安立为太子，并赋予他相当大的权力，毕竟如今他是团结郢地四个家族的核心人物，何况以熊末这般花天酒地、穷奢极欲，另外三家都必须拿出相当多的金银来供养王室，再在各自的封地疯狂掠夺一番，进行利益交换而已。

"这位是屈将军屈分，以及芈清公主的族弟芈罗。"

江边水榭又等着一人，来人身材高大雄壮，较之雍廷身材最壮的右相陆冀还要胖一圈。此人犹如一座山般抵在坐榻前，瓮声瓮气地说："哦，姜太史远来，不曾去迎……"

"请坐，快请坐。"姜恒早前还在海阁中便知道，郢国曾经的上将军叫芈霞，进攻浔东城被他母亲一剑捅死后，屈家便与项家瓜分了军权。只是姜恒很好奇，这家伙看模样至少有三百斤，再加一副铠甲，逼近四百斤大关，能不能上马打仗，天下有没有载得动他的马？

姜恒生怕他动作太大，把坐榻压垮，大家不需多礼就是了，另一个叫芈罗的，则是文士，朝姜恒笑了笑。

耿曙则走到栏前，朝外望去。太子安说："姜太史，喝喝我们的茶。"

侍女上茶奉点心，又有琴师奏琴，时近春日，水榭的帘幕被江风吹着卷进来，远方水鸟阵阵鸣叫，两侧种着桃花，让人心旷神怡。

江面白帆点点，犹如画一般。

姜恒已经发现了，郢人虽然奢华，却不像洛阳天子朝廷般精于赏鉴，姬珣乃是没落王室，对食物、器皿依旧保留着皇室的习惯，不合四时不用，五行地气不调和者不用，一如洛阳的点心，虽然简单，却做得很精致，入口味道多变，口感细腻，食材注重搭配，有轻有重。

而郢宫室的食物与点心，则是以繁复取胜，管你早中晚该吃什么，一股脑地端上来，看得人眼花缭乱，味道却实在欠佳。

姜恒已经不想用点心了，来江州后，他学会了对吃的只看不碰，屏弃在雍国为客要多吃为礼的规矩。

耿曙则盘膝坐在茶室的江边栏前，解下佩剑，横搁在膝上，对他们的谈话漠不关心，事实上他计划里的这一整天，已经被项余毁了。遇见这么一群莫名其妙的人，让耿曙很不满。

"我见过你。"那名唤芈罗的文士说。

"我也见过你！"姜恒想起来了，笑道，"七年前了。"

当初四国联军冲进洛阳抢夺天子之前，四国纷纷派出使节，芈罗正是替郢出使之人，姜恒那时呵斥郑使，给各国特使留下了极其深刻的印象。

太子安笑道："芈罗知道是故人，一定要来。"

"都好久的事了。"芈罗有点惋惜地说，"当初赵将军若愿意让天子来江州避难，也不至于变成如今这样。"

姜恒想起往事，笑道："天子有天子的执着罢，这种事，换作谁坐在那个位置上，想来也是一样的。"

耿曙望着江面，默不作声。片刻后项余办完事，也回来了，加入了他们。姜恒聊了几句当年洛阳的事，主客之间忽然无话可说，场面变得有点尴尬。

接着，项余开了个头，余人便开始极力奉承太子安，一会儿赞颂他的政绩，一会儿又说他体恤百姓，听得姜恒都有点肉麻，太子安却欣然受之。

太子安显然对姜恒不感兴趣，更不太瞧得起他，今日约他出来，不过是礼节。主客之间静了片刻，姜恒心想不如告辞罢，这样不如回去和耿曙闲逛来得快活。

太子安忽然来了一句："这位聂小哥我倒是觉得一表人才，不如咱们交个朋友，过来聊聊？"

姜恒："啊？"

姜恒马上就察觉不对了，莫非他们看出耿曙的身份了？也许，芈罗既然去过洛阳，说不定对当年的耿曙也有印象。

耿曙回头扫视众人，冷漠地说："你们聊罢，我不来了，没话说我与姜大人先走也是可以的。"

项余马上道："姜大人，我带你去看看江边的桃花？"

姜恒会意，太子安虽说自负，人却不笨，多半是猜出耿曙的身份了。也是，以耿曙的容貌、身姿，很难掩饰。

"好，"姜恒便识趣地起身，说，"正想下去活动，这几天吃得实在太多了。"

项余笑了下，伸手搭在姜恒的肩膀上，沿水榭风阁一侧下去。

耿曙警惕地目送两人远去，太子安却忽然变了一副面孔，亲切地说："汁森殿下。"

耿曙没有回答。

"汁森殿下请过来罢，"太子安说，"我虽然认不出你，烈光剑却总是认得的。"

耿曙也知道没有再瞒的必要，便起身过来，在太子安面前一坐，淡淡地说道："说罢，我不过是陪弟弟出门散心，不代表雍国，若有外交事宜，你须得以书信方式，与我国太子细说。"

太子安笑道："那是自然。"

姜恒沿着江边的路缓慢走下去，这时节的桃花说不上很好，却也充满生机。

项余就像跟从太子般，跟在他的身后。

姜恒望向江面，说："今天听见项将军府里孩子们的笑声，就像回到了小时候的家里一般。"

项余说："姜大人这模样，顶多也就十八九岁罢。少年成才令我极是佩服，您的师门想必非常了得。"

姜恒答道："说来惭愧，实在没学到多少，十七岁就下山了。"

姜恒看到江前有船夫划船而过，说："今天不知道为什么，我突然就想起了离开山门抵达照水城后见到的一名船夫。"

项余说："船夫？"

姜恒说："是，当年照水一带江河泛滥，遇上十年难得一见的大洪水，百姓们找了一位船夫，载我去济州，那船夫令我心生亲近，因他说的话，仿佛隐隐之中有着众生大道。实不相瞒，今天我来府上，沿途也看见了许多受苦的百姓，仿佛依稀回到了照水，在渡一条满是尸体的河……"

项余说："姜大人不要多想，您不会再见到那景象了。"

姜恒笑了起来，猜想刚才太子安的私下吩咐，就是让项余去办这件事，毕竟在外国人面前丢了颜面，只是没想到项余的动作这么快。

"看来太子殿下是听得进意见的人。"姜恒说。

"他平时太忙了，"项余说，"有些事便注意不着，你能提醒他，他很感激你。"

这时候，姜恒看见一个妇人正跪在江边洗涤衣服，用木棒敲打，并浆洗长袍。

姜恒便走到江边的卵石路上，项余跟着说："怎么这时候江边还有人？不是通知他们让人都离开了吗？"

姜恒回头一笑，摆手道："这有什么关系？"

项余看着姜恒站在桃花里转头笑的模样，神色略一怔。

姜恒示意他别跟了，说："我下去站一会儿，你身穿武将官服，百姓见了你一定害怕。"

于是项余距离姜恒十步远，看着姜恒走到那妇人身外五步距离。

忽然间，项余意识到不对，他右手按在了左手手套上，以食指钩住手套的边，做了个动作，慢慢地扯下手套。

那洗衣服的妇人回过头，朝姜恒咧嘴一笑。

姜恒说："天气挺好。"

"很好。"妇人手上不停地搓洗着衣服，说，"快过年啦，小哥是哪儿的人？"

姜恒说："我是从雍国来的。"

项余听见二人的对答，松开手，把手套戴好。

妇人说："雍国人，你是新来的那个质子了？"

姜恒倒是意外，这件事连民间也知道吗？只听妇人又说："我是奉命来杀你的，质子。"

姜恒登时脸色一变，妇人却收拾起衣服，说："再留你十二个时辰的性命罢，明天这个时候，你就死了，好好看一看人间，想吃什么，就去吃点，或者想逃也行。被我盯上的人，天底下无人能救，哪怕你那号称天下第一的王子哥哥也办不到。喏，爹娘养你这么大不容易，去罢。"

姜恒："……"

姜恒一脸震惊地看着她，她说得轻描淡写，还平静地端起了木盆。

姜恒下意识地退后半步，喊道："哥！哥——！"

项余瞬间一个箭步冲了上来，只听"扑通"一声，那妇人跳进了江里，眨眼间消失无踪。

姜恒有些不相信自己双耳听到的，项余却抓住了他的手腕，问："怎么了？她说了什么？"

"她说……她……"姜恒有点不知所措，他平生第一次碰上这种杀手还有预先通知的情况。

姜恒与项余对视，定了定神。

项余说："告诉我，不用害怕，你可以相信我，姜大人。王陛下吩咐过，无论发生什么事，都一定要保护你们的安全。"

姜恒说："那妇人……说，她是来杀我的，我只能活十二个时辰了！哥！哥！"

姜恒摊上这事，第一个念头就是找耿曙商量，他当即将项余抛在身后，忙不迭地跑了回去。项余大步追了上来，说："慢点！当心滑倒！"

水榭临江而建，正在半山腰上，下来很容易，爬上去却委实让人疲惫不堪，姜恒气喘吁吁地回到水榭附近，定了一下心神。

项余说："不要害怕，姜大人。"

"嗯，"姜恒说，"她也许只是放放狠话而已。"

姜恒只是短短片刻就回过神来，意识到这件事还是别往外多说更合适。

水榭内，交谈已近尾声，耿曙侧坐案前，手指不耐烦地在茶案上有节奏地敲着，看了眼爬上来的姜恒，说："脸怎么这么白？喘得怎么这么厉害？"

姜恒已完全镇定下来，就像没有事发生过，笑道："没什么，爬山路有点喘。"

耿曙朝他招手，示意他过来，姜恒跪坐到耿曙身边，耿曙便将茶碗递给他，显然也不打算再把两人的关系瞒下去了。

"你的提议，"耿曙说，"我会认真考虑。"

太子安说："我想天底下没有比郢国更合适的地方了。"

姜恒只凭借这一句话，就听出了太子安想与耿曙做交易，只不知道他给出了什么诱人的条件。

耿曙却已无心再听太子安多说，以手指背轻抚姜恒的额发，注视他的表情，眉头微微皱了起来，扬眉现出询问之意，耿曙看出来他的不安不是爬山爬的。

姜恒也以眼神回答：稍后再说。

"那我们就告辞了，"耿曙又道，"项将军稍后还有什么安排？"

姜恒出去一趟回来，局势已发生了天翻地覆的变化，耿曙恢复了他说一不二、目中无人的身份，根本懒得像姜恒一般与一国储君有来有往地以礼相待。

"我们也回去了，"太子安变得客气了许多，说，"大家一起走罢。项余你还有什么安排？问你呢。"

项余也在思考，没有告诉太子安江边的事，说："原本打算晚上请两位去看戏。"

"那就替我好好招待他们。"太子安起身先走了。

耿曙握着姜恒的手，走在最后，姜恒仍忍不住回头看。

"怎么了？"耿曙凑到姜恒耳畔，低声说。

"上车再说。"姜恒答道。

两人上得车去，这次耿曙与姜恒同车。姜恒道：江边有个人说想杀我，多半是和那刺客一伙的。"

耿曙说："哦，我就知道他们还会再来。"

姜恒把那洗衣妇人的话复述了一遍，耿曙沉默地听着，最后点了点头。

姜恒问："怎么办？"

"不怎么办，"耿曙说，"有我在呢。"

就在此刻，马车停下，耿曙却没有拔剑，他听出了脚步声，果然，项余上得车来。车里一下变得拥挤了，项余在角落里找了个位置。

"稍后就回王宫？"项余一眼便看出两人已交谈过，说，"在王宫里，我担保姜大人绝不会有任何危险。不知道对方十二个时辰后，会不会果真前来……"

"没必要，"耿曙冷淡地说，"该做什么做什么，想看戏就去看戏罢，恒儿想去吗？"

姜恒得到耿曙的回应后，反而更不知所措，只能顺着他的话头说："去……去罢。"

项余想了想，说："那就照旧？不过今夜，我建议一定要回王宫过夜。"

耿曙不置可否，姜恒说："那些都是什么人？为什么要来杀我？"

"不知道你上哪儿惹的。"耿曙难得跟姜恒开了句玩笑，"你是不是背着哥哥去外头做什么了？"

姜恒顿时哭笑不得："哪有？"

耿曙说："那就姑且信你。被太子安念经念了快半个时辰，念得我头疼，我睡会儿。"

于是耿曙横过身，抱着烈光剑，闭上了双眼。

朱雀宫

姜恒忽然想起来了，先前一直沉浸在即将被杀的预告中，竟忘了问太子安的话。

"太子安说什么？"姜恒道。

"没说什么，"耿曙道，"翻来覆去地念经，看见他那张脸，我忍不住想揍他。"

姜恒笑了起来，说："你不也是一样？"

说着姜恒伸出手，轻轻地为耿曙揉太阳穴。

"到底说什么？"姜恒又问。

"让我调动嵩县兵马，再给我增添八万人，让我带兵去替郢国打仗。"耿曙说。

"梁国吗？"姜恒转念一想，"我猜大抵不会是郑国。他们顶多想趁联会开始前，多分点土地罢了。"

"你是人精，都猜到了，"耿曙说，"还用我说？"

"条件呢？"姜恒又问。

"收留咱俩，"耿曙说，"无限期。长陵君与他们向来不对付，郢王不喜欢他，太子也不喜欢他，当年长陵君被杀，国内也没人替他说话。郢国与我爹……与咱们的爹，没什么血海深仇。"

姜恒却想起了另一件事，说："刺客会不会是长陵君生前的门客？"

"有这个可能。"耿曙说，"但郢人的武艺，不会有多强就是了。"

耿曙突然睁开眼睛，问："长陵君生前的门客？你也许找到了线索。"

姜恒停下动作，怔怔地想着，当年长陵君死于耿渊之手，门客四散，难免有江湖人要替他报仇。

"喂，"耿曙见姜恒手指停了，说，"报酬呢？"

姜恒看着耿曙，耿曙说："虽然不会有多强，可也得拿着剑去对付，小公子，你雇我保护你的钱还没给，不会想就这般赖账了罢？"

姜恒只静静地看着他。

耿曙对姜恒恨得牙痒，他按捺住诸多冲动，最后所有的不甘都被他咽进了肚子里。

江州城实在太大了，姜恒只觉得自己一整天都在坐车，无论去哪儿都得坐车，时间都花在了坐车上。郢人的习惯与雍人不同，雍人喜欢骑马，所以，雍都的道路总是开阔的；郢都则挤满了房屋，道路也窄，这乃是近百年前就规划出的格局，房屋都挤在一处，到处都是人，纵马极易撞上百姓。

这里住了太多的人，最初的江州三道环圈内挤了近四十万人，直到住不下时，只得一环一环地往外扩。也正因如此，江州城中，每亩地所容纳的人口数量乃天下之冠，是落雁城的近二十五倍。

姜恒从车窗望出去，全城光芒璀璨。只是这灯火之下，不知有多少是贫民窟的一盏油灯，又不知有多少是富豪府邸彻夜笙歌的华彩之光。

"哥，你快看！"姜恒震惊了，让耿曙朝远处望。

水道弯弯曲曲，到得辰丙坊间，数道河流汇聚，河面上有七道桥，水面中央屹立着一座巨大的木制建筑，建筑足有七层高，绘有栩栩如生、翩然飞天的朱雀红纹，十六面镏金屋檐，琉璃瓦片层层叠叠，闪耀着灯光。每一道瓦缘前都挂着一盏明灯。

巨大的灯楼坐落于区域中央，四面则是无数的空中檐廊与延展出去的大大小小的建筑。这些建筑堆砌在辰丙坊间，形成了一个如不夜城般灯火通明的夜市。

耿曙也是头一次看见这场面，当真太震撼了。

"这是我们的南明坊。"

项余骑着马，不紧不慢地走在马车前，脸上仍带着忧虑，勉强笑了笑朝姜恒解释道："南明坊是天下戏艺、琴曲汇聚之地，于九十年前动工，用了三十年建成，不少别殿还陆陆续续在建，以朱雀宫为中心，朱雀宫入夜之时，将点起三万六千盏灯火。"

姜恒问："是祭祀之处吗？"

"祭祀？"项余一愣，答道，"不，是戏坊，王家听戏的地方，不过他们不常来，平日便开放给达官贵人消遣。"

耿曙："……"

建成如此宏伟的人间奇观只是为了消遣，这工程想来雍国举国之力也未必能建起来。

项余倒是不像太子安与郢王一般，换了他们，姜恒料到他们一定会说："哈哈，你们雍国没有罢？"

就连耿曙也忍不住说："当真是人间奇迹。"

项余却道："都是百姓的血汗罢了……"

但一句话未完，项余马上意识到说了不该说的话，姜恒却自然而然地接过了话头："雍地昼短夜长，晚上又冷，想取乐也没有心思，不像南边，入夜后一天才开始。"

"对，"项余道，"一方水土养一方人。到了，咱们进去罢。"

项余邀请他们来看戏，想必也是郢王的吩咐，要让两个北方土包子好好领略一番郢人的灿烂文化、强大国力，从而对郢国生出敬畏之心，否则这大晚上的，谁想出来陪他们，宁愿回家与家人待在一起。

"辛苦项将军了，"姜恒笑道，"我俩一来，让你忙得脚不沾地。"

"姜太史太客气。"项余不像太子安，在猜测出耿曙的身份后瞬间变脸，对一国王子礼敬有加。他先前态度怎么样，现在态度还是那样，只将姜恒当作重要的客人，言谈间还挺亲切地说："托您的福，其实我很想来。"

朱雀宫乃是戏曲、斗技的会场，每夜根据安排又有不同，分七十二阙，每阙便是一个小型的会场，常有散居四国的越人来此鸣琴起舞，或是代人说书讲古、郑人拔剑竞技，林林总总，不一而足。

项余显然位高权重，下马后便有人簇拥上前，朱雀宫更清楚这是郢王吩咐招待的贵客，所以大执事亲自来迎，笑容让人如沐春风，朝三人道："将军，公子，这边请。"

耿曙表情冷淡，不吭声，旁若无人，注意力只在附近的环境上，只有姜恒与他交谈时，耿曙才转过头，现出认真倾听的神情。

"后头是教坊，"项余说，"想去教坊看看吗？"

姜恒忙摆手，说："听将军的安排就行。"

执事在前引路，对耿曙嘘寒问暖，姜恒与项余则落后些许。

项余想了想，说："姜大人尚未成婚？"

"没有。"姜恒说。

"成亲前可以多玩，"项余笑道，"否则成亲以后，就没什么机会了。"

姜恒哈哈大笑着说："这是项将军的心情吗？"

执事将他们带到一个小房间内，四面以蝉翼般薄的纱帘相隔，遥遥地看见戏台，台上的戏看得一清二楚。项余便道："两位请在这里稍歇，我就在隔壁房。"

姜恒与耿曙坐定，包厢底下人头攒动，全是郓地贵族，或两人一案，或三人一案，正在等待夜戏开场，场中央置一明亮戏台，坐北朝南，灯火通明，演员们准备开戏事宜。

执事又亲自领着十名侍女摆开夜食，食物琳琅满目，侍女们全程不多说一句，撤盒时跪坐在地，朝二人行礼："两位公子有事尽可吩咐。"

"知道了，"耿曙说，"下去罢，不必留人。"

人全散了，包厢内便余姜恒与耿曙，隔壁则是被纱帘隔挡的项余，正独自坐着喝酒，颇有几分孤寂之意。

"吃点？"耿曙朝姜恒说。

姜恒坐在这满是灯光的包厢里，忽然觉得自己仿佛置身梦境。

耿曙先一样尝了点，似乎怕有人下毒，最后朝姜恒说："这应当是果木炙烤的肉，味道不错。"

姜恒吃了些，说："郓国人过得比雍人有情调多了。"

少年心性，仍然是爱玩，哪怕心知不该沉溺于穷奢极欲的生活中，但看见新鲜东西依旧有兴趣。

"天底下好看的地方还有许多，"耿曙说，"答应了要带你去看海，还没去呢。以后都带你去。"

姜恒说："你自己也没去过，你去的地方还没我多。"

"我都去过，"耿曙随口答道，"梦里都去过，梦里只有咱俩。"

姜恒笑了起来，听见隔壁响动，两人便一起转头看，只见侍卫到项余所在的包厢中回报，正在他耳畔轻轻说话，项余面无表情，只沉默地听着。

显然下午出了那件事，项余的日子马上就不好过了，正吩咐手下加急排查，部下正流水般将情况报给他，连看个戏也不安生。

"他也不容易。"姜恒哭笑不得地说道。

耿曙说："都有老婆孩子了，怎么还喜欢出来寻欢作乐？"

姜恒想了想，说："兴许平时也累，总得找个地方排遣罢。"

耿曙："回家不就是排遣吗？与你待在一处就轻松许多，想不明白。"

姜恒心想：还不是咱们害的？要不是咱们来了，项余也不必陪客。

"发现刺客了吗？"姜恒忍不住又问。

"什么？"耿曙回过神，答道，"没有。不用担心，来一个，杀一个，你玩你的。"说着拍了拍手边的剑，示意他别想此事。

正说话时，姜恒见戏台一侧出现一个人影。那人穿着一身戏服，一头秀发如瀑，沿着戏台一侧的楼梯拾级而上，提着前襟款款而来。

"好漂亮！"姜恒低声说。

"是个男孩儿。"耿曙观察其动作体态说道。

那少年郎走上楼梯时，其下贵族少年便纷纷聒噪起来，各自抬头看。只见他举步翩跹，犹如一只雪白的蝴蝶，上了包厢便径直进了项余那房，接着，柔和的声线在隔壁响起。

"将军来了。"那声音极其好听，犹如天籁。

"有客人，"项余答道，"规矩些，不可胡闹。"

项余低声说了几句什么，似乎让他声音小点，其后便只听得二人断断续续的交谈声，隔着帘幕，又见少年亲手给项余斟酒。

耿曙看了姜恒一眼，再看隔壁，又看姜恒。

姜恒心想：难怪，项余应当认识这里的戏子，今晚趁着招待他们的机会过来见他。项余动作十分规矩，没有碰他，甚至连接过酒杯时，手指都刻意避免了互相触碰，戏子拈杯奉上，项余只用戴着手套的三指夹住杯口，便接了过来。

"别胡思乱想。"姜恒朝耿曙笑道。

"我想什么了？"耿曙又看看隔壁，再看姜恒，目光有点复杂，"我只是觉得，那孩子与你长得有点像。"

姜恒："……"

耿曙马上就醒悟过来说错话了，将自己的弟弟比作一个唱戏的，换作别人一定会生气。

"我是说……我不是那意思。"耿曙忙开始解释。

姜恒却丝毫不觉得被冒犯，毕竟在他的习惯中，上到天子，下到贩夫走卒，都是一样的，并无贵贱之分。

"像吗？"姜恒好奇地探头看，又不敢做得太明显。

耿曙觉得那少年长相与姜恒极相似，神韵与气质却全然不同。当然他不敢再说下去。只见那少年给项余斟了三杯酒，项余低声与他说话，那少年显然非常开心。

"真的。"姜恒也发现了，那少年不过十三四岁，眉眼、鼻梁似乎刻意地画过，活脱脱就是自己小时候的模样。

"嗯。"耿曙答道，坐过去挡住了姜恒的视线，转头看着他的双眼。姜恒还想再看，耿曙却不乐意了，把他的脸侧过去，说："看什么看？"

姜恒笑了起来，隐约察觉到了项余对他表示亲切的原因，是这样吗？

羊毫笔

不多时，只见项余打发那少年下去，又在独自喝酒，戏开场了。

这是姜恒平生第一次看戏，他觉得十分新奇，不一会儿便被吸引了注意力。少年所唱，俱为郢辞，词句姜恒倒是读过的。先上演的是《湘神投江》，所述乃神话，故事中的少年爱上居缥缈山巅的神女，求而不得，一面之后，少年辗转徘徊，最终投江而死。

一幕毕，厅内大声叫好，姜恒转头看了眼项余，忽见项余恰恰也转过头来看了他们一眼，做了个拍手的动作。

"换作我，"耿曙却道，"知道她在山上，我哪怕将山头夷平了，也要去见她。"

姜恒哭笑不得地说："那这戏就没法唱了。"

姜恒给耿曙斟了一杯酒，耿曙喝了，拍了下他的手，说："今天不能多喝，怕醉了。"

接着又上演了另一出戏，名唤《余寒出山》，讲述的是两百多年前郑地一个游侠的故事。少年名唤"余寒"，于师门学艺大成，下山行侠仗义，立志拯救人间百姓于苦难。然而师门中暗恋余寒的师妹等过了春夏秋冬、花开花谢，直到余寒成为扬名天下的大侠，回到师门中时，方发现师妹已辞世。

最终余寒拔剑，于墓前了却一生。

耿曙一手按在烈光剑上，让姜恒倚在自己肩前，两人默不作声，心内俱百感交集。

"你在想什么？"姜恒一时心中涌起了许多事，却犹如风里消散的蒲公英般，抓不住。

耿曙不知为何，被百步外阁楼上的一个人影吸引了注意力。

那人长身而立，转脸时，仿佛有一道不明显的反光，正是这道亮光，让耿曙警惕起来。

"没什么。"耿曙想了想说道，再转头看项余。

项余显然也注意到了，拍手之时，稍一仰头，盯着那道人影。人影起初趴在高处栏前看戏，这时似有察觉，一闪消失了。

不一会儿，第三出戏上了，这出戏讲述的是晋天子之死，是近年来所改的新戏。

姬珣驾崩那一刻，姜恒就在宫中，戏一开场，姜恒与耿曙顿时就忘了别的事，聚精会神地看着戏。奇怪的是，郓国并未将错归结到雍国头上，而是视郑国为仇敌，整出戏将郑国演成了十恶不赦的恶棍，郑国逼死姬珣，屠杀洛阳百姓，这口漆黑的大锅全让赵灵顶了。

灵山之变后，雪崩涌来，扮演姬珣的那名少年郎被一名武将装扮的男人搂在怀中，武将点燃宫阙，三声巨钟敲响，整个戏台与包厢一时全暗了下去，唯余星星点点的灯火。

耿曙蓦然回神，轻轻抽出烈光剑。姜恒仍沉浸在故事之中，因为那是姬珣与赵竭的故事，也是他与耿曙的故事。

"哥。"姜恒低声说。

"嗯。"耿曙没有感觉到危险逼近的气息，放下心来，转头看了眼隔壁的项余，项余却聚精会神地看着戏台四周和阁楼，走道上已被安排了侍卫。

在那暗淡的灯火之中，戏台上琴声响起，伴随着少年郎温柔的歌声。

"今日何日兮，得与王子同舟……"

那正是姜恒昔年所唱，没想到竟一幕幕重现，奇异地与现实重合。当时殿内只有他们三人，耿曙则远在城墙高处，不会再有人知道，排戏之人想必凭想象设计了这一段，却恰好直击人心最柔软的地方。

"山有木兮，木有枝。"隔壁的项余手指轻叩酒案，随着那歌声唱道。

"心悦君兮……"耿曙也跟着那熟悉的琴律唱了起来，依据界圭所言，略去了下半句。

戏台渐渐变暗，最后亮了起来，三场戏全部结束，包厢内、厅中赞叹声不绝。

项余叫来侍卫，吩咐准备离开，姜恒却依旧坐着，心头有千万思绪。

不多时，那少年郎带着扮演赵竭的瘦高男子上来，拜见客人，又给姜恒与耿曙敬酒。

"唱得真好，"姜恒笑道，看了眼那瘦高男子，说，"仿佛天子与赵将军再世。"

"说笑了。"那瘦高男子表情冷峻，虽是戏班出身，但显然也习练过武艺。耿曙将他从头到脚打量了一遍，判断出他的武艺一般，便保持了一贯漠不关心的样子。

"我们是父子俩，"瘦高男子说，"小真是我捡来的孩儿，能有各位恩客赏光，是我们的荣幸。"

说着，瘦高男子带着少年跪下，朝他们拜了三拜。

"真的很像，"姜恒说，"连最后那一幕都很像。"

那名唤"小真"的少年声音很清脆，他笑着说道："我爹排的戏，我说不该有这一出，天子驾崩时，哪有闲情逸致唱歌呢？"

"不，"姜恒正色道，"有这一出，因为当时我就在天子身边。"

两人顿时有点不知所措，姜恒喝了那酒，说："我敬你们一杯，演得太好了，来日若有机会，还想再听。"

项余走过来看了两人一眼，吩咐人掏了赏钱，便示意该走了。

"有缘再会。"姜恒又朝他们一揖，瘦高男人忙回礼。

"今天是我特地为你点的戏。"项余朝姜恒说。

姜恒说："我很喜欢。"

"喜欢就好。"项余说，"前两出唱得好，后一出是新戏，多少仓促了些，那孩子年方十三，尚未转嗓，再过几年，也唱不得了。"

耿曙走在姜恒身边。离开了朱雀宫，项余想了想又说："两位这就请回王宫，今日江边、街上统统排查过，从子时开始会严加巡逻，只要留在宫中，绝不会有问题。后天就是立春，王陛下将前往祭祀宗庙，跟在陛下身畔，更不会有事，大可放心。"

耿曙点了头，上了马车，沿途什么事都未发生，一路回到殿内。耿曙让姜恒更衣洗漱。

姜恒今天当真经历了许多事，他打了个呵欠。

耿曙却依旧很精神，身上衣裳未除，喝了一杯茶，倚坐在寝殿正中。

姜恒先前已近乎忘了自己快被刺杀的事，回到寝殿时又想起来了。

项余派来了不少人，在寝殿外重重把守，房顶还能听见侍卫轻微的脚步声。

"困了就睡，"耿曙朝姜恒说，"睡我身旁。"

姜恒强打精神，说："不困，他们怎么还不来？"

姜恒对这个预告有点烦了，早点来杀，大家见个分晓，也好让人安生睡觉，可也许这就是这伙没来历也没身份的刺客的战术，让姜恒胆战心惊，度过足足十二个时辰。

"这要问你，"耿曙道，"那人怎么说的？是十二个时辰结束后才动手吗？"

姜恒已忘了确切的说法，那妇人似乎说的是，十二个时辰后你就死了。却没说何时动手，也许明天午后才来，也许提前来。

"你说他们是什么人呢？"姜恒问。

"抓个活口，问问就知道了。"耿曙说。

姜恒说："你不会留活口的，真打起来，也不能轻敌。"

敢如此嚣张地朝他发出预告的人，想必早就知道耿曙的身手。事实上，凿船沉江就是试探，如今才是正式动手。

也正因如此，姜恒更清楚刺客不好对付了，耿曙必须全力应对。

"尸体也会说话，"耿曙一副无所谓的模样，说，"届时就清楚了。"

暗夜之中，一名身材修长的刺客戴着遮挡了左脸的银面具，握着一把剑，飞檐走壁地下了朱雀宫。

一名妇人正抱着衣裳徒步穿过小巷，却被那刺客挡住了去路。

"上王宫去？"刺客冷冷地说道，"东西挺多，要帮你拿吗？"

妇人不过三四十岁，抬眼笑道："我知道你是谁，你的同伴呢？"

刺客道："没有同伴，你在江边尸骨无存的男人，是另一个人杀的，是不是很意外？撞上我，总比撞上那人好。"

"为什么？"妇人慢慢地解开包袱。

"因为由我下手，你至少还能留个全尸。"刺客答道，"纤夫、浣妇、相士、走贩、侍卒、胡人……还有谁？你的同伙呢？"

妇人没有回答，从包袱里取出一把两尺长的长剑。刺客所说，正是轮台鸣沙山门中派出的十二名杀手，每一名杀手都以中原的一类人为名，俱是隐于市野的无名之辈。

"聊聊天嘛，"刺客说，"这么急着动手做什么？"

妇人说："聊天不如试本事，你当真有这么厉害？"

"那就只好动手了。"刺客遗憾地说道。

王宫寝殿内，姜恒打了好几个呵欠，耿曙看了他一眼。

"恒儿，"耿曙忽然说，"过来，到我身边来。"

姜恒赶走困意，坐过去，耿曙怔怔地看着他，片刻后说："躺一会儿。"

四更时分，外头下起了淅淅沥沥的冬雨，姜恒睡下了，耿曙依旧懒懒散散地倚坐在正榻上；另一只手依旧按在烈光剑的剑柄上。

"天快亮了，"姜恒困倦地说，"你也睡会儿罢，万一是虚张声势呢？"

"知道了。"耿曙沉声道，顺手摸了摸姜恒的头，依旧望向院中，双目深沉明亮。

"万一不来呢？"姜恒说。

耿曙说："不来不是正好吗？本来也不喜欢杀人。"

姜恒说："我可没有骗你，也没有骗项余。"

耿曙莫名其妙地说道："你当然不会骗我，怎么突然这么说？"

姜恒摇摇头，又渐渐睡着了。

清晨时分，外头雾蒙蒙的，依旧很暗。耿曙左手指间玩着一支未蘸墨的羊毫笔，沉浸在自己的思考中。

熊安午后的那个提议，说实话让他动心了。曾经他以为与姜恒能安安稳稳地在雍国过一辈子，但自从从郎煌口中知道了自己的身世后，耿曙便有了预感，他们迟早有一天要与汁琮对上。

留在郢国，会不会比在雍国更好？

未来需要非常小心，因为那是一个不死不休的局，刺客会不会就是汁琮派来的？

不……不应该。耿曙心里翻来覆去地想，这几年，他渐渐地开始想得更多，尤其是姜恒回来的这一年，让他的世界发生了许多变化，他开始学着像姜恒一般去揣测别人心中所想。

汁琮派出刺客来杀姜恒，对雍国有什么好处？除非他早就知道了姜恒的身世，可是他有证据吗？会不会在某个地方有着铁证，能证明姜恒就是……

忽然间，耿曙听到了响动，紧接着侍卫喧哗起来。

耿曙锐利的双目瞥见了一个灰色的人影，人影从宫墙外跃入，扑进了他们的寝殿！

那速度简直堪比海东青，耿曙没有出剑，甚至没有动，他搂着姜恒一侧身，左手甩出。

羊毫笔刹那化作一道虚影射去，一声轻响，那道人影却没有倒下，只见那人一个趔趄，仿佛被什么架住了。

紧接着，人影身前鲜血狂喷，胸膛处露出一截剑刃。

剑刃被抽走，人影倒下，现出其背后的界圭。

界圭戴着半面银面具，冷冷地说道："早知道你一直等着，我就不来了。"

界圭腹部正在淌血，血液浸湿了他的半侧武裤。耿曙看见那银面具时，震撼比刺客突然造访更甚，他刹那放开姜恒，定定地看着他。

界圭扔下一句话："这伙人不好对付，你还是当心点。"

话音落，界圭抽身而去，消失在屋檐上。

侍卫们这才大喊道："有刺客！"继而一拥而上。

姜恒顿时醒了，看见殿内倒伏在地的尸体与一大摊血，忍不住大喊一声。

耿曙在榻上甚至没有起身，眯起眼，他的第一个念头是去追界圭，又恐怕中了敌人的调虎离山之计，他不能离开姜恒。

项余也匆忙来了，显然一夜未睡，正候在宫内侧殿中，看了房内一眼，已大致明白发生了什么事。

"来得早不如来得巧。"项余沉声道。

侍卫们将那杀手翻了过来，尸体仰面朝天，正是浣妇。她双目圆瞪，身上有不少打斗留下的血迹，右眼处被耿曙掷出的羊毫笔直插入脑，她冲进寝殿，刹那挨了这么一下已死，背后又被追来的界圭补了一剑。

姜恒："……"

"是她吗？"耿曙问。

"是，"姜恒道，"就是她，我认得，怎么只有她一个？"

项余说："她被另一个人在城中追逐了整整一夜，暂时应当没有别的同伙，否则同伙一定会来救她，你们可以休息了。"

姜恒怔怔地看着尸体，耿曙却依旧出神。

立春当日，姜恒很精神，耿曙却很困，还有点烦躁，因他还是不放心，昨夜又守了一夜，生怕那杀手的同伙还不死心。

姜恒劝他休息，耿曙却道："不打紧，从前行军也是这般，两天两夜不睡觉是常事。"

耿曙烦躁的原因在于他不想去参加郅王的祭祀，只想与姜恒找个地方安安静静地待着，但别人来请，姜恒必须去，毕竟还给主人家找了麻烦。

古 椿 树

立春一到，满城的桃花就像约好的一般，开得缤纷灿烂。郅国的宗庙在城北一棵二十人合抱的古树前，传说那古树乃是上古帝王亲手所栽，庄子称其为"椿"。宗庙内供奉有郢、郑与曾经的随、越二国的祖先神灵。

之后郢国伐随，郑国灭越，四国剩下了两国。

姜恒通晓史籍，知道这四国都出自一脉，郢与郑更是兄弟二人的封地。然而晋天子建朝六百年后，如今的郢与郑已交战不休。

兄弟出自一家，一代两代，百子千孙，其后血缘渐淡，利益争斗使然，最终已成陌路人，开枝散叶的家族，最终仍不免如此。姜恒想到雍国的汁琅与汁琮，如果那个汁炆还活着，也许这一代还能与汁泷好好相处，再过三五十年、两三百年后，大家的后人可就难说了。

熊荒正式开始了他的养生修炼，脸上带着两个黑眼圈，出得宗庙时，站都站不稳了，依旧特地朝姜恒走来，问："太史昨天晚上……没什么事罢？"

姜恒一脸诧异地端详着熊荒，算算时间，今天开始斋戒，顶多也是缺一顿早饭的事，又不是不让你吃东西，怎么整个人萎靡得这么厉害？不应该啊！

"陛下……没事吗？"比起自己，姜恒反而更担心熊荒。

"我很好，很好。"熊荒扶着御辇，说道，"这不是想到要连续四十九天清心寡欲嘛，就趁着开始前，好好地……放纵了一把……"

姜恒："……"

熊荒一连三日深居宫中，无事不出，先是狠狠地连吃了三天，又疯狂纵欲，把后宫牌子全翻了一遍，压根无心过问姜恒，连刺客的事也是今天早上听项余转述后才知道的，当即出了满背冷汗。祭祀过后，郢王特地将姜恒叫来，嘘寒问暖了一番。

"你大可不必担心！"熊荒说，"本王已嘱咐项余，他以全家性命作保，一定为你查出凶手的来历与下落。"

姜恒大惊道："不必如此，不必如此。给王陛下与项将军添了麻烦，心里早已过意不去。"

熊荒安抚地拍拍姜恒的肩膀，又说："得空你还是过来，将功法先……"

姜恒早就想到这点，正色道："如果先授予王陛下，陛下一定会偷练。"

熊荒被说中心事，当即一脸尴尬，只得作罢，说："那你可不要乱走动，在刺客捉到前，就好好待着罢。"

南方大国，竟有刺客能潜入宫中，下手杀一个客人，风声走漏之后，太子安与朝臣都觉得脸上实在挂不住，是以狠狠地斥责了项余一番。熊末突然得到这个消息，心中还未想清楚，疑神疑鬼的也不好仓促下结论，只能宽慰一番姜恒，这才作罢。

除此之外，姜恒还注意到一件事——他所看见的祭祀全程里，熊末没有与太子安说一句话。熊末与郢左相交谈，太子则与他的一众东宫幕僚闲聊，时间到了，太子上前去请熊末，熊末便率先走进宗庙。

进宗庙后父子二人有没有交流姜恒不知道，出来时，熊末也没有搭理太子。

这是非常罕见的事，在雍国绝不可能发生，只要汁泷在场，汁琮的注意力便会集中在他的身上，哪怕与臣子闲聊，视线大多数时候也会跟随着自己的儿子。

这个时候耿曙眼神中的不耐烦简直溢于言表，看得出耿曙在说："好了？可以走了吗？"

项余来了，这几天他简直忙得不可开交，晚上睡在王宫，家已经有好几日没回去了。

"关于刺客的身份，"项余脸色凝重，说，"两位有线索了吗？"

"没有。"耿曙沉声道。

姜恒说："项将军怎么能立下这么重的承诺？太令我于心不安了。"

项余摆手道："保护客人，是郢国的责任，姜太史没有生气，已是照顾我了。否则一国颜面何存？"

项余还有不少想问的，又看了眼远处，只见太子安朝他使了个眼色。

"难得今天桃花开得正好，"项余做了个"请"的动作，说，"咱们边走边说罢。"

姜恒拉了拉耿曙的衣袖，对此耿曙还是心中有数的，虚伪的应酬他不想参加，但刺客身份是关乎姜恒安危的大事。

昨夜姜恒与耿曙也在翻来覆去地讨论，姬霜、赵灵……一切都有可能，就连素未谋面的梁，甚至藏身郢地的、长陵君的遗部死士都没有放过，但排除来排除去，姜恒总下不了定论。

春风盈野，桃花灿烂，项余在一处空旷地上盘膝坐了下来，侍卫上前摊开铺毯，抬过矮案，三人便席地而坐。又有侍从摆上小菜与春酒，姜恒哭笑不得地说道："来了郢国后，到哪儿都有吃的。"

"内子做的点心，"项余说，"知道我们今天要赏花，便着人送来了。"

"不见嫂子，"姜恒说，"怎么也不带着出门？"

项余答道："他们出城踏青去了。"

耿曙打了个呵欠，望着远处的巨树，忽然想起往事，说："那就是'椿'？"

姜恒也听说过这棵巨树，说："多少年了？"

"不清楚。"项余仍在忧虑，心事重重地说，"传说郢国没有人知道这棵树的岁数。"

"上古有大椿者……"姜恒朝耿曙说。

"以八千岁为春，以八千岁为秋。"耿曙当然记得，当年在浔东练剑时，他便听姜恒诵读过这一段，椿就像预兆着人间的枯荣兴衰一般，维系着南方大地的血脉。

"你觉得会是谁？"项余朝耿曙说，"凭直觉说说。"

耿曙依旧答道："不知道，尸体被你带走了，我还以为你会给我一个答案。"

项余说："没有任何蛛丝马迹，我们只能查到是一名习武之人，甚至没有交过手，连门派也无从知晓。"

姜恒说："什么地方的人，总能看出来点端倪吧？"

"像郑人，又像梁人。"项余皱眉道，"面部有风霜痕迹，皮肤干燥，平日里像是在过苦日子。"

项余静了一会儿，又说："那夜还有一名刺客，替你们补上了一剑。"

"对。"耿曙淡淡地说道。

姜恒没有看见最后赶来的界圭，睁眼时只见一道人影。他问耿曙，耿曙告诉他了，却让他对谁也不要说。

"据说他戴着一副银面具？"项余疑惑地问道。

耿曙点了点头，项余又道："是雍国派来暗中保护你们的罢？"

耿曙正思考是否回答他时，姜恒却觉得在这个问题上不能瞒他，毕竟别人将身家性命都押上去了。

"实不相瞒,"姜恒说,"那是我在雍国的朋友。只是不知为什么,他会千里迢迢跟来了郢地。"

"或许是得到了消息。"这与项余的推测一致,他说道,"既然是雍国来保护你们的,刺客就理应不会是雍人所派。"

"那倒不见得。"耿曙随口道。

这话刚出口,耿曙马上就知道不该说,与项余脸色同时一变。

姜恒却觉得十分好笑,说:"朝廷还有谁想杀我不成?"

耿曙现出不自然的表情,说:"你推行变法,得罪的人太多了,我又怎么知道?"

这时候,太子安朝他们走了过来,姜恒与项余正要起身行礼,耿曙却依旧坐着,太子安忙示意不用起来了。

太子安一来,气氛便严肃了许多。

"姜太史。"太子安忽然道。

"是,殿下。"姜恒依旧是那副无所谓的模样,反正天塌下来也有耿曙顶着,他是真的不怎么觉得自己是鱼在砧板,命在顷刻。

太子安一改先前倨傲的态度,亲切地笑道:"我得与你确认一件事,你总不会觉得刺客是我派的,对不对?"

姜恒哈哈大笑,说:"怎么可能?殿下真要这么想,也不会让我⋯⋯也不会让聂海为您带兵打仗了。"

姜恒注意到项余在身边,毕竟耿曙的身份还是"聂海",这事大家不说破,哪怕项余心中猜到,也不便明说。

"不会是你,"耿曙说,"杀我们对你有什么好处?"

太子安说:"那么能不能请教姜太史,初来那夜⋯⋯您和我父王聊了些什么?"

姜恒马上感觉到事情也许没有这么简单,熊耒一定强行介入此事了,说不定还责备了太子一番。

项余识趣地起身,借故回避。耿曙倒很清楚王室的相处,说道:"怎么?你爹骂你了?"

太子安无可奈何地叹了口气，说："父王勒令我，一定要在一个月内找出凶手。毕竟……姜太史对他来说很重要。"

姜恒顿时就猜到了一个可怕的念头，这两父子正在互相猜忌，结合今天祭祀看见的场面，郱王说不定正怀疑亲儿子不想让他长生不老，而下手杀他的引路人。

"也没什么，"姜恒说，"讨论了一点……关于如何延年益寿的养生之事。"

太子安几乎是马上就懂了，打量姜恒良久，点了点头，大家都是聪明人，太子安立刻改了话头，说："殿……聂小哥，那件事，您考虑得如何了？"

太子安所言，自然是出兵伐梁，郱国朝雍要来嵩县这块地，熊末盯上了玉衡山的矿，太子安需要的却是驻扎其上的两万雍军，这将是他不小的助力。

"迟些给你答复。"耿曙说，"这才几天，急什么？我点头，你现在就能发兵？"

太子安希望能在春季出兵，他迫切地要建立军功，以巩固继承人的地位，眼下郱王对他的态度不冷不热，又来了一个麻烦。虽然他也不大相信世上真有什么长生不死的仙术，可是万一呢？

万一他父亲永远也不会死，那么最后死的一定是他。

"项余！"太子安被耿曙顶了一句，有点不舒服，但耿曙也是王子，他惹不起，只得准备离开。项余便回来，护送他们回宫去。

"这些天里，"项余朝二人说，"两位还是不要出宫了，至少在我们抓到刺客之前。"

耿曙正色道："能抓住？"

姜恒其实有点想亲自去做饵，也许就能破开这个局。

"抓不住也得抓住。"项余眉头深锁，答道。转念一想，他又说："在宫中无聊，过几天，我便将桃源传进宫来，想听戏的话……"

"什么？"姜恒马上问，"什么桃源？"

"戏班，"项余答道，"桃源，姜大人那夜听的戏。"

姜恒马上想起临离开落雁城时，界圭扔给他的那块木牌，于是点了点头。

耿曙对看戏本来也没太大兴趣，说道："查你的案子罢。"

马车夫

郢地晴空万里，有着中原大地的山川与河流，玉璧关外的万里旷野。耸立的山峦犹如上古之时陨落于神州的巨兽脊骨，苍凉而雄浑。

近半月后，落雁城下着小雪，虽已立春，距离能播种的时节尚有至少三个月。

汁琮始终觉得，自己有一件事需要确认。

他快步走进桃花殿内，姜太后正在喝药。

"母亲伤势如何了？"汁琮刚坐下便问道。

"差不多了。"姜太后说，"公孙大人前来，为我调了一味新药，王上莫要挂念，以朝堂政事为重。"

变法已经推行下去了，效果很好，雍国正在以前所未有的速度复兴。

"儿子有一件事，"汁琮说，"想向母亲求助。"

姜太后淡淡地说道："就知道你这个时候来，一定不会是来说闲话的，说罢。"

汁琮抬头看着生母，眼里带着怀疑的神色。

姜太后说："儿子与娘之间还有什么不能说的吗？"

汁琮说："联会之期初定五月初五，届时，我需要界圭随我赴会，可近日听宫中传闻，界圭似乎不在？"

姜太后看了屏风一眼，界圭从屏风后走了出来，朝汁琮点了点头。

汁琮顿时愣住了，他接到消息便马上赶来桃花殿确认，界圭在宫中，那么在江州城内杀死卫卓所派刺客的人又是谁？

江州距离落雁有三千里之遥，不眠不休，星夜兼程，也不是赶不回来。只是……既然他去了江州，理应会留在那儿。

汁琼忽然有点糊涂了，莫非不是他？

姜太后："听到了？"

界圭："诺。"

姜太后："那就去罢。"

汁琼没有再多说，打量了界圭一眼，见他身穿一尘不染的刺客服，脸上带着少许疲倦，看不出是否是匆忙赶回雍宫的。

姜太后又道："对了，王上，既然来了，几件事便一起说罢。"

汁琼正想起身，听到这话复又坐下，沉默不语。姜太后说："界圭前几日说，他年纪也大了，先是伺候你哥，再是伺候你，又伺候泷儿，后来再被我派去伺候姜昭的孩子……"

汁琼闻言便知其意，说："不想留了是吗？"

界圭始终一语不发，姜太后说："他想在联会之后回越地去，我便替王家做主，答应他了。"

"自当如此，"汁琼说，"来年入关后，很快又见着了。"

界圭终于沉声道："谢王陛下恩典。"

汁琼脸色不太好看，却依旧客客气气地答道："你为汁家鞍前马后，效力二十三年，是孤该谢你。孤王也不知你想要什么，无从赏你，走时从宫里挑个人，带回越地去过日子罢，挑谁都行。"

界圭似有话想说，却忍住了。

"赏他什么，你们得空了再慢慢说。"姜太后道，"界圭，你这就收拾东西，跟着王上去，没有传唤，不必再到桃花殿来。"

界圭："是。"

汁琼万万没料到母亲居然来了这么一手，自己当真是聪明反被聪明误，卫卓已开始对姜恒下手，他必须确认界圭在落雁，以免节外生枝，他必须尽一切可能拴住界圭。结果姜太后竟把界圭派给自己当贴身护卫，这么一来，自己与卫卓商量时，界圭在旁，让不让他听？自己杀姜恒的计划，又怎么能不让他知道？

汁琼只得说："还有呢？"

姜太后说："郢地情况如何？"

汁琼眯起眼，不知道为何母亲关心起这件事。

"顺水推舟。"汁琮答道。

"王上要开战了罢,"姜太后说,"我看不像五国联会,说不得要减去一国。"

汁琮心里登时"咯噔"一下,心想她是怎么知道的?

姜太后仿佛看出了汁琮的忐忑,淡淡地说道:"兵力调动,汁绫告诉我了,我想,王陛下既然敢朝梁国发起骤袭,一定是与郑人达成了秘密协议。"

"是。"汁琮这下只得老实交代,换作从前,他也许不会让太后干涉,但就在不久前,落雁险些沦陷,若不是姜太后死守宗庙,今天他就不会站在这里了。他必须承认母亲的权威,如今她坐不住了要管,他只得选择性地告诉她事实。

"儿子与郑国以书信密谈过,"汁琮说,"熊耒无心战事,其子熊安却迫不及待地想取照水,以立储君之威。"

姜太后端着空了的药碗,还是那不为所动的表情:"所以你俩一拍即合,觉得在联会前先将梁国瓜分,是为上策。"

"这也是姜恒初来时的看法,"汁琮起身在殿内踱了几步,解释道,"先取梁,再取郑,与郑王平分天下,令神州成为南北分治的格局。"

姜太后说:"要打仗,就免不了有利益分配,别嫌我老了啰唆罢,王上。"

汁琮点点头,姜太后又道:"咱们的质子还在人家手上,我就关心这一件事。"

"我会注意的。"汁琮说,他很清楚自己与郑国太子虽是盟友,也是对手,双方按约定打下梁国后,定将遭遇随之而来的诸多冲突,届时留在郑国为质的姜恒,就要面临一个处境——一旦雍反悔,趁机侵吞梁地,对方多半会杀了姜恒泄愤。

这是姜太后不愿意看见的,哪怕她不知道姜恒的身份,质子若有三长两短,会令国家名誉受损。

汁琮目前还不打算这么做,毕竟耿曙也在南方。

"去罢。"姜太后嘴唇轻启,冷冷地说道。

郢地立春后的第二十三天。

那夜过后，刺客竟就此销声匿迹。耿曙总算如愿以偿了，这些日子里，没有任何人来打扰他和姜恒，每天姜恒哪里也去不了，只能与耿曙待在寝殿内。姜恒或看看郢国的书，或与耿曙下棋作乐，白天耿曙则教他习练一些简单的武艺。

他甚至想过，如果有一天与姜恒隐于市，那么江州就是个很不错的地方，这段时光给他留下了许多美好的回忆，是他们在重逢后至为逍遥的时光。

"哎哟喂，你看，姜恒……"这天，熊耒特地将两人叫到御花园去，朝姜恒展示他修行的成果。

"本王的眼睛，"熊耒说，"一下就看清楚了，你看，你看，当真身轻如燕！"

耿曙："……"

身为国君，不喝酒，不沾荤腥，多吃蔬菜杂粮，饮食自律，起居适时，每天清晨起床呼吸新鲜空气，喝喝露水，身体总是会变好的。

姜恒说："看罢，我就说，很快见效。"

"就是常饿。"熊耒摸摸肚子说。

姜恒说："饿的话，王陛下可多吃几餐，反正吃得起。"

"那是那是。"熊耒活动活动手臂，在花园里四处行走。正所谓"五色令人目盲，五音令人耳聋，五味令人口爽，驰骋畋猎令人心发狂，难得之货令人行妨"。大道至理，无非如是。

姜恒本也不打算让熊耒这样持续一年，四十九天后，他就可以恢复了，否则总不吃肉，身体会变得羸弱，更容易生病。

郢王的问题就在于平日暴饮暴食，纵情酒色没有节制，姜恒只为他预先做了简单的调理，同时他也通过阅读宫内的案卷，明白熊耒表面如此，其心计却绝不简单。当年郢宫的继位人选在郢国掀起了一番腥风血雨，熊耒身为太子，靠装傻充愣上位后，可是展开了一番朝野大清洗。

只是如今年纪大了，一心求长生，熊耒才在大臣面前显出这般模样，军权却是牢牢抓在他手上的，太子纵然有意，也翻不起什么风浪。

世人都道郢王庸碌，实际上这家伙可半点不蠢。姜恒有时甚至觉得，同样是国君，熊耒比汴琮聪明多了，汴琮累死累活，日夜操心，最后自己得不到半点好处，不过逞了权力欲与控制欲。熊耒则该吃吃，该睡睡，知道人最重要的是活得够长，否则再多的基业，也没命享受。

"刺客查得怎么样啦？"熊耒又问道。

"半点消息也没有。"姜恒摊手，无奈地说道。

"没有就好，没有就好，"熊耒说，"没有是好事啊！聂海，你不要总是板着脸，起来咱们比画比画？"

耿曙："……"

耿曙只得按膝起身，赤手空拳地看着熊耒。

姜恒感觉到熊耒这话有蹊跷，仿佛他认定了杀自己的刺客就是太子派来的。

"他这人下手没分寸。"姜恒说，"王陛下还是先过来，我把心法传给您，您先修炼一段时间再看看情况罢。"

这下熊耒来了兴头，忙不迭地点头。姜恒在一张镶了金边的丝帛上写下几行字交给熊耒，说："这是总纲，但光有总纲没用，还要口述心法。"

姜恒所述，乃是罗宣当年授予他的，让他双腿治愈后所练的内息调理，用于清除体内浊气与污血，令经脉恢复活力。耿曙一眼便看出究竟，功法不错，虽很基础，却充满奥妙，天天练确实可以"身轻如燕"，毕竟练的大多是腿上经脉，但要靠这个长生不老，还是做梦来得更踏实。

熊耒认真无比地一字一句记了下来，姜恒便让他每天早、中、晚，配合一静一动修炼，熊耒说："就这样？"

姜恒说："这只是第一步，凡事都要按部就班地来。"

熊耒道："不需要喝经血，饮男精？方士都说……"

姜恒差点就炸了，说："那是什么鬼东西？千万不能乱吃乱喝！王陛下！谁说的这话？"

熊耒点了点头，还有点怀疑。这功法虽然玄妙，却不搭配点什么千年雪莲、万年玄龟，没有水银、砒霜一类下肚，总觉得心里不踏实。

"谁给您推荐的方士？"姜恒正色道。

熊耒马上乐呵呵地说道："不提了，不提了。"

姜恒说："准备期过后，您练练看，一个月内便见分晓。"

"好！"熊末说。

耿曙示意熊末看姜恒："你看看他，他都一百六十岁了。"

姜恒："……"

姜恒起身离开，说："你居然还会开玩笑？"

耿曙自顾自地笑了起来，姜恒在宫中禁足大半月，已经待得气闷，想来想去又道："说不定那刺客只有两人，不会再来了。"

耿曙说："不可能。"

姜恒道："否则你说，界圭为什么不来？"

耿曙也想见界圭一面，那天看见戴着面具的他，他终于知道这个问题躲不过了。

但他必须亲自朝界圭确认，否则他绝不会就这么接受。

"他兴许还在江州城。"耿曙最后说。

姜恒点头说："对，而且我猜如果他还在，最有可能待的地方，就是……"

说着，姜恒拿出那块"桃源"的木牌，朝耿曙说："我想去见桃源的人一面。"

耿曙沉吟片刻，姜恒说："走？现在出宫去吗？"

项余在宫内加派人手保护他们，但对耿曙而言，出王宫如履平地，不出门只因为不想出门。

最后耿曙拗不过他，点头说："光明正大地从正门走，不用躲。"

他清楚项余当差辛苦，没必要瞒他。果然，两人在离宫时，被闻讯赶到的项余拦了下来。

姜恒说明情况，又道："不必担心，今天已向王陛下报备过。"

项余说："不行，姜大人，请体谅我，这是我的责任。"

耿曙抱着胳膊，背靠桃花树，懒懒散散地站着。

姜恒回头看耿曙，忽然为心折。

"你别看他这模样，"姜恒指着耿曙，朝项余说，"有他在，不会有半点问题。"

"什么意思？"耿曙不悦地说道，"什么这模样？"

"长得好看的刺客，大抵不怎么会杀人。"姜恒道。

耿曙道："恰恰错了，我问你，耿渊怎么说？"

项余看他俩斗嘴，实在无奈，最后让步道："让我跟着你们如何？我保证不干涉，也不听，哪怕无意中听见，也一定会守口如瓶。"

姜恒看向耿曙，耿曙点了点头，项余便安排马车，三人挤在狭小的车厢里，姜恒说明地址，项余果然并不多问，吩咐车夫驰去。

"项将军，你的车夫呢？"耿曙忽然问道，"怎么不是上次那个？"

这一问纯粹出于习惯，耿曙先前见过项余的车夫，这次换了人，便马上发现了。毕竟此事可大可小，不少人遭到刺杀前，甚至蠢到没有发现身边人已被偷偷调换。

项余自当清楚耿曙发问的缘由，泰然自若地答道："原先的回乡去了，临时换了一名，放心罢。"

姜恒随口笑道："那小伙子还挺精神的。"

"你们聊天了？"项余问。

"嗯，闲聊了几句。"姜恒有点奇怪，为什么他们会聊一个车夫，但想必是寒暄之时，无话找话来说，这话题便过了。姜恒又发现了一件事，项余仿佛对唱戏的那小孩儿很喜欢，而这么想来，他的将军府上，大多家丁，哪怕是车夫，都是收拾得很得体的年轻男子，这些人虽算不上很英俊，但也总有让人舒服的地方。

不知为何，项余对自己的老婆孩子却不怎么上心。

桃 源 班

"你手上总喜欢戴着手套。"耿曙又道。

姜恒以眼神示意，这话就不必多问了，那一定有别人不想说的问题。

项余却很大方地摘下一只手套，抬起右手给他们看，只见项余手背上有一道烧伤的红痕。

"从前在烈火中取一件东西，"项余说，"不知天高地厚，烧伤了双手。这就是所谓'火中取栗'罢。"

姜恒挺喜欢项余的，他是个温柔的人。

"取什么？"耿曙又说。

"取对我来说很重要的一件东西。"项余看了眼姜恒，随口道，"不过最后，它还是烧成灰了。"

姜恒知道他不想说，于是示意耿曙别问了。

"姜恒也有个烧伤的痕，"耿曙道，"在后腰上。"

姜恒知道耿曙这些年里一直记得他的伤痕，每次想起耿曙都会因为那是救他落下的，还因为他家里着了火而自责。耿曙将这件事归咎于他当初一时心软，没有杀掉该杀的人，险些连累他们葬身火海。

"那里本来有个胎记，"姜恒笑道，"也没多大区别。"

"小时候落下的罢。"项余戴上手套，随意地说道，"火总是很可怕的，尽量别碰火。"

耿曙"嗯"了声，注视着项余的双眼，眉头微微皱了起来。

"不能玩火，"耿曙说，"玩火者自焚。"

"是啊！"项余淡淡地说道，"很简单的道理，但许多人，直到被烧死了也不懂。"

姜恒："啊？"

马车到得南明坊，项余像早就猜到他们想做什么，说："找桃源的人吗？其实，将他们叫进宫来就行了。"

午后时分，项余将他们带到朱雀宫外偏僻处的巷子中，那里有大大小小百余间房屋，正是戏班、杂耍班、说书人等暂栖之地。

"谢谢。"耿曙朝项余淡淡地说道。

"我就在门外。"说着，项余为他们关上门，犹如于宫内站哨听传一般，在门外长身而立。

姜恒进了那房，居中一名老妪坐着，姜恒出示腰牌，对方马上道："公子请跟我来。"

于是姜恒与耿曙来到了后院，只见戏班人正在闲坐，先前见过的那个瘦高男人看见两人，便站了起来，姜恒给他看腰牌，对方便马上行礼。

"界圭在这里吗？"耿曙道。

"殿下回落雁城了，"那瘦高男人说，"在下叫魁明，排六，您叫我小六就行。"

只见魁明环顾一圈，余人便自动散了，姜恒还沉浸在震惊中。

"你……你叫界圭什么？"姜恒说，"殿下？"

魁明有点茫然，说："是，他是王子殿下，您不知道？"

"回落雁？"耿曙却皱眉道，"这么着急回去做什么？"

姜恒说："他是越人的王子吗？"

"是。"魁明说，"您不知道吗？他本姓'勾'，乃是王族，是越人的'勾陈'殿下，应当说……是太子罢，殿下临走前吩咐过，但凡两位前来，必须全力相助。"

姜恒得知界圭的身份时，诧异更甚，但想到姜家与界圭的关系，便明白了。五十多年前，越国亡国时，越国王室流浪了一段时间，却遭到郑、郿的联手追杀。最后一代储君在三十余年前销声匿迹，民间再无传闻。

现在想来，应当就是界圭改名换姓后投入雍国宫中，姜家乃是曾经的大贵族，勾氏则是王族，但只要不在中原召集部下复国，各国也懒得去多管。

"你记得那天夜里的刺客吗？"耿曙对这伙人是信任的，不仅信任，还有着一种奇异的亲切感，对方说话直来直去，很有越人的习惯，就像他的母亲聂七一般。

"记得。"魁明说，"两位请坐，我们有越茶与越酒，还有家乡的小点心，殿下说你们迟早会来查这件事的，已经提前做了安排。"

项余站在屋外，那名唤郑真的小少年一身白衣，显然是刚溜出门闲逛，拿着一朵花回来了，发现项余守着，有点意外，便慢慢地走过去，想吓他一跳，项余却已发现了。

"你怎么来啦？"郑真笑道，"来看我的吗？"

项余打量着他的眉眼，说："不是。"

郑真又道："谁在里头？不会是国君罢？还是太子？"

"天子。"项余一本正经地说道。

郑真哈哈地笑了起来。

"我才是天子。"郑真笑完想推门进去。

"一个很重要的人，在与你爹说话，"项余说，"不要进去。"

郑真拉起项余戴着手套的手，说："那咱们出去玩罢？"

"不去。"项余注视着他的双眼沉声道，继而闭起双眼，仿佛在回忆什么。

郑真便在一旁倚着墙，陪项余站岗。

"你好久没来找我了。"郑真说。

"宫里很忙。"项余说。

郑真说："忙着接待客人吗？上次你带来的那个人是谁？他们都说，我与他长得有点像。我注意到了，我在戏台上唱戏，你总是转头，隔着帘子看他，他一来，你压根就没正眼看过我。"

项余没有回答。

"是你从前相好的，"郑真朝项余笑道，"我猜得对不对？否则你不会照着他的模样，给我……"

接着，项余抬起左手，看也不看郑真，一把扼住了他的咽喉，慢慢收紧。他的左手虽藏在手套下，却犹如铁铸的一般。郑真挣扎不得，反而放开了握着项余手臂的双手，两眼盯着项余，呆呆的，眼里却仿佛有许多话想说。

就在此时，脚步声传来，项余便放开了他，郑真闷着咳嗽，呼吸艰难，项余则转而为他顺背。

姜恒开门出来，朝项余低声道："项将军。"

项余在那短短片刻，又恢复了温柔的眼神，扬眉抬眼看姜恒。

"我们商量了一个办法，"姜恒说，"兴许能奏效，但须得在这里过上至少一夜，您不必担心，他们都是越人，是我从前的族人……你没事罢？你是小真吗？怎么了？"

姜恒注意到郑真不大对劲，始终背对他，在巷子的一侧咳嗽，姜恒关切地上前要照看，项余却以左手轻轻握住姜恒的手腕，不让他靠近。

"他没事。"项余说。

郑真满脸通红，看了姜恒一眼。今天在阳光下，姜恒端详郑真的眉眼，又觉得与自己不太像了。

"所以呢？"项余示意姜恒继续说。

"我们……会在这儿待上一段时间，"姜恒道，"您先回宫去罢。"

项余说："我必须留下来，保护你是我的职责所在，虽然我知道聂海小兄弟武艺高强，但你总不能让我擅离职守罢。"

姜恒也知道项余是劝不住的。

"我不会告诉任何人，"项余说，"除非你答应我可以说出去。"

姜恒只得点头，说："当真给您添麻烦了。"

项余看也不看郑真，跟着姜恒进去了。

魁明见项余来了，也不多问，只要界圭相信的人，他就相信，而姜恒带来的人，他自然也一并相信，无须多言。于是，魁明摊开朱雀宫与半个江州城的地图，开始朝他们解释。

耿曙眉头深锁，在一旁听着。

这是姜恒提出来的办法。他们都相当清楚必须尽快查出这伙刺客的来历并拿到证据，否则敌在暗处，他们在明处，这么拖下去，什么事都做不了，只会受制于人。

入夜，汁琮听完玉璧关的军事汇报后，太子泷来了，父子俩闲谈几句，无非是变法之事，又聊了几句家常。接下来，汁琮突然提起了令太子泷有点措手不及的婚事。

他长大了，这是汁琮对儿子最强烈的感受，他是什么时候长大的？

太子泷的眼神竟然奇异地与姜恒有点像，只是姜恒外露，而汁琮内敛。起初汁琮只是觉得，对自己言听计从的儿子被姜恒教会了不少事，但落雁一战后，汁琮总在回想：不……不是因为姜恒，亲儿子的眼神，他早就看见了，他的温顺，不是因为惧怕他，而是因为，他是他的父亲。

"联会之前，"汁琮说，"爹会替你订婚。"

太子泷只是稍一怔，便接受了现实，丝毫没有异议。

"爹替我订的婚，一定合适。"太子泷答道。

汁琮淡然地说道："爹也说不上，这些时日，爹仔细想过，姜恒有些话，很有道理。"

太子泷不知汁琮为何又岔开了话题，不明其意，只好安静地听着。

"譬如说，这场天下大战，明面上是在打仗，实则在这底下，还有更多我们需要去做的事。"汁琮道，"我们必须先稳住代国，但爹也不想你的孩子是代国的外孙。"

太子泷轻轻地"嗯"了声。

太子泷看见界圭今天一直站在父亲的身后，也没有问什么。

"你明白爹的意思吗？"汁琮说，"之后，爹还会为你娶一名妃子，也许是周家，不过眼下还没想好。"

太子泷虽然很少谈男女之事，但大抵还是懂的。汁琮又说："很可惜耿家没有女儿。汁淼若有个妹妹，一切就完美了。"

太子泷颇有点哭笑不得，汁琮平静地看着儿子，说："你必须完婚了。"

"是，父王。"太子泷发自内心地接受了这个安排，他没有任何抵抗，他很清楚他的婚事关乎雍国的未来，容不得自己做主，落雁一战，正证明了王室延续的重要性。更何况，他爱他的父亲，也爱他的家人，他相信父亲不会害他。

汁琮车裂了牛珉，这是横亘在他心上的一根刺，让他们再也回不到从前了，可是身体发肤受之父母，父亲就算想杀他，他也只能任父亲杀。

只是有时，太子泷宁愿替手下的谋臣去死，也不愿意他们被汁琮赐死。

太子泷有时总带着一股悲观又倔强的念头，他既爱他的父亲，又恨他的父亲，那恨意源于失去与他亲近的其他的人的痛苦。

他被寄予了太多的期望，有时他也想像姜恒一般没有责任，无论做出什么，都是值得被肯定的。

而他呢？做得好，那是储君的本分；做得不好，则要接受雍人乃至天下人的唾骂。

"去罢。"汁琮说，"先不必告诉你王祖母。"

太子泷走了，他开始猜测，即将前来的太子妃，也许不太好伺候。

姬霜与耿曙当初没成，如今姬霜即将变成他的太子妃了。

"他是个听话的孩子。"汁琮整理面前的外交照会，盖上王印，自言自语道。

界圭没有回答。

"听话得让人心疼，还很笨，"汁琼又说，"让我只想将天下最好的都给他。你跟在他身边时，是不是也这么想过？"

界圭这时候咨道："是。"

汁琼抬眼，又道："幸亏我当年只生了这一个。不像李宏那厮，害得膝下兄弟阋墙，同室操戈，享不到天伦之乐不说，活生生葬送了一个国家的前途……"

说着，汁琼又叹了声，无奈道："李胜死了这么多年，想来也没料到罢。太可惜了。"

界圭知道汁琼已经开始怀疑了，这些话俱是在暗示他——在王室继承人选上的争端，将消耗一个国家的实力，最终毁掉汁琅的远大志向。

界圭答道："有时我总在想，设若当初我有兄弟，兄弟们一条心，是不是越国就不会亡？"

汁琼停下动作，一时无法判断，那是来自界圭的嘲讽还是警告。

界圭想了想，又说："但后来，我渐渐明白了。"

"明白什么？"汁琼说。

"明白这不是我能决定的，"界圭说，"命里没有的东西，就是没有。"

汁琼拈着文书的一页，手指有点发抖，那是即将发给代国的书函。

"你是不是受伤了？"汁琼忽道，"听你说话，似乎中气欠足。"

界圭答道："旧伤，冬天守城时落下的。"

汁琼抬眼望向房门外，沉吟片刻说："受伤就去歇下，今夜不必守了。"

界圭答了声"是"，正要离开，汁琼又道："顺便传卫卓过来。"

尘 封 事

夕阳西下，南明坊的巷内一瞬间热闹起来，艺人们纷纷动身准备前往朱雀宫，挣这一天的口食。

姜恒提笔帮耿曙修完眉，耿曙已变作姜恒的模样，而一旁瘦瘦高高的魁明，则变成了耿曙。

耿曙对着镜子看了一会儿，说："挺像。"

项余抱着手臂在旁看了片刻，再看魁明扮的耿曙。

"其实六哥你……"姜恒哭笑不得地说，"不必易容。"

姜恒与他们相处了短短半日，也勾起了他与生俱来的亲切感，开始学着戏班的人叫他"六哥"。

"他个子高，"魁明说，"单独看容易露馅。有我在旁扮他，两人一对比，便不容易看出来。"

姜恒每天与耿曙形影不离，现在耿曙扮他，看上去确实身材有区别，好在多了个魁明扮耿曙，两人一对比，这下像了。

"你要扮女孩儿吗？"耿曙显然对上一次姜恒的扮相意犹未尽。

魁明说："你可以扮成郑真。"

"身材有差别，"姜恒说，"我有办法。"

接着，姜恒入内，换了衣裳，扮成女孩儿。

耿曙："……"

扮女子确实最不容易露馅，姜恒拉起耿曙的手，就像牵着自己，说："行了，走罢。"

于是众人上车，前往朱雀宫，开始今夜的消遣。

扮作姜恒的耿曙，与扮作耿曙的魁明坐在一个包厢内，做女装打扮的姜恒与项余坐在另一个包厢中。

按姜恒的计划，接下来的数日中，他们每天都会到朱雀宫看戏，看完戏后，马车将前往项余家，并由桃源的人暗中尾随，侦察是否有人跟踪。

毕竟第一次刺杀失手，敌人对王宫一定有警惕，不会再轻易进去，换成住在项家，就当姜恒去玩，勉强也算合理。

先前他们在王宫里几乎不露面，等敌人来，才发现明显错估了对方的实力。

朱雀宫中。

"他们会来吗？"耿曙望向隔壁包厢的姜恒，姜恒也是心大，在听台上说书的讲笑话，被逗得不住地笑。项余则坐在一旁自顾自地饮酒。

魁明始终很守规矩，没人问他，他就不说话，听到耿曙的询问才答道："我想也许会。如果天天出来，他们多半是忍不住的。"

"你武艺如何？"耿曙说。

"公子请放心。"魁明说。

耿曙确实不太放心，现在魁明对他而言，就是一个手下的将士，他当然要在乎将士的性命，这是他的原则。

耿曙又道："比起界圭呢？"

魁明说："天下五大刺客面前，全力一战，或有机会逃脱。"

耿曙："好大的口气，只是五大刺客早就销声匿迹了。"

魁明说："您不是已接替了您父亲的位置吗？五大刺客还是在的，只是不轻易露面。只要一个出手，结果就是一国之变，牵连甚广。有时，间接卷入的人较之亲手所杀，更是以数十万倍计了。"

耿曙知道魁明看出自己的身份了，也许是界圭说的，倒不如何奇怪。

"你见过我爹？"耿曙说。

"许多年前，"魁明说，"为梁太子毕颉演戏时，在安阳宫中见过一面，他就坐在毕颉身后，眉眼间蒙着黑布。"

"长什么样我都记不清了。"耿曙自言自语道，昔年父亲的容貌，早在记忆里模糊，那时他实在太小了。

"与您很像，"魁明说，"更儒雅些。"

耿曙转头，望向一侧的姜恒。

"我不儒雅，"耿曙自言自语道，"漂亮的姑娘都喜欢儒雅的小伙子。"

耿曙想起的却是当年母亲对父亲的爱意。

"五大刺客里，项州走得最可惜，"魁明说，"当今世上，只知他已逝，却不知他葬身何处……"

"不可惜，"耿曙说，"迟早有一天，天下人会知道，项州是他们的恩人。"

若项州当年没有救出姜恒，如今雍国也许是另一种模样，也许没有人能挡得住汁琮暴虐的性子与残忍的铁骑，但姜恒成功地做到了，他的变法哪怕在汁琮一统天下后仍会发挥作用。

"如今江湖人说，您接替了耿渊的位置。"魁明说，"罗宣虽不知所终，想必还在。界圭也在。真正离开的，只有公子州。"

"神秘客是谁？"耿曙忽地想起了那最后一名始终没有现身的神秘客，这人来历当真成谜，是五大刺客中消息最少的一个，传说他从不在江湖中露面。可是既然从未露面，大家又怎么知道有这个人呢？

起初姜恒猜测这人是孙英，耿曙却对此嗤之以鼻，设若是孙英，那么父亲名列五大刺客之首，实在是种屈辱。

"不清楚。"魁明答道，"但有人说，神秘客是名王族，极少动手，因为没必要。"

耿曙皱眉，"王族"虽稀罕，范围却也很广，五国之中的王族不一定特指宗室，算上旁支，全加起来，有上千人。

戏台上，那说书人还在絮絮不休，姜恒对后面的故事就不感兴趣了，多半都是他在书上读过的，便转头与项余闲聊："将军，您可以不用在这里陪我。"

"故事不好听吗？戏不好看吗？"项余却道，"让他们换一出就是了。"

项余用手指捏开松子，随意地吃着。

姜恒笑道："不，好看。"

"好看你就会看戏了，"项余说，"不会理我，对不，姜太史？"

说着，项余朝他神秘地眨了眨眼，说："这就使人去换一出。"

"别，"姜恒马上说道，"聊聊天，不也挺好？"

项余今夜似乎喝了不少酒，姜恒看他酒量倒是不错。

"少喝一点。"姜恒说。

"你是不是总这么管聂海？"项余说。

"呃……"姜恒道，"我给你斟一杯罢。"

"想聊什么？"项余朝姜恒扬眉说道，"说罢，陪你聊，今晚聊个够。"

姜恒只觉好笑，项余脸色如常，眼里却带着几分酒意与戏谑的神色，那眼神与姜恒转瞬间拉近了距离，仿佛他们已经认识很久了。

"我的那位大师兄项州……大师伯他……"姜恒说，"什么时候去的海阁？您认识他，应当记得罢？"

项余听到姜恒提起项州，便接过他的酒，想了想说："忘了，只记得我小时候，他还常常指点我武艺。"

"他是一个什么样的人呢？"姜恒说。

"一个长得好看的人。"项余说，"你见过他的脸不曾？公子州昔年在郢地是很有名的。"

"见过。"姜恒说，"后来他为什么不当王族，去当刺客了呢？"

姜恒与项州相处时，总感觉自己很小，哪怕在洛阳时他已经十二岁了，他是将项州当成家人来看待的。

"因为他喜欢姜昭。"

项余戴着手套，剥松子不太方便，姜恒便从他手里把松子接过来，替他剥好，放在盘子里。

姜恒猝不及防地听见了母亲的名字，心中百感交集，点了点头。

"喜欢一个人，自然是什么都愿意为她做的。"项余本想懒洋洋地枕着手臂，跷着脚躺下，但刚躺下便意识到不妥，马上又坐了起来，按着膝。

姜恒却没有注意到，低声说道："所以他习练武艺，是为了我娘。"

"没有得到意中人的青睐，"项余说，"却成了天下第四大刺客，也是天意弄人。"

"他其实可以当他的王子，"姜恒自言自语道，"我娘不该招惹他。"

项余道："有时候，当事人确实不想招惹，架不住咱们一生情不知缘何而起，若'不招惹'就能断去情缘，天底下又怎么会有这么多痴男怨女？说来实在话长。"

姜恒望向项余，说："可以告诉我吗？"

项余："你若想听的话。"

姜恒转向他，说道："说罢，将军的故事，可比台上说书人的好听多了。"

项余又一笑，今天他的笑容多了不少，也许是喝了酒的关系。

"越人姜氏，昔年在越国亡国之后，曾设法复国。"项余道，"这你想必是知道的。"

姜恒说："从前我不知道，但现在知道了。"

项余说："越女姜昭与其妹姜晴先是求助于郢国，其后求助于雍国。当时越太子勾陈远走塞外，出长城，来到汴琅面前。那时，越人耿氏，即你的父族，还在汴家麾下，乃是雍国四大家之一，耿渊是耿家的独生子。"

"嗯，"姜恒想了想，说，"后来姜晴嫁给了汴琅。"

"先说姜昭，"项余说，"公子州对她一见倾心，希望郢国为越地复国，但本国陛下呢……权衡利弊，没有答应，姜昭便走了。"

"那时候她多大？"姜恒听着自己母亲的往事，有种奇异的感觉。

"十四五岁罢，"项余说，"记不清了，我的族兄公子州，当年也只有十六岁。"

姜恒点了点头，说："后来我娘在雍国待了不少时候。"

"是啊！"项余说，"汴家起初答应勾陈，即现在名唤界圭的大刺客，让越人王族与姜家留在落雁，届时将帮助他们复国。但汴琅骗了界圭，他在娶到姜晴后……"

"是这样吗？"姜恒说，"他欺骗了越人？"

项余眉毛一抬，说："听说的，真相不可考。都说汴琅骗了他，既没有出兵帮他复国，也没有以王族之礼待他……"

姜恒想起界圭曾经的话，说："我倒是觉得，界圭是心甘情愿的。"

项余没有争论这点，点了点头，继续说："姜昭本来被安排嫁给汴琮。若当年这么安排，你就是汴琮的儿子，如今就是太子了。听说她当年宁死不从，扬言若国不得复，便自刎以谢故国。"

姜恒有些好笑地说："那我就不会出生了。"

"最后是耿渊娶了她。"项余出神地说道，"公子州学成后，追着她去了越地，她……其后你都清楚了。"

议论别人的父母，乃是很失礼的事，项余说到这里就打住了。

姜恒说："后来也许因为有了我，我母亲的执念也就慢慢地放下了罢。"

接着，项余做了个出格的举动，他搭着姜恒的肩膀，把姜恒搂向自己。

姜恒马上道："项将军，您喝多了。"

"听着，"项余说，"我没喝多，听清楚了。"

项余正色凑在姜恒耳畔，极小声地说道："姜大人，听清楚了。"

隔壁包厢内，耿曙始终注意着姜恒与项余的动向，本来看姜恒始终在听项余说话就有点不舒服，及至见项余动手搂他，终于坐不住了。

"去告诉他,"耿曙朝魁明吩咐道,"安分点。"

魁明闻言起身,先是出了包厢门,再往外去,绕过楼梯,去了项余的包厢。

姜恒却神色凝重,只听项余气息里带着很淡的桃花酒气味,并非喝多了逾矩,而是借着酒意朝他低声说。

"郢国的王族没有一个是好人,都是吃人不吐骨头之辈。"

姜恒抬眼注视项余,项余说完这句话后便放开了姜恒,朝他做了个恶作剧的表情,笑了笑。

魁明推门进来,项余却抬手说:"知道了,言行举止,一定注意。"

这时候,耿曙脸色阴沉,侍从上来换过食盒,收走了没动过的碟子。

耿曙倏然抬眼,望向那侍从。

侍从一边收拾,一边与扮成姜恒的耿曙对视。

"我是来杀你的,"那侍从笑着说,"大人,你还有十二个时辰可活了,好好去过……"

接着,只见"姜恒"动作之迅速,犹如划破天际的一道闪电般出手!

朱雀宫中,台上台下,顿时哗然。只听一声震响,侍从的身体倏然从台上飞出,被耿曙飞身旋腿,踹中胸膛,在半空中鲜血狂喷,摔在了三丈高的大厅中!

刹那间,观戏台下大乱,魁明马上反应过来,吹了声口哨。

耿曙没有追下去,而是果断地扯下包厢帷幕,到得姜恒与项余身边。

这个时候去追,极有可能中了对方的调虎离山计,只见耿曙伸手一揭,卸去伪装露出真容,项余则马上起身,前去吩咐侍卫,封锁整个朱雀宫。

"走!"耿曙牵着姜恒的手,从另一侧门内出去。朱雀宫中乱作一团,那杀手已不知去向。

姜恒快步下楼梯,说:"看见他往哪个方向逃了没有?"

"没有!"耿曙脱了袍子扔开,现出里面一身黑色的夜行服,说,"你们拉拉扯扯地在隔壁说什么?"

姜恒道:"真没说什么……现在是问这个的时候吗?快追!"

让杀手逃跑,也是姜恒计划中的一环,耿曙却在楼梯上站住,固执地说道："你不说，我就不追了。"

"追出去再慢慢和你说！"姜恒快要求饶了，焦急之情溢于言表，却忘了他穿着女装。

耿曙忽然一笑，抬手一刮姜恒的侧脸，说："逗你的。"

两人出朱雀宫，没有遭到拦阻，耿曙打了个呼哨，等在朱雀宫外的海东青马上降了下来，继而一个盘旋，朝城中东北方飞去。

耿曙翻身上马，把姜恒拉了上来，两人共骑一匹项余事先准备好的马，马蹄上裹了棉布，沿着长街而去。

姜恒搂着耿曙的腰，不住地抬头看，耿曙知道他担心，说："没跟丢。"然后随手在自己腰前姜恒的手背上拍了下。

姜恒忽然察觉，耿曙这身刺客夜行服十分修身，衬出他宽宽的肩背与修长的腿。

就像当年他见赵竭之时，如今耿曙已是一个与赵竭相仿的成年男人，而不再是少年了。

姜恒："当心点！别撞上东西！"

"驾！"耿曙道，"我的骑技就这么烂？你侮辱我！快认错！"

耿曙又两腿一夹马腹，他的骑技是在北方嶙峋山麓中练出来的，驭马上个城墙或屋顶乃是家常便饭，在江州暗夜里穿街过巷如履平地。

"好好，"姜恒改口道，"你是天下第一，你最了得，你这么了得，没我什么事了，我还是回宫睡觉怎么样？"

"那可不行，"耿曙还有闲心与姜恒你来我往地逗趣，"没有你在身边，我就不是天下第一了。要有人亲眼看见，耍威风才有意思，是不是？"

教 坊 司

耿曙带着姜恒贪夜追敌，实在是太冒险了，但把姜恒交给任何一个人他都不放心，只能把他带在身边。

最后，海东青在一栋三层高的建筑顶上停了下来。

"怎么还没来？"耿曙回头，见项余等人还未追上来，实在很烦躁。

此处距离朱雀宫不远，就在南明坊边上，木楼一面临河，楼中传来嬉笑声，较之朱雀宫辉煌的灯火不同，木楼四面的灯笼漂亮却不刺眼，整座小楼笼罩在朦胧的灯光里。

"进去看看，"姜恒开始撺掇他了，说，"天下第一，你怕什么？"

耿曙方才出手试了那杀手，知道对方还是有几分本事的，只是毫无防备，挨了他全力一击才如此狼狈，眼下他绝不能将姜恒放在院外，自己进去查探消息。

但干等着也不是办法，万一杀手负伤再逃，恐怕就追不上了，时间拖得太久，唯恐生变。

姜恒已拖着耿曙朝院墙跑去。

耿曙色变道："不行！等等！"

"哎呀来了啊！"院外马上有妇人笑道，"怎么这时候才来？"

姜恒笑道："都是他，让我好等。"

"快进去。"妇人看见姜恒女孩儿打扮，乃是人间绝色，以为是楼里出去招揽客人的女孩儿，示意他赶快入内，带人去喝酒。

这下被人撞见，耿曙恐怕引人警觉，只得走在姜恒身后，快步入内。

错身而过时，妇人"哎"了一声。

妇人见耿曙所穿像是贴身的武服，没看清楚是夜行装，姜恒又半挡着，眨眼间两人已混了进去。

"你认识她？"耿曙说。

姜恒茫然地说道："不认识，打个招呼不行吗？也许梦里见过？"

耿曙："……"

姜恒拉着耿曙在前院花园里一躲，两人藏身进了夜色。

"那间房。"耿曙示意姜恒看顶楼最东边，临河的房间，此刻海东青正停在屋檐顶上。

姜恒搂住他的脖颈，耿曙一手抓住屋檐，哪怕身上带了个人，亦如御风神行般轻轻巧巧地翻了上去。

"这究竟是什么地方？"姜恒问。

耿曙一手按着屋檐，侧耳倾听，整个三楼的声音实在太嘈杂了，只听见底下传来年轻男子的呻吟声、女孩子的笑声、少年的求饶声，耿曙当即面红耳赤。

"教坊。"耿曙低声说，他开始觉得今夜带姜恒来这儿实在不是个好主意。

姜恒瞬间也懂了，他没来过官教坊，但总知道这是个什么地方。

灯红酒绿，郢国朱雀宫一侧的教坊司乃是天下有名的烟花之地，姜恒极少接触到人间烟火，当真大长了一番见识。但他不敢乱动，只跟在耿曙身旁，好奇地东张西望。耿曙单膝跪地，辨认屋顶下房中传来的声音，但都被寻欢作乐之声盖住了。

"听不见，"耿曙说，"太吵了。"

耿曙发现隔壁房没人，当即心生一计，在屋顶上解开夜行服上装，赤裸半身，将上衣搭在腰间，绑了个结。

"别说话。"耿曙说，继而带着姜恒翻回三楼，站上走廊，低声在他耳畔吩咐。

姜恒会意，牵着他的手，笑着走在前头，走过了走廊。

耿曙那模样犹如刚喝过酒的少年郎，他胸膛赤裸，这么一来便看不出他穿着夜行服了。姜恒则是正儿八经的美貌女孩儿，拉着他穿过长廊，走向最边上那间房。

沿廊站着不少面朝河道招揽生意的女孩儿，各自倚栏而笑，还有前来寻乐的年轻贵族搂着心仪者，在廊柱边上低声亲昵地说话，不时大笑起来。

耿曙转头，审视沿途碰上的十来人。不少人看见耿曙，眼睛便亮了起来，肆无忌惮地上下打量他。

姜恒不乐意了，用力拉了下耿曙，说："看什么看？"

耿曙跟上来，在姜恒耳畔低声说："都没你好看。"

姜恒："……"

两人旋即到得倒数第二间房前，耿曙搂住姜恒，推开门，一闪身进去，转身关上门。

房内灯光很暗，气氛暧昧，空气里飘着一股若有若无的香气。姜恒正左右看，耿曙却拉开靠墙的衣橱，两人躲了进去。

衣橱贴着墙，木墙隔壁就是杀手藏身的房间，墙缝里透出少许光来。

衣橱内的空间十分狭小，两人身体紧紧相贴。姜恒不敢说话，也不敢乱动，只倚在耿曙肩前。

耿曙的心脏跳得很快，听着隔壁传来的对话声。

姜恒透过墙缝望去，看见了三个人，都是男人，其中被耿曙踹伤的人做小二打扮，正在调药，他的肋骨已被踹断了；另外一人做掌柜打扮，正坐在榻上饮酒。

第三人则身穿夜行服，做刺客打扮，手里拿着一块蒙面布，脸上有个被砍了一刀的伤痕，下巴到嘴角留下了缝针的伤疤，现在正倚在另一侧墙边，审视受伤的小二，一语不发。

"大意轻敌，"那刺客说，"这是第三次了。"

"我不知道他们换了身份。"小二咳出一口血，说，"聂海的动作实在太快，躲不过，我也不以面对面刺杀见长。"

刺客说："既然知道手上功夫比不过，就不要亲自去预告。"

"他吃下点心没有？"掌柜沉声问。

小二说："没有，他们很警觉，东西全没碰过。"

耿曙稍稍侧过头，示意姜恒让一下，给他看一眼。

那三人装束寻常，容貌也非常普通，声音更是找不出任何特别的地方，仿佛扔进人海中就会消失一般，确实是最好的杀手。

"既然预告过，"刺客说，"就只剩下十二个时辰了。"

掌柜说："算了，还是我亲自出马。"

"聂海的武功不简单，"刺客又说，"连李宏都败在他的手下，你们就不能认真点？他爹是当年杀掉了四国重臣的耿渊，十五年前的教训还不够？"

掌柜说："纤夫与浣妇设下了最好的局，结果不知为什么，死得不明不白，我们会当心的。"

"我不要什么承诺，"刺客道，"门主特地叮嘱过，这件事非常重要。接下来，你们打算如何出手？马夫呢？"

"马夫留在朱雀宫探听消息。"掌柜正色道，"聂海与姜恒下落不明，城中正在搜查小二的下落，还没有搜到这边，我让马夫混进郢宫，聂海不可能时时守着姜恒，一旦他被支开，即可朝姜恒下手。”

“你们的计划里全是漏洞。”那刺客漫不经心地在手里玩着一把匕首，说，“算了，明天见分晓，再杀不了这人，看在多年的情分上，劝你们一句话，不用再回鸣沙山了，各自逃命去。”

姜恒听到“鸣沙山”三个字时，仿佛想到了什么，朦朦胧胧的，捉不住要点。

耿曙的呼吸瞬间窒住了，只听隔壁不再交谈，刺客戴上遮挡下半张脸的蒙面布，跃出窗外，消失了。

姜恒与耿曙对视——他们得到了几个关键信息，行刺者的化名分别是小二、马夫，坐在正中间的想必是“掌柜”。他们的门派驻地叫“鸣沙山”。

隔壁房中一片静谧，掌柜又说：“你先歇会儿。”

两人无话，耿曙正犹豫是否再听下去时，自己与姜恒藏身的房里又传来人声，一名年轻男子搂着个十六七岁的孩子撞开门，进了房。

“大爷今晚就好好伺候你……”

“我来伺候大爷……”

接着是喘息声，迫不及待地揉身，脱衣。

耿曙：“……”

姜恒：“……”

姜恒凑到另一头，隔着衣橱缝隙好奇地看了眼，耿曙却皱眉，以极低的声音说道：“别看……”

耿曙这下走也不是，留也不是，两人若从衣橱中出来，必定会吓到这房中的人，这房里人一旦喊起来，又会惊动隔壁的杀手。

只见那年轻男人搂着那孩子，甚至不上榻去，两人衣衫散乱，年轻男人转身就把那孩子按在门上，开始亲热。

姜恒忽然想起那年无意中在洛阳宫内看见的一幕。

耿曙：“……”

房内香气很淡，却仿佛有种神奇的力量，让耿曙全身燥热、口干舌燥。那是教坊内特地点起的催情熏香，耳畔再传来声音，耿曙只觉全身都要炸了，只得苦苦地忍着。

姜恒也有点受不了，又不敢动，强迫自己分散注意力，朝隔壁望去，只见小二躺在榻上，掌柜在一张纸上写写画画，仿佛在分析城中地形。

耿曙："哎你！"

"干什么？"耿曙按住姜恒的手，这种时候，姜恒居然在他肋下捏他，逗他玩。

姜恒笑着看看左边，又看看右边，耿曙在他耳边低声说："别胡闹。"

两人都在思考，但这声音与香味实在太干扰判断了，耿曙胸膛起伏，背上已出了一层汗，浸湿了衣橱里杂乱的衣裳。

那短短的一段时间，犹如一年般漫长，耿曙已经彻底没办法了，心想：快点完罢，怎么还不完？

终于，这房里办完事了，香炉中青烟袅袅升起。

年轻男子与那人躺在榻上，睡着了。

耿曙蹑手蹑脚地牵着姜恒走出衣橱，姜恒回头看了眼，耿曙让他转回头，别乱看，两人无声无息地推开门，走了出去。

"现在怎么办？"姜恒问。

耿曙还在想刺客的来路，走了一个，剩下两个，加上他们去望风的同伙，一共四人。

耿曙站在走廊上，夜已深，先前在此地的人已招揽到客人，纷纷进了房。

姜恒还在回头看。

耿曙说："别看了。"

姜恒笑道："真好啊！"

"好？好……什么？"耿曙也有点发愣。

姜恒也说不出个究竟，那是他第一次看见如此肆意的鱼水之欢，却让他真切地感觉到，在这春夜里一切如此美好，场面一点也不显得突兀，反而天经地义。男人对怀中人的疼爱与珍惜，就像一首扣人心弦的琴曲，打动了姜恒。

"不能回王宫，"耿曙想的却是另一件事，低声说，"马夫的身份尚未确认。"

姜恒道:"他们在晚上的饮食里下了毒,你没喝酒罢?"

"没有。"耿曙道,"你呢?"

两人在走廊上小声交谈,就在此时,最边上的门"吱呀"一声被打开,掌柜走了出来。

耿曙马上搂着姜恒,让他背靠其中一间房门,两人依偎在一起,自己背朝外,挡住了姜恒的脸,姜恒低下了头。

姜恒会意,抱住了他的脖颈,注视着他,低声说:"我也没有。"

耿曙的心脏狂跳,犹如置身天际。

背后,掌柜脸色阴沉,心事重重地走过两人身边。

耿曙与姜恒就像教坊中寻常可见的一对只有今夜之缘的恋人,他们在春夜里桃花的香气中认识了彼此,他们互相追逐,来到河畔的这个地方。耿曙打着赤膊,姜恒则犹如绽放的桃花,抱着彼此,轻声细语。

掌柜将一张纸交给守在楼梯下的护卫,吩咐了几句,让他去采买纸上的东西,复又转身上楼。

上楼时,姜恒忍不住抬头看了他一眼,掌柜无意中与姜恒对视。

姜恒心里"咯噔"一下,暗想糟了,不该抬头看他,这下要坏事了。

然而就在这一瞬间,楼下传来响声。

"御林军公干——!楼内所有人不得离开!打开房门!接受检查!"

项余来了!耿曙与姜恒同时抬头。

"项将军——您行个好,有话好说!"

楼下传来乞求声。三楼处,掌柜瞬间色变,顾不得姜恒,一阵风般冲向走廊尽头。

霎时楼里一片混乱,项余带来的手下占据了整座三层小楼,所有御林军冲到房前,挨间踹开门,惊叫的惊叫,求饶的求饶。

"哥!动手!"姜恒当机立断地说,"别管我!"

项余已惊动了刺客,再隐藏身份已没必要了,耿曙当即一抖烈光剑,从掌柜背后直追了上去!

"小二!快⋯⋯"掌柜撞开门。

耿曙追上，掌柜听到背后风声，来不及带走同伙，蓦然转身，两人先是对了一掌，耿曙气血翻涌，朝后撞上栏杆，掌柜又飞身上前，轻轻一掌，印上了耿曙的小腹。

耿曙胸前空门大开，强行迎下那一招，反手拍在掌柜的胸膛上。

力道对冲，两人身体剧烈一震，掌柜飞进房中，耿曙背脊在栏杆上一撞，顿时撞破栏杆飞出楼外，坠向河道中去。

姜恒："当心！"

耿曙没想到那"掌柜"的功夫也半点不差，贸然出掌犯了大意轻敌的错误，幸而姜恒追了上来，褪下半身纱袍朝着耿曙一甩，耿曙抓住纱袍边缘，裂帛声响，姜恒那身衣服被扯成两半，耿曙及时借力，跃回楼上。

"接住！"项余在二楼梯级上攀着扶栏，一翻上了三楼，顺手甩出烈光剑，烈光剑打着旋飞来，耿曙抓住剑柄一抖，剑出鞘。

掌柜把守在门外，耿曙喝道："看好我弟！"旋即拿着剑扑了上去，掌柜则亮出一把短剑据守房门。

空间十分狭窄，根本挤不下第三个人，姜恒只得退后。项余已冲了上来，挡在姜恒身前，他一脚踹开隔壁屋的房门，御林军冲上前把姜恒保护在中间，项余则抓住隔壁屋的屋檐，翻身而出，从窗台处进了小二在的那间房。

掌柜一剑刺来，那剑路极其刁钻，耿曙背后栏杆已断，退后就会掉下去，只得硬接，耿曙左手锁住他的剑势，侧身让出肋下，右手以烈光剑迎了上去。

掌柜手中之剑亦是西域神兵，两剑交撞，发出一声刺耳的声响，掌柜手中之剑竟被烈光剑削断，接着，掌柜狂吼道："我要和你同归于尽！"

高手过招只在那转念一瞬，耿曙一剑刺中他的喉头，烈光剑穿喉而过，将掌柜穿在了剑上。

"谁和你同归于尽？"耿曙冷冷地说道，"不自量力。"

掌柜霎时气绝，瘫倒下来，鲜血喷在耿曙赤裸的半身上。

小二痛喊一声，上前要拼命，背后项余却从窗户跳进了屋，项余随手一剑刺穿那小二的腹部，将他钉在了墙上。

地上到处都是鲜血。姜恒快步冲了上来，看着耿曙。

耿曙说："留个活口审问。"

"你没事罢？"姜恒焦急地问道。

耿曙看着姜恒，点了点头。姜恒见耿曙胸前、背上、肩上全是血，被吓了一大跳。

"是他的血……"耿曙解释道，"我没事，没……受伤……"

耿曙提气想缓一缓，但掌柜那一招伤得太厉害，又正中腹部，耿曙感觉腹部气息翻涌，蓦然一口血喷在了姜恒身上，眼前一黑，瘫倒下来。

"哥——！"姜恒不顾一切地大喊道。

惊 天 雷

天明时分，王宫中。

"教坊中，第三层楼的所有香，都被他们掺进了药物，"项余解释道，"他们自己有解药，香不入体，就是预防有敌人前来。"

姜恒摸过耿曙的腹部，确认他震伤了脏腑，伤势须得一段时间才能恢复，确定性命无碍后才放下心来。

耿曙咳了几声，点了点头，喝下姜恒所配的药物，但在项余面前，他表现得神色如常。

"还有一名同伙抓到了吗？"耿曙说。

"逃了。"项余说，"与你对剑那人，乃是非常了得的高手。"

耿曙说："不必抬举我了。"

耿曙纵横塞外，几乎未有一败，如今居然伤在这无名刺客掌下，实在是太憋屈了。

"你知道他是谁吗？"项余眉毛一扬，说道。

"该不会是那个神秘客罢？"姜恒说。

项余解释道："不是。但此人当年刺杀过你们雍国的先王汁琅，就连耿渊与界圭联手也奈何不得他，被他逃了。"

耿曙刹那间脸色一变。

"他刺杀过汴琅？"耿曙听到这消息时，几乎瞬间就明白刺客是谁派来的了！

"等等，"姜恒察觉到不妥，说，"他尝试杀汴琅，也就是说，他是雍国的仇人吗？"

"此事错综复杂，"项余说，"我是从那'小二'口中审问出来的，一时也无法下定论，你俩若无事，可去监牢里看看他，再自行判断。"

姜恒说："改天罢，我哥身上还带着伤。"

耿曙却道："不碍事，走罢。"

姜恒要阻止，耿曙却十分坚持，姜恒劝不住，只得让他搭着自己的肩膀，二人随项余前往郓国的监牢。

"你的伤须得静养至少一个月。"姜恒朝耿曙低声说。

耿曙摆摆手，示意我无所谓，同时暗示项余还在，不希望让他知道自己的情况。

姜恒却知道他伤得很重，这一个月里，绝对不能再动手了。

项余走在前头，说："你中了掌柜一招，居然没有死，也是奇迹。"

耿曙说："他掌力确实可以，只不以剑招见长，是我讨了便宜，过个几天就恢复了。"

"你是怎么拷问出来的？"姜恒认识的刺客不多，却也知道这些人都是在刀口上过日子，不该说的，他们一句也不会说，连死都不怕的人，很难让他们说出多少秘密。

"我让人搜查了他们的房间，找到不少药物。"项余说，"此人想必擅长用毒，便把诸多药一样一样地都试在了他的身上，发现有一种药能让他脑子变得混乱，就像烈酒一般，试了此药后，问他什么，便说什么，却不知几分是真，几分是假，所以我说我不好判断。"

项余来到地牢内，那小二已被折磨得鲜血淋漓，奄奄一息，十根手指都被拧得扭曲，甚至有的被折断，四肢被打上了近百枚钢钉。

姜恒："……"

这一幕刹那间颠覆了姜恒对项余的所有印象，他觉得项余太残忍了。

耿曙却轻描淡写地说道:"没必要这样。"

"不这么做,"项余说,"死的就是我们了,他提前在朱雀宫的点心里下了药。幸亏你没有吃。"

项余吩咐人搬来座椅,让耿曙坐着说话,恐怕他体力不支。耿曙却摆手,表示不需要。

"问罢,"项余站到一旁,示意姜恒随意问,"我给他用了吊命的药,一时半会儿还死不了,过了今天可说不准。"

姜恒看着那被钉在木墙上鲜血淋漓的小二,小二眼里满是仇恨,死死地盯着姜恒,喉咙中发出痛苦的声音。

"你叫什么名字?"姜恒说。

"小二……"小二开口道。

"他们是一个奇特的组织,"项余说,"门内彼此以代号相称,不知真名。"

耿曙说:"你的主人是谁?"

"鸣沙山,血月门。"小二答道。

"轰"的一声,姜恒如遭雷击。

"轮台东?"姜恒难以置信地问道。

"你知道那地方?"耿曙诧异地问道。

刹那间,姜恒背上满是冷汗,他紧紧握着两手,不敢相信自己听见的。

小二缓慢点头,发出呻吟:"让我死了罢,让我死……"

姜恒感觉一阵天旋地转,腿上发软,退后了半步,耿曙马上起身,说:"恒儿?"

姜恒竭力摇头,定了定神,他想起来郢地前,宋邹回报的话——

"我们的商人打听到一个消息,血月与雍王达成了一个协议。"

一旁的项余对两人解释道:"这个组织里,已知的人有纤夫、浣妇、小二、马夫、掌柜五人。你们已解决了四个,马夫逃了,昨夜前来传话之人,多半也是组织中的人。"

"你们有几人?"耿曙问那小二。

"十二人……"小二缓缓地说道,"求求你们,杀了我……"

项余所用的手段已让他生出求死之心，身上的伤尚不是最恐怖的，最痛苦的还是伤口里的药粉。

小二那模样让耿曙想起了当年他在浔东时杀掉的那三名地痞。昭夫人让他在那三人身上划下伤口，倒满蜜糖，设若这么做了，那些人难耐折磨的表情、奄奄一息的神态，便与如今面前这犯人无异。

"不可能，不可能的……"姜恒自言自语道。

"你知道他们？"耿曙问，"恒儿？"

姜恒眼里带着恐惧与耿曙对视，点了点头。

"我在……我……听过。"姜恒说，"不，一定是哪里出了错，不会是他们。"

"别怕，恒儿，"耿曙说，"无论是谁，都……不要怕。"

耿曙说话时伤痛发作，却勉强忍着。

"眼下，他们的余党还有八个人，不算那个门主的话。"项余又说，"不达成目标，我想他们是不会放弃的，现在的问题在于背后的主使人是谁……"

项余的声音犹如远在天边，姜恒已听不见别的话了。

为什么？他为什么要杀我？我做错了什么？

姜恒翻来覆去地想：这伙人竟然是汁琮派来的？汁琮没有要杀他的理由。

姜恒一时有些失魂落魄，耿曙却握住了他的手。

"恒儿。"耿曙认真地说。

姜恒摇了摇头，没有说话。

"姜大人有眉目了？"项余又问。

姜恒看了眼耿曙，耿曙知道他有话要与自己商量，但他仍然有句话想问姜恒。

"当年是谁让掌柜去行刺汁琅的？"耿曙说。

"我不知道……不知道……"姜恒喃喃地说道。

"还有一个问题，"项余说，"现在尚未清楚，马夫如何能混进宫中，我怀疑宫内有人接应。"

换作平日的姜恒，兴许很快就能发现端倪，但今天的他思绪混乱无比，已无法再冷静地细想下去。

"那是你的事。"耿曙沉声道。

手下抬过来掌柜的尸体，项余拉开白布，让他们确认。

"这个掌柜也许知道。"项余又问小二，"掌柜在你们门里，排老几？"

"排……三。"小二奄奄一息地说道，"让我死了罢……"

项余看向耿曙说："还有一名蒙面人，如果尚在江州的话，按你们的描述，他的身份应当在掌柜之上，即是说，门主、蒙面人、掌柜，这是他们组织中三个顶尖人物。你一剑刺死的是血月门中排名第三的杀手。"

耿曙沉声道："但其后还有八个人，轮台东地太远了，我不可能亲自到西域去杀他们的门主。"

"不错，所以我们尚不能掉以轻心。"项余答道，"何况那里是别人的地盘；但放心罢，中原是咱们的地方，他们占不到便宜。"

"我们走了。"耿曙起身，扶着姜恒的肩膀，说，"恒儿，走，回家再慢慢说。"

姜恒勉强点头，叹了口气。

项余知道他们一定有话商量，便不再挽留。

"这人我杀了？"项余说。

"随你。"耿曙冷漠地说。

姜恒回到寝殿内，疲惫不堪地说："我想睡觉，哥。"

"睡罢，"耿曙没有问姜恒如此萎靡的原因，只淡淡地说道，"哥陪着你。"

这天外头下着淅淅沥沥的春雨，将郢宫内的绿叶洗得闪闪发亮。

姜恒无论如何也不能接受，这伙刺客背后的主使竟然是汁琮，这令他有种被自己的国家背叛的感觉。

他甚至不知道要如何和耿曙说，汁琮是他恩重如山的养父，而现在，对方的目标是杀了自己，甚至不惜冒着与郑国翻脸的代价。

为什么？姜恒很累，他什么都不愿意再想了，现在他只想在耿曙的陪伴下昏昏睡去，他只怕一觉醒来，就连耿曙也会悄无声息地消失，离他而去。

翌日，姜恒睡醒后还在下雨，身边空无一人，这让他蓦然惊醒了。

耿曙正在对照药方为自己熬药，听到声音，回头看了眼，便支撑着过来，给姜恒换衣服，让他洗漱。

"你歇着。"姜恒摸了下耿曙的脉搏，确认他的伤势正在好转，但春天南方雾气湿重，实在不是养伤的好地方。

"先吃点东西，"耿曙说，"你这几天很累。"

姜恒用过早饭，心情有所好转，想起昨日之事，开始思索其中细节。他知道耿曙察觉到自己不对劲了，但耿曙没有问，只默默地陪在他身边，耿曙向来在情感一事上很笨拙，从来就不会安慰人，就像母亲离开那天，耿曙也只会默默地陪着他。

但当年他比谁都清楚，昭夫人不会回来了。

然而如今……

"哥？"姜恒说。

耿曙背对姜恒，正熬着药，回头看了他一眼。

"怎么？"耿曙说。

两人沉默对视，姜恒忽然明白了什么——耿曙知道！他早就知道了！

"你……"姜恒的声音有点发抖地说，"你是不是心里清楚刺客是谁派来的？"

气氛凝固。

"对，"耿曙说，"我爹。"

姜恒此刻竟不知该如何面对耿曙，下意识地转过头去。耿曙见姜恒昨日那表现，便知道他虽不知从何途径得知，却已推断出了真相。

"我也是才知道，"耿曙说，"从另一件事上猜出来的，我……怕你不好受，想过几天你若参详不透再与你说。"

姜恒起身，耿曙忙放下药，忍痛追来，拉住姜恒。

耿曙："听我说，恒儿，听我说！"

姜恒转头望向耿曙，耿曙认真地看着他，一刹那姜恒回想起他们同生共死的岁月，他知道耿曙绝对不会站在汁琮那一边。

　　"我……没什么，"姜恒有点难过地说，"只是不太能接受，过几天就好了。毕竟我也杀过他嘛，大家……扯平了。"

　　这却是姜恒自我安慰的话。这怎么能一样？行刺汁琮时，他们曾是敌人，但如今他们的关系已大不一样了，姜恒是雍国的重臣，他几乎把他的一切都给了雍，给了汁琮。他的才华、他的志向，甚至他唯一的哥哥。

　　"听我说。"耿曙知道他的生死考验到了，他必须对姜恒解释清楚。

　　耿曙让姜恒坐下。

　　姜恒摇摇头，说："不用解释，哥，是我太单纯了。"

　　姜恒开始反省自己，他确实太单纯了，比起离山那天，他不仅没有半点长进，还在耿曙的保护下变得比从前更天真。天真地信任汁琮是他犯下的一个致命错误。

　　"对不起，"耿曙认真地说，"对不起，恒儿。我不知道他是这样的人。"

　　姜恒一笑。他感觉到他与耿曙之间一直有一道隔阂，而那道隔阂，正是耿曙对雍国的依恋。在他们分开的那五年里，耿曙被雍收养，在雍长大，他们欠雍国一个情，而这是永远也绕不过去的。

　　但耿曙的最后一句话让姜恒明白，对耿曙而言，自己始终是他心里最重要的那个人，从来没有任何改变，过去没有，未来也不会。

　　耿曙道："一路上我想了很多，在刺客出现前，我就下了决定，恒儿……"

　　"这次离开落雁城后，"耿曙最后认真地朝姜恒说，同时抬起手，仿佛向他宣告了一个誓言，"我就不打算再回去了。"

　　春风卷着雨中的桃花飞进殿内，桃花旋转着落在两人身前，湿漉漉的花瓣落在姜恒杯中。

　　"哥哥不会再让你回到那里，以往的一切，从此与咱们再无瓜葛。"

　　耿曙的声音在姜恒耳畔回响，仿佛让他看见了落雁的变迁。

　　高岸为谷，深谷为陵，世间几度变迁，沧海成桑田。

　　"我一直记得答应过你的事，想带你去看海，去任何你想去的地方，神州也好，西域也罢，只要你想，只要你喜欢。"

"我会陪着你，"耿曙说，"这是我当年在夫人面前说过的话、立下的誓言。"

"好。"姜恒所有的烦恼都消失得无影无踪，忽然就看开了，恢复了他少年特有的清澈笑容。

"我很喜欢。"姜恒想了想，又说。

耿曙平静地看着他，看着这生命里与他有着最坚固联系的人，这一刻他很心疼，因为姜恒尚不知等待着他的将是什么。

甚至不知道他曾失去多少。

不曾拥有的东西，是否也就意味着没有失去？

雍国、储君、父母、家人……这些本该都是姜恒的，他却一样也没有得到过。汁琼夺走了本该属于姜恒的一切，赠予他父母双亡、家园破散、战乱的痛苦与童年的孤独，予以他错乱的身份，就连他在洛阳想紧紧抓住的最后那点温暖，也在这大争之世中一点一点地消散。

如今汁琼还想夺走他的生命。

但面对如此多的不公平，姜恒从未抱怨过，他坦然承受了一切，只要给他一丁点温暖，他就会很珍惜。

耿曙心想：因为我，这全是因为我。

耿曙一直很清楚，只因他的存在，才让姜恒觉得一切都无所谓，只要他们能在一起，别的都不重要。

于是姜恒笑了笑，就像从前一般，朝耿曙说："仔细想想，也没什么可不知足的。"

"这样挺好，我很喜欢。"

——卷五·列子御风完——

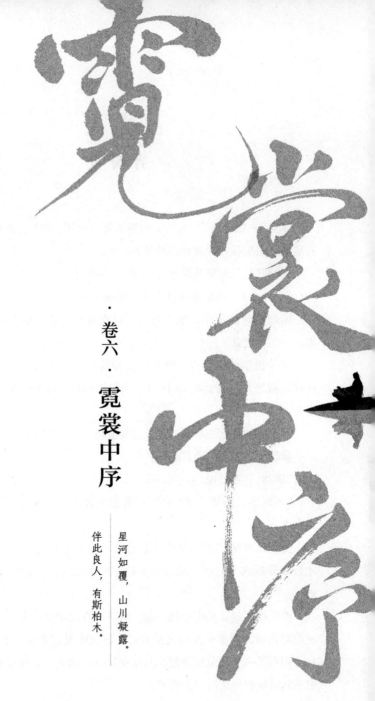

· 卷六 ·

霓裳中序

星河如覆，山川凝露。

伴此良人，有斯柏木。

容身处

"不要去做什么，"这是姜恒说的第一句话，"什么都不要做，如果你有危险，想想我，我就什么都没了，哥。"

"我明白，"耿曙悲哀地说，"我一直明白。"

"为什么？"姜恒在这件事上，却很不明白。

道理他向来很懂，靡不有初，鲜克有终。杀大臣天经地义，古往今来，一向如此。

汁琮想杀他很合理，可最不合理的是，为什么现在杀他？自己若是汁琮，就绝不会在此时动手，天下尚未一统，他还有许多用得着自己的地方。

太子泷知道这件事吗？姜太后知道吗？汁绫知道吗？

耿曙沉默地喝完药，起身。

"别动。"姜恒说。

"不碍事，恒儿。"耿曙说，"我想出去走走，我们一起，不出宫，就在宫内。"

姜恒已从最初的震惊中平复过来，恢复了理智，开始用自己的聪明才智来分析这个问题。现在正是好好思考的时候，耿曙却坚持想出去透透气。

姜恒拗不过，只得陪他一起。耿曙没有用手杖，走几步，腰腹的内伤便隐隐作痛，但姜恒配的药很有效，已比昨天好多了。他根据情况判断，自己用不了一个月就能康复，只是在这段时间里，必须非常小心，毕竟谁也不知道刺客什么时候会再来。

"我不明白为什么，"姜恒说，"我与他无冤无仇，也许他还记得在玉璧关的那一剑，可就算要对我动手，也不该是现在……"

耿曙沉默地听着，他知道今天姜恒不能再接受更多的打击了，他根本无法想象，姜恒得知真相时会怎么想，他说也是错，不说也是错，有时他甚至宁愿自己犯错，隐瞒他一辈子。

可是这对姜恒而言更不公平，耿曙知道自己在欺骗他，当真进退两难。

"也许他觉得我无法控制。"姜恒又自言自语道，"待他死后，汁泷一定会对我言听计从，为了保护汁泷，他必须杀掉我。"

"不，不是的。"耿曙喃喃地说道。

姜恒头脑清楚后，逻辑也清晰了许多，说："有你在我身边，咱们又有勤王之功，他在位时不下手，以后更动不了我……"

"我说，不是的，恒儿。"耿曙说，"不仅如此。"

两人停下脚步，耿曙与姜恒对视，廊下雨水滴落，一滴滴水犹如穿在一起的线。

姜恒不明所以地看着耿曙。

"我错了，"耿曙说，"我不该相信他。是我太天真，有人对我好，你又不在我身边，我便不知道自己是谁了，我……"

"没什么，"姜恒反而安慰起耿曙来，"那是你爹。"

耿曙却抬手，示意姜恒不必扶他，让他说完。

耿曙独自站在廊下，仰望天上的雨水，说："有一天晚上，我突然想起了一件事。"

"哪一天？"姜恒没有问什么事，反而问起了时间。

"你在落雁城外受伤的那天。"耿曙说，"那天我与郎煌谈完，回到房中，后来你歇下了，我却始终睡不着，看着你，想到了玉璧关的雪夜。"

姜恒："嗯，我刺杀他的那天。"

耿曙说："我总觉得有哪儿不对劲，现在，就在刚才，我终于想起来了。"

"当时，你是不是被太子灵蒙住了眼睛？"耿曙问，"你告诉过我，现在再说一次，尽量别漏掉任何细节。"

姜恒点了点头，将当时的情形朝耿曙详细地描述了一次，包括汁琮如何将他抱在怀中，如何解开他的蒙眼布，看他的双眼。

"当时你只能靠感觉，"耿曙说，"你不知道他手中还拿着什么。"

姜恒点了点头，耿曙道："你知道吗？那时，他除了抱着你，还拿着一把匕首。那把匕首，是我第一次见他时，与他交手所用的兵器！"

姜恒怔住了。

姜恒："他知道！他知道我是刺客？！"

"不！"耿曙道，"他不知道，这就是最关键的！如果他事先知道你是刺客，怎么会抱着你？更不会允许你接近他！"

那时耿曙尚不知汁琮是否察觉了姜恒的身份，但有一件事是肯定的，即汁琮最开始对姜恒的身份没有半点怀疑，他非常清楚，姜恒不可能是假冒的！

而基于这个前提，汁琮竟打算在当夜直接杀掉他，不让他见到耿曙，只是他失算了，姜恒既是耿渊的儿子，又是来杀他的刺客。

最终才演变成汁琮杀他不成反被杀的局面，而耿曙冲进房门的瞬间，恰好看见了匕首。

当时他没有多心，现在回过神来，才想清楚其中关键。

姜恒反而半点也不觉得奇怪了，毕竟从最开始他与汁琮就是你死我活的关系。

"为什么呢？"姜恒觉得不合常理。

"我不知道。"耿曙说，"更奇怪的是，他在见我第一面时，却没有杀我。"

"只有一个解释。"姜恒想了想，最后说道，"算了，不说了。"

耿曙扬眉，用询问的眼神看着他。

姜恒说："有机会，再亲口问他罢，这件事，其实我也不确定。"

耿曙沉默不语，姜恒则隐隐约约想到了那个理由，如果没有他，耿曙的忠诚将毫无保留地献给汁家，献给汁琮与太子泷，耿曙会像他们的父亲一般，为雍王室付出一生。

但姜恒回来了，事情就变得不一样了，为了保证他亲手培养的义子始终对太子效忠，姜恒必须死。

可他还是太急了，为什么这么急？姜恒总觉得这里面还有什么原因。

"你还要见他？"耿曙问。

"有你在，"姜恒说，"我怕什么？"

同时，姜恒又想起了另一个人——界圭！

界圭那夜的行动毫无征兆且不合常理，但现在想来，姜恒终于恍然大悟，为什么界圭要带他走，当时并无任何威胁。而界圭一定是清楚的，想杀他的人是汁琮！

耿曙对此无法回答，与整个雍国对抗，已经远远超出了他的能力，刺客的武艺再强，也敌不过万军围攻，人总有力竭之时，否则昭夫人当年也不会死。

纵然如此，耿曙仍然认真地点头——那是他的承诺。

"嗯，"耿曙说，"我可以，也愿意。"

姜恒说："界圭一定知道内情。"

"你要回去问他吗？"耿曙有点不安地说，眼神中带着愧疚。

姜恒却没有多想，犹豫片刻，说："我在想，咱们以后怎么办。"

耿曙说："我正想去解决这件事。"

说着，他们又慢慢地穿过回廊，走向御花园。耿曙示意姜恒不必扶他。

"怎么解决？"姜恒已习惯了，很长一段时间，他与耿曙只要谈及未来，拿主意的就是他自己，他负责决定他们所有的未来，而耿曙从来也是听他的。

然而从离开落雁城那天起，他便渐渐地发现，耿曙似乎变了，他开始担当这个下决定的角色，强势地决定他们的命运。

他们仿佛已不再像从前，什么事耿曙都在等他提出解决办法。

"恒儿，"耿曙说，"听我的。"

"我听你的。"姜恒笑了起来，看着耿曙的身形，那一刻他觉得耿曙一如既往地可靠，永远都是可以依靠的，耿曙是他的兄长，也是他的全部。

耿曙慢慢地走过花园，身体挺直，声音很平稳，就像从未受过伤，姜恒敏锐地感觉到，耿曙不想让任何人知道自己的伤势。

太子安正在书殿内与两名幕僚议事，看见耿曙带头走进，忽然抬头。

"听说两位逮到了刺客，"太子安正要起身，说，"不知情况如何，项将军正在追捕余党……"

"太子。"耿曙说。

耿曙背着手，犹如在雍国一般，恢复了他武将出身的王子风度，太子安马上就明白过来，他不想再隐瞒身份了。

"燊殿下决定了？"太子安说。

耿曙没有看姜恒，说道："决定了，去准备你的军队，三月初三后，我为你带兵出征。"

耿曙放出海东青，通知嵩县，全军进入战时状态，太子安则亲自在朝中说服官员与他的父亲，准备在联会之前一举拿下梁国南方的大片土地。

"哦？"郕王熊耒练完了姜恒所授第一阶段的"神功"，近日里简直精神百倍，说，"汁燊愿意帮咱们打仗？这倒是很稀罕，他有什么条件？"

太子安对父亲说："因为姜大人是他的弟弟，在江州得咱们照拂。郕雍又有兄弟之盟，乃是人之常情。"

姜恒与耿曙正坐在一旁听着，"汁燊"就在当场，太子安也不说破，又道："咱们需要准备八万兵马与他会合，由驻扎在嵩县的雍军为本国打前锋。"

姜恒道："届时我也将前往嵩县，呃……我与聂海，我会充当我哥的参军，陪他出征照水。"

"这怎么行？"郕王顿时色变，说，"万万使不得！本来就有刺客来刺杀你，你若有个三长两短，本王又要去找谁？"

姜恒一时竟无从分辨，熊耒是真的惦记着"神功"的后续，还是想把他扣下来当人质。

"光靠我哥不行。"姜恒说。

"嗯，"耿曙在一旁淡定地说道，一手有意无意地按在烈光剑上，"光靠他哥不行，还必须有我们俩。"

姜恒示意耿曙别闹，他怀疑熊耒早就看出耿曙的身份了。

熊耒："这……"

"父王，"太子安说，"姜大人很喜欢咱们郕国。"

"我们一定会平安回来的。"姜恒如是说。个中利害关系，他相信熊耒

188

心里最清楚：耿曙为什么要替郢国打仗？因狡兔三窟，汁琮既然要杀他，他们就无法回雍国了，必须找到新的容身之所。

大争之世，各国王族公卿流浪避难乃是常态，姜恒相信汁琮此举，太子泷未必赞成，甚至王族与朝廷多半对此毫不知情。等到汁琮死了，他俩大可以再回去。

而想留在郢国，就必须为他们做事，只要不侵犯到雍国的利益，打仗完全是可以的。

这也是耿曙第一次见面时，没有拒绝熊安提议的原因。从那个时候起，他就在考虑，为他俩寻找一个新的容身之处。

"好罢。"熊耒一想就明白，面前的两人多半在雍国待不下去了，可是为什么呢？他从未得到这方面的消息，唯一的可能，就是那批刺客的来历。

熊耒身为国君，自然不可能是笨人，眼神里先是带着少许疑惑，继而心下了然，点了点头说："那么，姜恒啊，你一定要平安回来。"

姜恒点头笑了笑。

熊耒起身，说："陪我聊聊罢，姜恒，本王这几日里忽然想通了许多事。"

姜恒与耿曙对视，耿曙点了点头，示意他去就是。

武 陵 侯

这天春光明媚，比起那日的阴雨绵绵，姜恒已从被背叛的情绪里走出来了。他始终相信，自己无论在什么地方，只要有耿曙在身边，总能活下去，不仅可以活下去，还能过得很好。

只是先前的判断失误，给他惹了不少麻烦。昔时离开海阁，他抱着一统天下的决心，明白其中尚有许多难处。如今看来，局势却比他想象得更难。

太难了。他花费了这么多心血改变了雍国，令它有了争霸天下的资本，等来的却是汁琮的猜忌与暗杀。

现在到底要怎么办？姜恒十分迷茫，舍弃雍，另选郢吗？可先前扶持的雍国，如今不就变成对手了？这只会让天下陷入更为激烈的纷争，毕竟一个强大的雍面对一个强大的郢，打起仗来伤亡规模已无法计算。

这段日子里，姜恒简直无所适从，他不知道这些话该对谁说，他不想再给耿曙添烦心事了。

正是这点迷茫，被熊耒准确地看在了眼中。

"姜恒啊，"熊耒说，"你觉得，人死了以后，会去什么地方呢？"

姜恒一边思考，一边随口说道："王陛下，如果好好练功，就不会死，这点您大可放心。"

"可是飘风不终朝，骤雨不终日，天地都不能长久。"熊耒一展王袍两袖，一副世外高人模样，笑道，"老天爷都不敢说自己永生不死，我虽贵为国君，却终究是一介凡人，怎么敢夸下海口咧？"

姜恒笑了起来，心想：你也没那么好骗嘛！

"但是至少目前，"姜恒说，"王陛下确实不必烦恼。"

"姜恒啊，"熊耒又说，"你愿不愿意留在郢国？我一见面，就特别喜欢你，当年你娘也来过，我还记得她，越人一向是我们的兄弟。可惜了，我失去了我最疼爱的儿子，现在想来，当年的事早该看开一点。"

姜恒想起当年之事，母亲姜昭对复国寄予希望，第一个想办法游说的国君就是郢王。最后姜昭因被拒绝而离去，公子州为了她，放弃王子身份，不久后也离开了江州。

"我很喜欢郢国，"姜恒说，"我想，我哥一定也会喜欢这里的。"

熊耒想了想，问道："你兄长也是越人，对不对？"

他想说什么？姜恒回过神，开始认真思考，起初他只是将对话视作闲聊，但现在看来，熊耒似乎有很重要的事要暗示。

"是。"姜恒点头，这根本就是废话。

"当年你娘不远万里前来向本王求助，"熊耒说，"本王是很想帮她的，但时机还不到。你虽然年纪轻轻，却比谁都清楚大局。"

熊耒又意味深长地说："你长得聪明伶俐，就像我的孩儿，越人与郢人自古以来就有血缘关系。你可千万别死了啊，你们姜家，往四百年前追溯，还是我们的姻亲，我也算你的舅舅了。活下来罢！你还有许多事可以做。"

"谢王陛下关怀，"姜恒笑道，"我会努力活下去的。"

"敌人不一定来自对面，"熊耒最后说道，"有时来自身边，你感觉不到的地方。去罢，我也得去练功了。"

姜恒心想：这应当是在提醒我，刺客确实来自雍国了。便点头告退。

"他说什么？"耿曙问。

这一次离开江州，姜恒忽然有点舍不得这地方了，虽然在这里落了水又在这里被刺杀，但江州还是留给他不少美好的记忆。

姜恒眺望不远处，项余正在率军护送他们，熊耒竟让御林军统领、上将军项余亲自护送他们回嵩县，足见他对姜恒的爱惜与重视。

"他暗示我，他愿意支持越国复国。"姜恒朝耿曙说，"当年我娘求助于郑国，他说没有促成这件事，还因此失去了儿子，他很不甘心。"

"姑且听着罢。"耿曙现在已经对国君们不抱任何信任的态度了，这些国君今天承诺的话，明天就能翻脸不认账，大争之世，礼崩乐坏，信任消亡。

汁琮给予他的伤害，比给姜恒的更甚，他为雍国付出了这么多，不辞辛劳地率军打仗，活得就像牲畜一般。他唯一重视的人只有姜恒，汁琮当然知道这一点，他很清楚姜恒是他的性命，但汁琮还是不顾一切地要来动姜恒的性命。这点让耿曙怒火中烧，只是他没有当着姜恒的面表现出来。

只要有机会，他一定会向汁琮复仇，但他很清楚如果自己因此而死，姜恒就什么都没有了，他怎么忍心？

"我送到这里，"项余过来，看了眼耿曙与姜恒，"就此暂别了。"

姜恒笑道："你应当不出兵打仗。"

"我要保护王的安全，"项余说，"照水一仗，不一定能见上面。你们还会回来的罢？"

"会的。"姜恒说。

项余却道："我倒是希望你们别回来了。"

姜恒笑了起来，说："为什么？将军嫌我们烦了？说实话，确实给您添了不少麻烦。"

耿曙眯起眼，打量着项余。项余摆弄两下手里的剑鞘，随口道："刺客前仆后继，杀又杀不完，还不知道他们躲在什么地方，确实心烦。"

"到哪里都会有的，"姜恒说，"兵来将挡，水来土掩就是了。"

项余看着姜恒，无视一旁的耿曙，目光中若有深意地说道："前路凶险，万请珍重，姜大人。"

姜恒笑道："青山不改，绿水长流，后会有期。"

耿曙与太子安做了一个约定，他将调动军队替郢国充当前锋，在联会召开之前，攻下梁地的照水城，这处正是姜恒离山后到访的第一座大城市。

而作为交换，太子安则答应，保留耿曙对嵩县的自治权，不对其做任何干涉，只要定时向郢王纳一定的岁贡就行，岁贡可以用玉矿或原石支付。

这样一来，耿曙便保全了自己的封地，他可以将嵩县这块飞地当作五国势力夹缝中的一个国中之国，与姜恒暂时居住。

当然，按质子之约，姜恒于战后还须回郢地待一段时间，这主要是郢王的要求，其后就随便他了。

这次军事行动，雍国完全不知情，这也意味着耿曙将对汁琮发出明目张胆的挑衅，动用郢国军队，帮郢国打仗，且完全不知会雍国，必将引起雍国朝野的猜测与动荡。

但耿曙不在乎，他现在除了姜恒，已不再相信任何人，他必须利用自己手里所有的力量，来确保两人的安全。

至于雍国下一步会说什么、做什么，届时再说，必要的时候，耿曙甚至可以背叛雍，转投任何一国。

本来汁琮无论做什么，耿曙都不会背叛他，但他眼下的举动，已经彻底触碰了耿曙的底线。

"如果复国，"姜恒调侃道，"你就是国君了。"

"你才是国君。"耿曙说，"你想当国君吗？我看还是请界圭回来当国君罢，你可不能太忙。"

姜恒笑了起来，他知道复国不过是说说而已，越人早已像历史的尘埃，散没在了故纸之中，他们不再有自己的土地，而是成了五国的百姓。过去的事就是过去了，再苟延残喘，置曾经的族人于杀戮之中，只因放不下一个"国"的概念，于心何忍？

"不想当，"姜恒说，"半点也不想当。"

耿曙"嗯"了声，两人回到嵩县，嵩县四季更替，这已经是姜恒第四次回来了，春夏秋冬在这里当真各有美景。

宋邹一如既往地亲自来迎，时间在这里仿佛没有造成任何变化。

宋邹看着两人，感慨万千地说："武陵侯，姜大人，两位回来了。"

宋邹对耿曙改了称呼，姜恒怀疑他一定打听到什么了。

"准备粮草，"耿曙朝宋邹说，"传唤各级将领，三月初三发兵往照水城外，与郓军会合。"

宋邹点头。姜恒回到自己家里，终于松了口气，不必再像在江州一般顾忌形象，在这里他可以横躺，可以侧躺，可以穿着单衣长裤四处走动，吃饭也不用正襟危坐，先谢国君赏饭了。

姜恒每次回家第一件事就是洗澡，耿曙这次没有回避，二人一同到府后温泉去泡澡。

"你的话越来越少，"姜恒看着耿曙说道，"心事也越来越多。"

耿曙回过神，说："我在想发兵的细节，没有心事。"

姜恒笑道："我总觉得你越来越像一个人，你知道是谁吗？"

耿曙扬眉现出询问的神色说道："爹吗？"

"不，"姜恒说，"我又没见过他，是赵竭将军。"

耿曙："我又不是哑巴。"

姜恒笑道："你的神态有时让我觉得有点像他，别老皱着眉头。"说着，姜恒伸出手，舒展着耿曙英挺漂亮的眉毛。

耿曙笑了起来。

两人坐在池内，看着春日里晴朗的天空。

"赵将军见王的时候，"耿曙忽然自言自语，"一定也有许多话想对王说，只是对着外人不想说而已。"

"他其实会说话？"姜恒惊讶地问道，他确实未见过赵竭开口。

"不会。"耿曙说，"但我知道，他心里一定有许多话。"

耿曙确实渐渐地理解了赵竭，理解他为何总是一副凝重的神情。当年在人生中最重要的阶段，他见得次数最多的武人就是赵竭，而他们如今的处境，竟如此相似。赵竭将姬珣视为性命般珍惜，就像他对姜恒一样。

天子与上将军在这大争之世是孤独的，他们只有彼此，一如当下的姜恒与他，也是孤独的。

"恒儿。"耿曙说。

"嗯？"姜恒在出神。

"我说……别闹。"耿曙抓住姜恒的手说。姜恒每次看到他严肃的模样，总忍不住想摆弄他。

耿曙朝前走了几步，停下，竭力理顺自己的气息，再走几步，再停。

直到武将们都到齐，耿曙还有点走神。

"早该打仗了，殿下。"其中一名武将说。

厅内的将士们都是追随他多年的勇将，俱是年轻人。在雍国的大策之下，这些人没有成婚，没有家，他们从小就与父母分开，在军营中长大，自然也不知道亲生父母是谁。

他们是耿曙亲自挑选的，王室给耿曙的钱财，他都分给了麾下，这些将士从落雁跟着他，到玉璧关再进入洛阳，最后抵达嵩县，在这里暂时安家，住了两年。

这些将士追随着他，他去哪里，他们就去哪里，就像牛羊追随草，飞鸟追随云，游鱼追随水，他追随姜恒。

"打仗不是好事，"耿曙恢复了王子的气势，说，"能不打仗就不打仗。"

"当兵的不打仗，能做什么？"另一名属下说。

"雍军什么时候入关？"又有人问，"弟兄们可当真等得太着急了。"

"我不知道。"耿曙没有隐瞒任何实情，说，"这次的作战，不是落雁的主张，更与雍国没有半点关系。"

众人都静了，面现诧异之色。

耿曙说："这场仗是我要打的，也许以后，我不会继续待在雍国了。"

厅内登时鸦雀无声，所有人都很清楚这意味着什么，耿曙在暗示他要背叛雍国?! 他竟毫无隐瞒地告诉了他们!

晋 廷 臣

"不想打照水城的话，我也理解。"耿曙说，"去留不强求，想回国的，可以自行离去，明天我让宋邹准备点钱，随便找一个人带队，想跟随雍王室的人，就回玉璧关罢。我写一封信，再把想回去的人编入武英公主的队伍，为他们效力，也一样。"

没有人说话。

姜恒洗完澡，头发还半湿着，穿着一双皮屐走了过来，他看了眼众人，见厅内一排五人，坐了四排，当兵的军纪分明，坐得十分端正，耿曙开会时正襟危坐，他们也正襟危坐。

姜恒坐上榻去，表情有点奇怪。

"你们在说什么?"姜恒道。

"没什么。"耿曙答道，"你要帮我计划进攻路线图吗? 画罢。"

"我先看看，"姜恒展开照水的地图，说，"你继续说，别管我。"

耿曙又朝众将领吩咐道："给你们一晚上时间考虑。"

"我跟着王子殿下，"马上有人开口了，"我不会走的。"

耿曙神色如常，仿佛这是一个无关痛痒的回答，点了点头。

又有人道："我也跟着殿下，回去没意思。"

姜恒抬眼一瞥众人，眼里带着笑意，他已猜到耿曙所议之事。不一会儿，众人纷纷表态，二十名武将，没有一个愿意走。

"很好。"耿曙说，"那么就回去，问清楚你们的属下，消息到百长为止，暂时不可走漏风声。对进攻照水城，你们有什么想法?"

"没有想法，"其中一个武将说，"还是与从前一般，听殿下的。"

"这样不好。"姜恒说。

耿曙正要说"那就散了"时，闻言停了下来，想了想，点头道："对，这样其实不好。"

姜恒抬眼，眼里带着笑意看耿曙，抬手摸了下他的耳朵，耿曙赶紧捂住，低声道："在部下面前，别胡闹。"

众将领都笑了起来，他们先前虽与姜恒接触不多，却知道他与耿曙感情笃深，也没人在意。

耿曙自然明白姜恒所指，他从汁琮处学到了带兵打仗的本领，自然也学到了汁琮的做派。一场仗怎么打，汁琮素来不征询部下们的意见，制订计划以后执行即可，我行我素，这样会导致士兵将领们全变成棋子，一旦汁琮自己出了闪失，极容易造成全军崩溃。

"不好的话，该怎么办？"耿曙朝姜恒问。

姜恒拍了下地图，转头道："晚上各自回去想想，可以商量，明早提出作战计划来，可以三五个一起，也可单独说，集思广益，总有好处。"

"听见了没有？"耿曙又朝众人道。

众人纷纷点头，耿曙最后说道："散了！"

将领们起身，行礼，动作整齐划一地走出厅外去。

"打仗的事，你不必担心。"

"我担心你的伤。"姜恒抬眼看他。

耿曙转过头去，说："我已经好多了。"

"战场上千万别有刺客。"姜恒说。

耿曙说："我会写一封信，让界圭过来保护你。"

姜恒想了想，说："你爹知道这件事，一定会……"

"让汁琮去暴跳如雷，"耿曙说，"我不在乎，你没看到将领们的态度吗？他们都愿意跟着我。"

姜恒说："但这么一来，界圭势必也会被牵连。"

姜恒不想因为他俩的处境而牵连更多的人了，更何况，界圭哪怕知道内情也一直在保护自己，他是太后的人，一定有许多话不能说。

"那就看他的选择了，"耿曙说，"如果他不来，就让项余过来，出征的时候，让他保护你……话先说好，我会把你带在身边，只是偶尔会有照看不到的地方，你也要非常警惕。"

姜恒有点难过地看着耿曙，忽然很心疼，耿曙要做的事实在太多了，既要率军打仗，还要惦记着后方他的安全。

"不是把你扔在嵩县，"耿曙有点慌乱，怕姜恒会错意，忙解释道，"没有这个意思。"

姜恒伤感地笑道："不，我……反而觉得，我该待在家里，别给你添麻烦。"

"怎么会呢？"耿曙不解地说道，"我需要你。"

姜恒第一次与耿曙并肩作战是在落雁城外，他证明了他的能力，当然，耿曙在那次展现的力量也是前所未有的。

"真的吗？"姜恒怀疑地看着耿曙。

耿曙认真地点头。但姜恒看得出，耿曙其实希望自己能待在一个最安全的地方，这样他才能放下所有顾虑，为了他们的未来去认真打仗。

"为什么是项余？"姜恒坐起身，打起精神，开始为耿曙制订作战计划，"因为他的武功，其实比看上去厉害吗？"

耿曙正思考着，闻言道："你也发现了？"

姜恒几乎没有见项余动过手，按理说他是上将军，武艺应当与曾宇差不多，但绝不可能到耿曙的境界，毕竟他既要管御林军，又要练武，本身时间上就不足，而耿曙从小就是武学的天才，这不能比。

但那天项余几乎不费吹灰之力就制服了"小二"，拷问的手段更是狠辣，怎么有用怎么来，如此残忍，与姜恒对他的最初印象大相径庭。这让姜恒觉得，项余一定没有表面上看起来那么简单。

"我只是觉得，"耿曙虽然不太情愿，却仍然说了实话，"他不会伤害你。"

姜恒："怎么看出来的？"

耿曙不想再说下去了，因他发现项余总喜欢盯着姜恒看，又对那长得像姜恒的少年青睐有加，虽然姜恒对项余始终以礼相待，终究让耿曙不太乐意。

想到这点，耿曙又有点自责，因为姜恒待他向来爱屋及乌，谁对耿曙好，姜恒就待谁好。

反而是自己，谁对姜恒好一点，耿曙就想拔剑捅他。

这实在是太小肚鸡肠了，耿曙也知道这样不对，却实在忍不住。

姜恒也不期望得到什么答案，看看地图，又笑着看看耿曙。

"我常常说天下就是我的家。"姜恒又轻轻地叹了一声，"可是为什么我总觉得，老天爷就像在故意捉弄咱们，连个安身立命的地方都不给咱们。"

"会有的，"耿曙说，"现在与从前，再也不一样了，相信哥哥，恒儿。"

三天后，将领们的计划汇总好了，姜恒叫来宋邹，听取了详细的报告。

嵩县出兵两万八千人，在耿曙的率领下东进，沿沙江奇袭照水城。

太子安的水军则逆流北上，围困梁国的南方重城。姜恒起初觉得耿曙的行动纯粹是一拍脑袋想出个主意就实施的，太冲动了，但近几日越想就越清楚——这场战争，他们几乎稳操胜券！耿曙从未向他请教过各国局势，那正因为他早已对各国都和关隘的驻军兵力了如指掌。战争就像外交一般，牵一发而动全身，论战略他丝毫不输姜恒。

郢国与嵩县军队进攻梁国南方的照水城，城中驻军两万，梁人救不救？救，从哪里发兵？自然是调动国都的兵马，南下解围，但军队被抽调，国都安阳势必守备空虚，驻留于玉璧关的汁琮早已准备好，随时可挥军直取安阳。

"但你得当心郑国，"姜恒说，"太子灵不会坐视不管。"

"他无法发兵崤山，"耿曙说，"我有把握。"

耿曙不仅考虑了郢、梁、雍三国的制衡，还考虑到崤山以东的郑国，届时郑国不会坐视，太子灵只想带兵来为梁国解围。

但郑国兵力一抽，郢国便可留下耿曙围困并牵制郑军，太子安的主力部队则可马上转头直扑浔阳三城。

"原本雍国不敢轻举妄动出关攻打中原，因潼关这道屏障抵挡了代人，一旦家里没人，代国便将带领骑兵，越过崇山峻岭，乘虚而入。现在，落雁团结了塞外三族，不再有陷落的危险。"耿曙解释道，"而郢国不敢贸然北上，因为代国总在一侧虎视眈眈。"

"郑国伐雍无功而返，"姜恒点头道，"只因浔阳三城与郖接壤，郑国对此仍有忌惮。"

"是。"耿曙的头脑一向很清楚，说，"这一战，变数只有一个。"

姜恒自然知道耿曙所指——巴郡的代军。郖国抽调主力部队征伐梁国，万一代人南下怎么办？

宋邹说："结合不久前打听到的消息，还挺好理解的。"

耿曙与姜恒一齐看着宋邹，宋邹沉吟片刻说："起初我无法判断信息的真伪……"

"没关系，"姜恒道，"你说就是了。"

"姜大人虽然亲自往郖国为质，"宋邹最后说，"雍、郖的南北之盟，却并非坚不可摧，根据我们的商人回报，郖王仍与代国有着秘密协议。"

耿曙反而如释重负地点头说："这样就说得通了，只有解决后顾之忧，郖人才敢发起大战。"

郖国并未放弃与代国的结盟，甚至郖雍、郖代这两条战线，姜恒仍无法准确判断谁才是熊耒的朋友，而谁又是敌人。这么看来，熊耒与李霄一方的盟约仍未因他的质子条款而作废，甚至熊安未来的太子妃，极可能是姬霜。

当然现在一切都说不准。姜恒想起了项余那天的话——郖国的王族里，没一个好人。

未来可预见的是，熊耒、熊安多半会在合适的机会，单方面撕毁与雍、代其中一方的协议。姜恒必须很小心，不变成被撕毁的那个。

"还有什么说的？"耿曙渐渐地也学会看人眼色了，尤其是看谋臣的脸色。姜恒虽是他的首席谋士，但耿曙更愿意听听宋邹的观点。

此刻宋邹面露犹豫之色，明显还有话要说。

"说罢，"姜恒收起地图，朝宋邹道，"这么多年来，始终感谢宋大人对我们两兄弟的照拂，昔年一面之缘……"

宋邹马上道："姜大人说笑话了，大家都是晋廷臣子，何来'照拂'一说？大家都是为了天子驾崩前的嘱托。"

姜恒知道宋邹在暗示他，他们无论做什么，怎么做，目的都只有一个，初心不可违背，即效忠于早已灭亡的晋室，只要秉承这一初心，便能得到宋邹的绝对忠诚。

"属下只是觉得，"宋邹想了想，最后慎重地说道，"已经有人计划刺杀您了，姜大人再随军参战，实在不合适。不仅会令武陵侯分心，更容易……"

这个问题耿曙早已与姜恒讨论过，他起身答道："不必担心，我会看好他。"

宋邹轻轻地说："恕我说句不该说的话，战场瞬息万变，谁又有绝对的把握？若当真如此，落雁城外，也不会……"

宋邹的态度已经非常坚持了，按以往的习惯，他从来不会把同样的话说第二次。

姜恒点头道："对，你说得对。"

"恒儿？"

"我们暂时分开一段时间，哥。"姜恒认真地说道，"我会到江州去，为你确保战时后勤。"

耿曙沉默不语，他们都知道，这是最好的办法，只是姜恒不愿分开，于是无论姜恒说什么，耿曙都会尽全力去做。

"你想好了吗？"耿曙问。

姜恒点头，说："这场战争不会持续太久，最多三个月就会结束。"

宋邹松了口气，点了点头。事实上姜恒哪怕留在嵩县，宋邹也全无把握护他周全。但在郢王室之中，就不会有问题了。耿曙带兵在外，心里也能更踏实。

最后，姜恒抬眼看宋邹，说："宋大人，你觉得……能成功吗？"

宋邹说："琴鸣天下后的这些年，五国形成了脆弱的势力平衡。昔年天子尚在，多年来平衡几次将崩，都被险而又险地维持住了。"

"就在一年前，"宋邹说，"以李宏身亡为开端，平衡被一点一点地打破。如今想来，雍军驻守本县，将是开启天下百年之新局的开端。"

宋邹没有正面回答，耿曙要理解他的话有点费劲，姜恒却听懂了，宋邹无法判断接下来会如何，但破局之举已启，接下来，各国艰难维持的平衡开始失控，每一国都将撕破脸，倾尽全力投入战争。大争之世走到了尽头，最后的决战已开始。

这场决战也许会持续五年、十年，但无论谁成为最后的赢家，神州的分治都一定会结束。

"现在想来，"姜恒说，"太子泷当年让哥夺取嵩县，于中原钉下了这一枚至关重要的破局之子，是非常明智的。"

耿曙随口说："运气罢了。"

培花术

数日后，三月初三，上巳之日，翌日便要按约定从嵩县发兵。

这天姜恒与耿曙都没有出去过节，耿曙独自待在一间近乎空无一物的房里，面朝搁置烈光剑的剑架跪坐，开始十二个时辰的冥想。

这是他在落雁城时养成的习惯，也是汁绫教给他的，行军打仗前，心一定要静，将元神守在杀戮之外，保持清醒。

姜恒知道这场战争对他们来说至关重要，所以没有打扰他，这场战争决定了他们未来的归宿。宋邹代替姜恒成为耿曙的监军，随他出征。姜恒则会到江州去，为耿曙稳定后方，随时与太子安交涉，协助调配郢国的兵力。

姜恒走过城主府，这当真是嵩县有史以来守备至为森严的一次，三步一哨，五步一岗，宋邹更是清空了府外周遭一里地的百姓，禁止任何人靠近城主府，就差让卫兵手拉手把姜恒围起来了。

"我觉得我还是早点走的好，"姜恒哭笑不得地说道，"太给你们添麻烦了。"

"万金之躯，坐不垂堂，合情合理。"宋邹说道。

宋邹在花园里观赏他种的芍药，这是他的冥想方式，一名县官，种的芍药却冠绝天下，也是不务正业。

"有时下官觉得，"宋邹又抬头朝姜恒说，"嵩县确实也该培养几名刺客，否则碰上这等事当真束手无策。"

姜恒想了想，说："可是训练刺客，可不是什么轻松的事，剥夺一个人的命运，只留下其嗜血的欲望，以及所谓'忠诚'，太残忍了。"

"是啊！"宋邹在这点上，一直与姜恒是相似的，他们尊重每一个人，尊重他们的生命，尊重他们的选择，尊重他们的意志。

正因相似，所以理解。

宋邹换了个话题，朝姜恒说："这次我为武陵侯募集了八千兵士，已经是嵩县能出的所有了，毕竟雍军虽敬仰他，但归根到底是为汁家效力。"

"谢谢，"姜恒说，"当真是解了我的燃眉之急。"

耿曙带领两万兵马征战可以，可万一对上汁琮亲自率领的雍军，他们敢与昔日的同袍打仗吗？

宋邹叹了口气："若当年早一点这么做，也许洛阳就不会覆灭。"

"该来的总会来。"姜恒在一旁坐下，安慰宋邹说，"何况当初嵩县虽富有，真要集合起八千人的军队，也实在不够。"

七年前，嵩县要养王都，钱都源源不绝地调往朝廷，哪有余力集结军队？正因为这七年里县库重金未动，才能养兵发军饷。

宋邹问："姜大人的最终人选，定了？"

"没有。"姜恒疲惫地说道，"我本以为已选定了，现在看来，还是不行。"

姜恒明白宋邹所问何意，从离开洛阳之后，他们的目的就只有一个，姜恒拿着金玺，宋邹从旁协助，根据姬珣的遗命，寻找新的、足可统领神州的人选，让他成为结束这大争之世的天子。

姜恒最初选择了赵灵，其后则因耿曙，放弃郑国，改选雍国。但汁琮之举令他意识到，他不能选汁琮，至关重要的一点不是汁琮要杀他，而是汁琮为了个人目的，会杀任何他想杀的人。

这是绝不能纵容的，否则一旦他握有绝对的权力后，政策便无从推行。

这也是姜恒与宋邹第一次直接而正式地讨论这个问题，从彼此的责任与目标上来看，他们不是上下级，更像是战友。天底下，宋邹是最理解姜恒不容易的人，甚至比耿曙还要更理解他的志向。

"未来一团迷雾。"姜恒有点茫然地说。

宋邹躬身，铲出他的芍药，移植到另一个花圃中，回头道："实在不行，姜大人考虑一下，自己上？"

姜恒哈哈大笑着说道："宋大人，你这是要害死我了。"

他当然知道，宋邹不过是开个玩笑。但姬珣将金玺交给他的时候确实说过，如果谁都不行，那就自立为天子，也无妨。

"虽说对国君有诸多要求，"姜恒叹了口气，拿过水碗，为宋邹弹了点水到移植的芍药叶子上，"可仔细想想，换我自己去当，也不一定就比他们更好。太难了。"

宋邹没有接这话，反而看着花，若有所思地说道："姜大人，这些芍药都是从西川托人买来的，您觉得好看吗？"

"很好看，"姜恒说，"想不到宋大人竟有这本事。"

"但初来之时，"宋邹端详着花说道，"实在很一般，色俗，朵瘦。就像您看见的，这等混合后令人赏心悦目、天下难寻的花色，都是一代又一代，经好些年头，嫁接、培花、选种，最后才呈现出来的。"

姜恒点了点头，他明白宋邹借养花的话头，在与他讨论人选的问题。

"一代理应胜似一代，"姜恒说，"本该如此。起初我将人选定在国君身上，后来发现实在不行，才改成了各国太子。但是人与花终究不一样，宋大人，芍药可以自由自在地生长，人不行，人终究会被影响。"

"通常种出我想要的花后，"宋邹说，"先前培种的植株就会连根拔掉了，毕竟心力总是有限的，土壤有限，阳光也有限，养分更是有限。"

姜恒没有说话，他明白宋邹在提醒他，他的手腕还是太软了，需要打开局面。

"我再想想罢。"姜恒答道。

姜恒比较过各国的储君，除了梁国，他全见过了。事实上汁泷是他最属意的，他未来将是个合适的国君，至于能不能成为天子，还须再教导。

雍国的问题就在于，眼下看来，汁琮不容姜恒改变自己的儿子，汁泷继承的是汀琮的信念，而不是姜恒的信念。

宋邹的思路则既简单又直接：你把汀琮做掉又怎么了呢？有什么问题吗？爽爽快快地搞死汀琮，你大可扶持汀泷上位，问题迎刃而解。

姜恒现在最重要的目标，就是先活下去。姜恒有时想想，当真哭笑不得，他终于也面临性命之危了，小命先留下，才能与汀琮对抗。

翌日，大军开拔，项余前来接姜恒的队伍也到了嵩县外。

嵩县全县编入军队的成年男子经过一年多的训练后，准备为耿曙与姜恒而战，一声令下，无人质疑，更没有人问为什么，百姓则都靠郢国保护。

"我出征了。"耿曙穿着王军的暗红色银质铠甲，手里拿着头盔，心事重重，仿佛在躲避着姜恒的目光。

姜恒说："好好打仗，后方的事不要担心。"

耿曙盯着姜恒看了一会儿，最后没有在大军面前表露自己的情绪，只是把他拉向自己，抱了他一下。

"等我回来。"耿曙在他耳畔低声嘱咐道，"在江州照顾好自己，风羽已经送信去了，界圭会来的。"

姜恒不知道耿曙为什么这么有把握，界圭一定会来。

"我弟弟交给你了。"耿曙放开姜恒，朝项余说。

项余点头说："放心罢。太子安听见他回去，很高兴。"

姜恒也对宋邹说："我哥交给你了。"

宋邹笑道："一定保护武陵侯的安全。"

耿曙率军出发，离开了琴川。姜恒目送两万八千人远去，及至彻底消失，方叹了口气。接下来，耿曙将带着他们翻过梁、郓、代三国的丘陵腹地，北上汉中平原，再沿着黄河岸东进，越过大片树林，急行军攻入梁国境，对照水城发起突袭。

这是姜恒与耿曙自重逢之后第二次正式分别，昔年姜恒离开落雁城踏访国境时，尚无离思。只有这次，就在他目送耿曙出征时，姜恒忽然觉得自己的这个兄长，他生命中最重要的人，他的背影竟有几分孤独之意。

仿佛在他从未发现过的、耿曙隐藏在内心深处的地方，有一分特别的孤独与寥落，他们一旦分开，这孤寂感就像野兽的气味般渐渐发散出来。

"走罢？"项余说，"我是真没想到，你会决定回江州。"

"又要麻烦你了。"姜恒打趣地说道。

"不麻烦，"项余答道，"这是我的责任，而且与你相处，让我很快活。"

姜恒怀疑地看项余，总觉得他的话自己没法接。两人骑着马，越过山峦腹地，走陆路前往江州城。

项余改了话头，说道："你那部下，宋邹大人是个厉害角色。"

"同僚，"姜恒说，"虽是上下级，却是目标一致的同袍，只是许多事都由我出面，大家便严重低估了他。"

确实如此，五国中人都严重低估了宋邹的作用，否则梁军在玉璧关下也不会被宋邹陷得险些全军覆没。

"什么目标？"项余淡然地问。

"一统天下的目标。"姜恒骑着马，看着江边的滔滔流水，项余策马走在他的左侧护着他，免得他骑艺不精，滑落下去。

"哦？"项余说，"你想统一天下？"

"当然不是我。"姜恒笑了笑，说，"这是我所出身的师门，世世代代的任务罢？"

项余想了想，说："海阁，你师父让你做的？"

"不，"姜恒说，"师父反而没有要求我这么做。"

项余提了下自己的手套，握紧缰绳，一时也有点出神。

"师父只想我留在他的身边，"姜恒轻轻地说，"他就像我哥一样，疼我，爱我。可是我不得不辜负他……我没有与他离开神州中土，远走海外。"

姜恒不知为何想起了罗宣，直到如今，就在他与太多人为敌之时，才真切地感觉到，未来的路太难走了，而罗宣则始终想保护他。什么结束大争之世？什么天下？对罗宣而言都是狗屁，他只希望姜恒能好好活着。

"因为你哥。"项余说，"我说得对不对？归根到底，你放不下汁淼殿下。"

姜恒笑了起来，说："那会儿我还不知道他活着呢，只是觉得，我总得替已死之人去完成一些事罢了。走罢？再这么走下去，一个月也到不了江州，驾！"

"慢点！"项余色变道，"这里不是你们塞外！山路难行！等等我！姜大人！"

姜恒仗着从耿曙处学了骑艺，在山路上开始纵马，项余则吓了一跳，赶紧追上去。

数日后他们抵达江州时，太子安有点惊讶，却也明白这是意料之中的事。而姜恒抵达东宫后，同时还得到了耿曙成功杀进梁地的战报。

"汉中平原初步接战的结果，"太子安拿着军报，朝姜恒说，"王军大捷，梁人毫无还手之力，辛苦了。"

熊耒说："你兄长行军作战，当真是一把好手！"

熊耒父子因为耿曙打了胜仗，对姜恒的态度更亲切了，熊安甚至多了几分奉承之意，毕竟耿曙名声在外，已成为五国中最璀璨的将星。

"他的路子很野，"姜恒谦虚地说道，"仗着武艺了得，总喜欢冲在前头，必须有人劝得动他，我本该随军才是。"

"汁琮的徒弟果然名不虚传。"熊耒说。

姜恒说："太子殿下，这就开始准备合围罢。"

"不着急，"太子安忙道，"你先休息好了再说。这些日子里，我让项余将军贴身保护你。"

姜恒解下斗篷，说："战场瞬息万变，须得尽快。"

项余说："先去换身衣服罢，洗个澡也舒服点。"

姜恒便依言回到他所住的寝殿中去沐浴。太子安则重新调拨了御林军，加派了人手护卫姜恒，务求滴水不漏，一定得确保他的安全。

项余就这样成了他的贴身侍卫，就连他洗澡时，也搬个矮榻在外坐候着。

姜恒实在无奈，本可以不必这么紧张。

"您其实只要派人跟着我就可以了。"姜恒说。

项余答道："姜大人的王子哥哥在替郚国打仗，保护您是本国该做的，您如果体谅我，平日就稍微注意下安全，不要磕了碰了。"

姜恒笑了起来。姜恒洗过澡在屏风后穿衣服，项余等他穿好里衣后，拿来越服，为他束好外袍，正儿八经地说道："您要是有个三长两短，汁淼殿下手里还带着兵呢，可惹不起。"

姜恒只觉好笑，郢国上下现在最怕的就是他出事，若有万一，搞不好耿曙还真就要率军回头，把江州给平了。

姜恒走进东宫时，太子安的所有谋士都对他恭敬无比，口称"姜大人"后纷纷起身行礼。

太子安则朝他招手，笑道："来了，先看看军报，待会儿再一起用晚饭。"

这也太客气了……姜恒心想，但直到他真正接触到军报之时，才终于明白了。

因为耿曙在汉中平原只出一千兵马，便攻破了梁国的一万守军！杀敌三千余，俘敌七千人！

这是什么水平?! 姜恒看见的时候也震惊了，耿曙只带了一千人查探，黄夜遭遇敌军，非但没有退走，反而悍然发动突袭，将梁军赶到嵩河畔，打了第一场毫无悬念的胜仗！

踏 夜 蹄

军报是宋邹亲笔所写，描述了当夜耿曙只带一千人，如何破开敌阵，将敌人杀得大溃。这等战绩，近百年历史上只有两个人能做到，一是昔年梁国的军神重闻，后死于他们的父亲耿渊之手；二是代国的前任国君李宏，后败于耿曙之手。

"哦，"姜恒淡淡地说道，"比以前更能打了。"

太子安说："我们的水军已逆流而上，进入遥河水域了。十天之后，就能与他会合。"

"我不希望杀太多的人，"姜恒说，"打起仗来，死的都是无辜百姓。"

"那是自然，"太子安说，"夺一座空城，对我们而言也没有用。"

姜恒数年前路过照水，对洪水泛滥时的景象记忆犹新，战乱一起，于心何忍？但事实上郪国不打，雍国也会打，若让汴琮侵占，放任士兵屠城劫掠，不如由耿曙先动手，将其拿下，尚可保住城中百姓性命。

说不定到得最后五国互相征伐，天下大混战之时，照水反而是最安全的地方。

姜恒在嵩县时制订了详细的计划，嘱咐耿曙绝不可放水淹城，耿曙再三向他保证，取城之后，不会危害百姓性命。

到得江州王宫后，他又朝太子安详细地解释了一番，并让他约束水军，夺城后不可乱来。太子安要的只是打胜仗，嵩县王军替他担任前锋，高兴都来不及，便连连点头答应。

姜恒的效率极快，只用了一个时辰，便将补给全部调配完毕给太子安过目。太子安仍沉浸在喜悦之中，要设宴款待姜恒，姜恒却开始收拾军报说："饭就不吃了，我得回去再琢磨琢磨。"

太子安再三挽留，项余却说："殿下，姜大人担心前线，让他好好考虑清楚，待打下目标后，再庆功不迟。"

太子安一想也是，便不强求。当夜姜恒抱着军报回到房中，他要从宋邹汇报的蛛丝马迹里找出一切可能的危险与变数，以免出意外。

项余说："我睡在房里，姜大人是否介意？我不打呼噜。"

姜恒笑道："再给上将军增设一榻罢。"

项余也不推辞，便让宫侍在屏风外多放了一张矮睡榻，自己铺床坐下。

夜已深，姜恒始终没有睡，细细阅读十几封信上的每一句话，包括地形描述与军力布置。

项余说："国内都认为，这一仗志在必得。"

"嗯，"姜恒沉吟道，"项将军怎么看呢？"

项余坐在榻上，擦拭着自己的佩剑，轻描淡写地说道："说来惭愧，我不会打仗。"

"您太自谦了。"姜恒笑道。

"这是实话，"项余说，"我带领的是御林军，任务乃是保护王室。行军作战的机会很少，当年读过的一点兵书早就忘光了。"

姜恒没有说话，一瞥项余投在屏风上的影子，只听项余又问："姜大人呢？您怎么看？"

"照水问题不大。"姜恒说，"我最担心的，是雍国那边的动向。"

耿曙率领兵马亲自为郫国打仗，汁琮一定会有反应，至于反应是什么，就很难预测了。

"太子殿下已经给雍王送信了。"项余道。

姜恒说："嗯，他与汁琮，一直有协议罢？"

姜恒没有细想，便命中了至为准确的一环，郫雍之盟，其中最大的促成者，现在看来不是郫王，而是太子安，说不定郫王熊耒对此原本持反对意见，最后是项余说服了他。

这么想来，太子安才是真正有野心的那个人。

"您看得很透。"项余答道，"但其他的，恕我不能多言了，还请姜大人谅解。"

姜恒得到了他要的答案，果然如此，起初郫王与太子安意见不一，国君与储君之间分歧严重，太子安希望与汁琮平分天下，郫王也许认为这会助长敌人气焰，引狼入室。

最后太子安让项余去说服了熊耒，用的是"长生不老"的理由，至于熊耒是真的愿意，还是给亲儿子一个台阶下，就很难说了。

那么项余又是谁的人呢？姜恒在心里问自己，起初他总觉得，项余对熊耒十分忠诚，现在看来则未必，说不定他真正效忠的主人是储君。

"我赌汁琮不会出兵打自己人。"姜恒说，"但我要是汁琮，就会趁机出关，与聂……与汁淼两相呼应。儿子打南边的照水，父亲打北边的国都安阳。"

项余说："很合理，汁琮反而会认为姜大人帮了他一个大忙。"

"这么一来，梁国就被瓜分了，甚至没能等到五国联议开始，"姜恒说，"变故往往就发生在一夜之间。"

项余"嗯"了声。

姜恒又轻轻地说："于是雍成功地出玉璧关，问鼎中原；郫则占了照水，黄河成为新的南北分界线，郢、雍一河之隔，接下来会发生什么事呢？"

"郑、代未灭，"项余说，"兄弟之盟，依旧将维持下去，姜大人倒不必太操心。"

"希望如此。"姜恒一字一顿地说道。

"还不睡吗？"项余说，"您已经很累了。"

姜恒叹了口气，说："睡罢。"

于是项余平持长剑，抵住灯芯，熄了灯，满室只有月光。

深夜，玉璧关。

汁琮面对摆在面前的信件出神。

"他在做什么？"汁琮难以置信地说道。

信上盖着熊安的太子印鉴，信中大意是太子安约定与他一同出兵，雍击安阳，郢取照水，眼看这个有着数百年国祚的中原大国，竟顷刻间就要迎来灭国之难！

卫卓说："殿下倏然出兵，这不合常理，莫非是姜大人被扣住了？"

"不，"汁琮说，"不可能！这是我的儿子！"

汁琮只觉耿曙最近仿佛变了一个人，举止简直反常！

"王陛下，"卫卓说，"咱们打吗？"

汁琮无言以对，但就在此刻，外头通传太子殿下到。

"汁泷？"汁琮忽然回过神，难道这是他们的计划？

太子泷风尘仆仆，连夜抵达玉璧关，此刻他应在落雁城才对。汁琮一见儿子，马上就开始怀疑——这先斩后奏的路数，不可能是耿曙自己想出来的。

"我也是才知道，"太子泷说，"父王，咱们该出关了。"

汁琮冷淡地说："姜恒给你送信了？他说的什么？"

太子泷摇头，那是源于他与姜恒一直以来相处的习惯，只要听见他在外头做了什么，太子泷第一个念头不是质疑，而是揣摩他的深意，并马上着手设法配合。

事实上耿曙和姜恒什么也没有说，甚至不曾给他送信。

而以如今的默契，不必再说了。

"我已经在准备联议了。"汁琮说。

"他们提前动手，一定有原因。"太子泷说，"但这是送上门的好机会，良机莫失，父王！"

这个时候，太子泷与汁琮的态度便有了明显的区别，汁琮第一个想到的是：自己的养子，去帮别人打仗?!

而太子泷想的却是：要怎么样不浪费这个好机会！

汁琮几乎是咆哮着说道："汁淼是不是疯了?! 送一封信给他！"

"回来再说！"太子泷道，"父王！待他回来再说！您的霸业，马上就要成功了！"

朝臣都很清楚事关重大，只有太子泷能劝住汁琮，这也是他黄夜前来的原因。

汁琮瞬间清醒过来，注视着儿子。

"打。"汁琮决定先不计较耿曙的背叛，说道，"我亲自带兵，明天一早便出发。"

太子泷道："我一定让哥给您一个交代，父王。"

从这点上，汁琮可以看出太子泷事先也毫不知情，国事为重，于是决定带兵出征。

月夜，汉中平原。

这是一个不利于潜行的夜晚，不像那夜漆黑一片。这夜，狂风吹散了云层，月明千里。

王军抵达汉中与黄河的交界处，最后一处军营这里驻扎着一万兵马。

想在平原上发起突袭很难，骑兵的马蹄全部包了棉布，三千前锋辗转突进，每到一个地方先做简单整备，再绕过一切有人烟之地，专挑偏僻的丘陵北侧行军。

哨楼前，耿曙拉开长弓，一箭飞去，月夜里，百步外，正中哨兵喉头，哨兵应声而坠，值守的伙伴尚未发出示警，又一箭飞来。

几处哨楼纷纷被成功端掉，没有风羽的侦察，耿曙始终无法灵活地展开突袭，只能在有限的条件下尽量歼灭敌军。

"讨命的来了，"耿曙冷冷地说道，"准备迎接天子的怒火罢！放火烧营！"

身后亲随拉开火箭，一箭飞上天空，发出信号。霎时无数火箭飞上天空，飞向营寨之中。上风口处，耿曙一马当先，率领三千人冲进大营！

梁军在熟睡之中毫无防备，抄起武器迎出，而迎接他们的，却是滚滚而来的铁骑与洪流。

"我只说需要侦察，"宋邹最后赶来，见敌营已成火海，无奈地说道，"殿下，您只有三千人，不要总是这样，发起突袭。"

耿曙看着远处，眼里仿佛出现了多年前洛阳化为火海的一刻，赵竭的怒火，直到如今尚未熄灭，即将卷向整个梁国。

宋邹最后退让道："但能提前消耗敌军兵力，总是好的，这样他们就无法回援照水了。"

"兵贵精不贵多，"耿曙冷冷地说道，"向来如此。这里留给你收拾，我去下一个地方。"

数日后的清晨，风羽来到了江州。

海东青径直飞进东宫，把所有人吓了一跳，姜恒抬头，便喊道："风羽！"

风羽停在姜恒案前，太子安说："是你饲养的猛禽？"

太子安正伸手要摸，姜恒忙道："殿下当心。"

太子安险些被啄，差点又酿成一起"汁泷的血案"，幸亏姜恒及时制止了他。

"我看看信，"姜恒说，"雍都的消息来了……"

但话音未落，姜恒一愣。

没有信。

风羽被耿曙放回，前去通知界圭，让他前来保护姜恒，但风羽回来，既没有带着人，也没有捎信。

这是怎么回事？姜恒眉头拧在了一起。

"怎么？"太子安问。

姜恒摇摇头，说："我送一封信给我哥去。"说着心事重重地抱着风羽回了寝殿。

漫 山 树

风羽当天饮食完毕后，振翅离开，带着姜恒的信件飞往北方。风羽抵达耿曙身边时，王军已完成了从陆路包围照水的整个部署。

梁东，照水城附近的所有军队驻地共计四万守军，都被耿曙沿途一一拔除，落败的梁军或是为俘，或是逃回了安阳。

"这样就轻松多了。"耿曙在高处一块石头上坐下，手腕翻转，随手玩着烈光剑，挽了几个剑花，居高临下地注视着远处的照水城。

现在敌方城中只剩下三万不到的守军。而郢国的八万水军已沿河道前来，堵住了这座大城的水路。

照水城背山临水，耿曙与宋邹开始计议突破之法，风羽回来，顿时减轻了耿曙的负担，耿曙取下信件，放它出去侦察城墙处兵力，打开信件看了一眼。

"照水城地基为黏泥较多，初春时节山峦化雪，河水水位高涨……"耿曙念道，"可出其不意，攻其不备。"

耿曙颇有点头痛，姜恒提供了他的见闻，却没说怎么做，八个字说起来简单，真正要找到执行的方法却属实不易，况且还要在尽最大可能减少伤亡的前提下。

但行军布阵、攻城之策，并非姜恒所擅长，耿曙必须自己想办法。

"我去走走。"耿曙朝宋邹说。

宋邹知道耿曙需要静下来思考，便不阻拦他，只派人远远地跟着。

瀑布中满是融化的冰水，寒冷刺骨，耿曙来到山洞内，抬头看了一会儿，脱下外袍，只穿一条长衬裤，打着赤膊，走上瀑布下的石块，盘膝而坐，任由冰水打在自己身上，凝神思考。

远方传来海东青的鸣叫声，那一刻，耿曙的目光仿佛越过山峦，看见了茂密的森林。

一刻钟后，耿曙走下瀑布，浑身滴着水，低头看赤脚踩着的泥土。

"我有办法了。"耿曙回到营帐时，郪国派来的上将军屈分正在与宋邹商议，侧旁还有几名穿水军铠甲的将士。

他见过屈分好几次，大多在王宫中，印象最深刻的一次，是他与姜恒应邀前往水榭，与太子安谈判时。屈分身材高大，就像一只熊，快顶到帐篷顶了，说话粗声粗气，藤铠顶着肚腩，犹如一个大老粗，言谈中却对耿曙很尊敬。

"殿下打仗当真了得，"屈分说，"这下咱们只要集中力量，解决照水城就足够了。"

宋邹说："屈将军，我看城中早已士气低落，不若还是劝降为主。"

屈分摆手道："随意！随意！出来时王都已吩咐过，淼殿下说了算！"

耿曙说："地图摊开，我看看。"

众人端详着照水城附近的地形，耿曙说道："我有一个办法，山上春来化雪，水量充沛，从这里掘开缺口，让河流改道，便可漫灌城外之地。"

宋邹说："先前说过，放水淹城乃是下策，殿下。"

"非是邓水。"耿曙说。

照水临二水为城，两河相照，北边是自山上而下的是宾河，南方则是作为长江支流的邓水。自古以来，照水几次被破城，都是因为邓水水流湍急，被掘堤后洪水淹没全城，每一次死伤都不下十万人。

耿曙所要掘的，却是水量不多的宾河。宾河自山上而下，在城前拐弯，汇入邓水。一旦水量突然加大，便会在拐口处冲破河湾，卷向城墙。

"可这用处不大啊！"屈分说，"宾河水量太少了，冲到城墙前不过半丈，就会被城墙挡住，史上照水陷落，多是被水攻，他们如今可不傻，早就加高了城墙。"

宋邹沉吟不语，望向耿曙，知道他一定另有用意。

耿曙说："落雁城教会我不少事。咱们从山上伐四十万棵树下来，要多长时间？"

"四十万棵？"屈分一惊，问，"你要做什么？"

宋邹说："得让水军都过来，伐木花不了多少时候，运送木材却很费时费力，您要运到哪里呢？"

耿曙："城墙前。"

宋邹说："可以利用宾河运木，但没有这么多斧头，军中只有三千把。"

"现在开始，"耿曙说，"这就去办，轮班。屈分，把你的士兵都叫过来，伐木之后全部堆到城墙前去。"

屈分满脸疑惑，但江州做了指示，只能照做。

江州城中，海东青飞回，带着耿曙的信。

姜恒说："陪他打仗，风羽，暂时别回来，我很安全，照顾好他。"

姜恒抚摸着风羽的羽毛，在它耳畔轻轻说话，仿佛那话是对耿曙说的，再次将它放走。

项余这几天都陪在姜恒身边，看他处理文书。分配好十万大军的后勤补给，乃是一项非常繁重的任务，姜恒必须盯着粮草，做好长时间围城的准备。

太子安乐得让他去全权处理，不就是花钱吗？王室搜刮了这许多年的民脂民膏，又很少打仗，多的是钱。

"想去前线看你哥吗？"项余说，"我看姜大人在王宫坐不住，不如犒军去罢。"

姜恒笑了起来，说："还没打下来呢。"

项余说："应当快了，但保护你的那个刺客不见影子，是界圭吗？"

"也许有其他的事把他绊住了罢。"姜恒轻轻地说。

话音刚落，太子安麾下的首席谋士芈罗快步前来，说道："姜大人，项将军。"

姜恒抬眼，见芈罗脸上带着喜色，问："战事有进展？"

"也算有进展。"芈罗把信放在案上，说，"汁琮出关了，带着他的所有部队，以汁绫为前锋，开始攻打梁国国都安阳。"

姜恒心想：终于来了，汁琮不会白白错过这个机会。

芈罗笑道："现在梁国南北两面受敌，招架不住了。"

姜恒见芈罗满脸兴奋，只"嗯"了声。芈罗说："太子殿下让我第一时间来回报您，照水局势稳了，我先告退，东宫还在商议设郡。"

芈罗走后，项余说："你似乎不太高兴。"

"因为汁琮与我哥不一样，"姜恒想了想，说，"国君的功业下，俱是百姓的白骨，当然高兴不起来。"

事实上就连耿曙出征一事，姜恒也从未觉得是好事，只是别无选择。

"天底下不是我杀了你，就是你杀了我。"项余扬眉，眼神却很温柔，"不想被杀，就要学会杀人，你师父没有教过你吗？"

"教过。"姜恒笑了笑，说，"但天性使然，学不会。"

然而有什么办法呢？梁军照样冲进洛阳，大杀四方，连天子也敢拖下王座；郑军攻破落雁时，从未手下留情。大争之世，王道式微，唯杀戮以平神州。

"不想这个了，"姜恒说，"能做的事都做了，等待结果罢。"

四月初五，梁国南照水、北安阳同时告急，被郋、雍二国围攻，代国迟迟按兵不动，郑国则以最快的速度调集兵马，率军出崤关来援。这一仗从郋地启动，郋地派出了他们近乎所有的精锐，紧接着另三国兵马加入，引发了一场前所未有的大混战。

雍参战六万人，梁全境兵马共十万，郋水军八万，耿曙所率领的王军近三万人，郑军八万士兵，共计三十五万人。

这规模堪比七年前洛阳一战，而这次必将彻底打破各国势力的平衡，将天下带入一个百年来前所未有的全新局面。

这僵持了上百年的大争之世的总决战，将随着照水城的陷落而拉开帷幕。

四月初六清晨，成千上万的滚木沿着宾河顺流而下，到河道弯口处先是借助水力将滚木冲上岸，接着郋国水军推动滚木，嵩县骑兵则策马以粗索从两侧拖动滚木。

滚木接二连三地撞上了城墙，引起照水城守军的慌张，在城墙上朝低处射箭，郋军与王军却躲在滚木的屏障后，在滚木撞上城墙后一触即走。

起初守军以为敌军要使用撞木破墙，奈何城墙坚不可摧，根本不惧这区区撞击。

足足一天时间，滚木越来越多，及至黄昏时，城墙下已堆积了四十万根滚木。

入夜前，耿曙一身武铠，驻马城外，稍稍推起头盔，现出明亮的双目。

"点火。"耿曙说。不知为何，他想起了项余说过的话——玩火是不好的，玩火容易自焚。

我就是喜欢玩火。耿曙如是想。

耿曙率先拉开长弓，一支火箭引领千万火箭，飞向城墙前的滚木，滚木被拖出河道时，已浇满了火油，此时箭矢如流星般飞至，顿时在城墙下燃起了熊熊大火。

春末东南风狂盛，火焰顿时席卷了城墙，守城士兵们大声叫喊，慌张退走。火舌沿着城墙烧来，却被那高墙阻住，城中靠近西面的百姓迁离，都心惊胆战地看着高大的城墙。

照水城主亲自前来检视。

"那是最近二十年才建成的！"城主乃是梁国贵族，名唤迟昼，昔年死在耿渊剑下的迟延旬是他伯父，如今听到耿渊之子来攻城，只恨不能亲身上阵，一报当年之辱。

奈何敌军势大，迟昼只得蛰伏等待机会，守住照水，拖住敌军，等待郑军解去王都之危后，梁国主力再南下救援，那时他们报仇的机会就到了。

"不用害怕！"迟昼眼望天际，说，"会下雨的！一场雨下来，他们就没有办法了！"

火势虽猛，却不能持久，哪怕将附近山上的树全部砍下来，也无法烧死城里的百姓，迟昼怕的只是城南的水军，那才是主力。

他索性不再管耿曙带的骑兵，反正烧起来的城墙一片滚烫，既不能上人，更不能搭云梯，他只要抽调兵力，将城南的水道守好便万事大吉。

迟昼冷笑一声："年轻军神？不过区区本事而已。"

大火烧了足足一天一夜，宾河上游则早已被截断，从山腰瀑布以下，山涧中形成了一个巨大的蓄水湖，因被滚木阻隔，水位越漫越高，随时有崩溃的危险。

迟昼的判断丝毫不错，这么多木头，只能烧个一两天，到第三天清晨，天蒙蒙亮时，城外已满是灰烬，黑烟遍布全城，守军们被熏得双眼流泪，不住地咳嗽。

但天空中阴云密布，正酝酿着一场暴雨，雷声隐隐传来。

"抽堤。"耿曙面无表情地发出了第二步命令。

哨声响起，山腰上，近三千名士兵开始拖动拦住蓄水湖的滚木，人工堤登时崩毁，河水呼啸着涌了出来。

迟昼正在巡城，忽闻十里外山腰处一声巨响，大地震动，不知发生了何事。

紧接着，那积雪融化的冰水沿着干涸的河床轰然而下，飞快地卷过河道，冲向尽头的河湾处，转眼间形成唯一的一波巨浪，淹过平原，呼啸着冲上被烧了一天两夜如今依然滚烫的城墙。

那水量只够形成一波浪，击在滚木上便飞速散去，但足够了。

水汽冲天而起，然后便是连续不断的轻响，仿佛有什么裂开了，被烧红的石墙骤然冷却，发出噼里啪啦犹如炮仗般的脆响，此起彼伏，响成一片，那裂响越来越大，与天际的滚雷混在一起。

落雁城被破城的一幕在照水城重演，虽不及当初太子灵以足足一月时间挖塌十里巨墙，但近五丈的高墙碎裂，崩落的碎石亦十分壮观。

迟昼蓦然睁大双眼，眼睁睁地看着面前的城墙裂开，再尽数崩塌！

城外青山、河湾、平原登时一览无余，耿曙面无表情地驻马，看着面前碎裂崩塌的高墙，拉下头盔，挡住了上半张脸，温润的嘴唇稍一动。

迟昼看不清率军之人在做什么，但面前的这个巨大缺口告诉他，不用再妄想抵抗了。

紧接着，王骑朝他们发动了冲锋，奔马穿过乱石，冲进了照水城。

"这就是……实际情况。"姜恒拿着耿曙的家信，向朝廷众人从头到尾交代了经过。

熊荛与太子安都听得一愣一愣的，以为姜恒在编故事。

"实话说，"姜恒道，"比我想得还快，嗯，确实，确实很快，原本预计五月初一前结束，这才……一个月，现在照水是郢国的属地了，屈分将军已接管了全城。"

"哦……好的。"太子安感觉就像做梦一般。

熊耒登时哈哈大笑，朝姜恒说："好样的！"

"很好，很好。"熊耒缓慢起身，叹了口气，仿佛又有几分伤感之意，说道，"年轻人，了不得啊！王儿，你好好善后罢。"

说着熊耒竟独自走了。

太子安过来，拉起姜恒的手，感慨道："太不容易了，郢国十七年里，这是最漂亮的一场胜仗。灥殿下当真盛名无虚。"

姜恒笑道："仰仗王威而已。"

"从今往后，两位就是我大郢的国士！"太子安感动地说道，眼里却现出不自然与畏惧。

姜恒很清楚这一刻他在想什么：江州如果碰上这等攻势，要怎么对付？对付不了！耿曙若用一样的计策来打江州，城墙说破就破。

"其实若事先料到，"姜恒说，"不让他放火，自然就无计可施。万一下雨呢？就算不下雨，城中拖来水车，在点火开始时，便远远地从城内往城外抛射水流……"

"对对，"太子安定了定神，说，"也不难破，嗯。"

"应当是赵灵破落雁启发了他，"姜恒说，"这种计策用一次就不能用第二次。敌人一旦有了提防，就不能说是奇谋了，雕虫小技，不值一提。"

姜恒虽谦虚，心里却明白耿曙的计策有多厉害，夸他是军神当真不为过，这次破照水，当真将兵法中的天时、地利发挥到了极致。看似寻常人都能想到的计策，却必须清楚战场的地形，河水在何处拐弯，能有多大规模的漫灌，火焰灼烧后多久才能破堤灌水，这么厚的城墙能不能开裂，以及四十万根滚木够不够烧到那时候。

耿曙每一步都估得极准，显然是多年来积累的经验所致。耿曙做过许多功课，想到什么计策哪怕用不上，也会先记下来。

功夫总要下在战争之外，大抵如此。

温 柔 乡

"可以请森殿下回来了。"太子安定神后，一边开始思考下一步举措，一边带着姜恒往东宫去。

"我已经派他出去了，他现在并未留在照水。"姜恒说。

"啊？"太子安突然一怔，停下脚步，怀疑地看着姜恒。

姜恒知道太子安在想什么，耿曙所带虽号称王军，却大多仍是雍国兵马，这座城是他帮郓国打下来的，下城后自当拱手相让以避嫌，否则若他驻扎在城内，雍国万一翻脸要控制照水怎么办？

"去哪儿了？"太子安不悦地问道，显然姜恒没有提前与他商量此事，他对此很不满，但很快他便换上了笑容，恢复了一直以来的亲切："支援雍王去了？"

"我让他破照水后稍事整备，便取东北路，前往崤关往安阳的必经之路，预备伏击前来营救梁王的赵灵。"姜恒提醒道，"殿下，咱们还未完全胜利，必须巩固成果。汁琮毫无预兆地南下，一言不合就开始攻打安阳城，令我毫无准备，只能将错就错，试图补救了，事急从权，来不及与您商量，就怕雍国陷入苦战，到时候郓军全是水军，总不能不救。"

姜恒这话也是在暗示太子安，我不追究你私下与汁琮通消息，你也别追究我指挥耿曙，何况耿曙本来就是我的人，也算不上越权。

姜恒等了好一会儿，待太子安消化了他的话，又说："照水对郓、雍、郑都非常重要，拥有这座城，您就有了入主中原的据点。否则为什么郓国的第一个目标就是这座城？"

"是，"太子安回到了最初的计划上来，收敛心神，说道，"据点非常重要。"

雍与郓都是中原人口中的"蛮夷"，一个在北，一个在南。狭义的中原，所指无非洛阳、嵩县等天子辖地，以及梁与郑的一小部分。

虽说长江中下游已被归入了广义上的"中原"，但大家仍认同各自历史上的"蛮夷"身份。姜恒自然理解在黄河流域获得一个据点有多重要。雍国需要嵩县，正如郓国需要照水城。

有了这座城，郓国便能源源不绝地派出军队，从中原腹地发兵，四处征讨，结束曾经被长江与玉衡山阻隔的历史。

"接下来您需要加派军队，"姜恒说，"不惜一切代价，尽快重建照水，利用好此城，作为争霸中原的最大倚仗。"

太子安竭力控制住自己的表情，欣然点头道："你是对的，当真算好计策，哈哈，哈哈！"

太子安干笑几声，姜恒又道："这两天我就准备北上，与他会合。"

太子安又是一怔，说："你这就回去了？"

姜恒笑道："还会回来的，毕竟我哥最重要的任务完成了，我得去看看他，就当替殿下犒军去了，如何？"

"这……"太子安显然有点疑虑，说，"就怕又有刺客……"

"我秘密出行，"姜恒说，"不会有人知道的。"

姜恒虽说不上精通易容，但要瞒天过海并不难，之所以没有易容跟在耿曙身边，是因为他们的关系实在太好认了，杀手也许认不出自己，但只要盯着耿曙，看他与谁形影不离就行。

太子安仿佛下定决心，说："让项将军护送你，必须到王子淼身边，我才能放心。"

姜恒这次没有推辞，点了点头。

海东青再一次回来时，姜恒已准备动身北上，既有项余护送，便不太需要易容了。

耿曙来了一封信，姜恒叫苦不迭地问道："怎么又来了？不是说了让你别来的吗？快回去，你还要侦察。"

姜恒展开信，看了眼，耿曙之声仿佛就在耳畔。

"城破后，百姓们都很好，我亲自去看过，也嘱咐了屈分，不要劫掠，不能杀人。恒儿，放心罢，答应你的事，我一直记在心上。"

项余等在门外，朝姜恒说："愚兄还有少许事要处理，去去就来，贤弟跟着侍卫们出发就是。"

姜恒点点头，在出门前，他匆匆写就两个字——等我，便迫不及待地出门，翻身上马，前往北方。

河洛兵道，洛水穿过此起彼伏的丘陵，穿过广阔的原野，在此处汇入黄河。

离开汉中与河套之地，将军岭下，耿曙率领他的兵马，又是一日一夜急行军，来到郑军的必经之路上，吩咐手下散入山林，准备埋伏。

照水城破后，耿曙分文不取，更约束手下将士不得作恶。他先是按计划将八千王军交给宋邹，让他带兵回嵩县，自己带着剩余的两万人赶往东中原，距离崤山二百二十里地外，为雍国截断这支梁人的唯一希望，太子灵所率领的救兵。

海东青回来了，耿曙展开布条，看了一眼那两个字，朝风羽问："这么着急做什么？恒儿还好吗？"

风羽自然无法回答，抬头疑惑地看耿曙，耿曙摸了摸它。

"吃点东西就侦察去，"耿曙说，"这些日子辛苦了，孤孤单单的，回头给你找个伴。"

"哟！回来啦！"将士们又见着这只神鹰了，大家都很喜欢它，因它立过不少功劳，若没有它，不知每场战事里要牺牲多少弟兄。

一名将士听见耿曙的话，笑着说："也该给它找个媳妇了。"

众人便在溪边的篝火前坐下，看着海东青进食。

风羽开始啄食生肉，耿曙心想："我都还没有成亲呢，还惦记着你成亲的事，这么好的主人上哪儿找去？"

风羽吃完，又开始喝溪水。

耿曙在溪水里看见了自己的倒影，别人都说他像父亲，他却觉得自己不像刺客，反而像个武将，他像武将一样生活，像武将一样吃饭，哪怕眼下，也像武将一般，在一块石头上分开两腿，一手按着左膝，背着一把剑，粗犷地坐着。

入夜，将士们对着篝火闲聊时，耿曙坐在一旁沉默地听着。

"殿下，"一名将士问，"咱们还回嵩县吗？"

耿曙回过神，说："你们想回？"

众人互相看看，彼此示意，反正在耿曙面前也没什么不能说的。

"想。"一名将士替众人答道。

"为什么？"耿曙在心里想过，这次伏击结束后，帮助雍国取得安阳，便将军队的指挥权交回去。

众人都笑了起来。

耿曙："嗯？"

"不少弟兄，"将士说，"在武陵驻军两年，都有心上人了。"

耿曙明白了，士兵们在雍国的婚事，大多不能自己做主，婚事有父母之命，但这些人从小都是与父母分离，被当作棋子培养的，七岁就到军队中习武，自然无人来说媒。于是大雍官府便以国君的名义为他们指定一桩婚事。

当然，这说好听些是婚事，说不好听则是配种。所谓成亲，不过也是官府为适龄的女子分配住所，军人们回去后短暂相聚十天半月，生下孩儿，母亲把小孩儿养到七岁，再交给国家接管。

眼下雍国士兵驻留嵩县，虽依旧军纪分明，却有了与当地人相爱的机会。

"温柔乡就是英雄冢。"耿曙说。

众人不敢再说了，耿曙又道："却也是人之常情，我尽量罢。"

听到这话时，众人纷纷松了口气。

"我也不奢望能成亲，"有人道，"只求这辈子能再见上一面，就知足了。"

耿曙："说说，哪家的姑娘，让你这么爱？"

起初大家都不敢说，见耿曙表情认真，不像是在开玩笑，万夫长开头说了些，大家就纷纷开始说了起来。这些将士俱是二十来岁的小伙子，跟着耿曙这些年，婚配算晚的了，也正因如此，才在嵩县找回了自己。

耿曙听着他们的心愿。每一个人，他所认识的、叫得出名字的每一名战士，心里最大的愿望，大抵都是成家、养家，有一个在落雁城或者别的什么地方等待他出征后回去的心上人。

"你会为了心上人叛国吗？"耿曙忽然问。

众人登时色变，万夫长道："那绝对不会，只是……"

万夫长跟随耿曙最久，每次杀敌俱奋勇当先，他也是最了解耿曙性格的人，知道他没有城府，更不会试探自己的弟兄，问什么就是什么。

"只是什么？"耿曙说。

"读书人说，国与家不能两全。"万夫长说，"若能两全的话，还是有这么点希望罢。"

耿曙点了点头，说："成亲是很好的，两个人，一辈子，谁就再也离不开谁了。"

"得碰上真正喜欢的。"万夫长笑道。

"如果有一个人，"耿曙又忍不住问麾下将士，"让你时时刻刻惦记着，只想一辈子与他过，不再想别人了，可又不成亲，这又算什么？"

"为什么不成亲？殿下赶紧成亲啊！"将士们纷纷笑道，"这还不成亲，等什么？恭喜殿下，是哪家的姑娘？"

耿曙没有再说下去，收起剑，转身走了，吹了声口哨。

"风羽！"

风羽展翅飞起，停在耿曙的肩铠上。

下属们自然知道耿曙不爱谈这个，但大家都很尊敬他，没人开他玩笑。

耿曙独自穿过黑暗的树林，沿着溪水走去，溪水中倒映着月色，犹如无数从上游漂下来的银色鱼鳞。

每当耿曙一个人时，他就忍不住想回忆，回忆与姜恒的过往，只因那些回忆里承载着许多他未曾发觉的美好。

也许从他跋山涉水，被荆棘挂得满身伤痕，远赴浔东城，敲开姜家沉重大门的那一刻，姜恒朝他伸出手时，这个人于他而言，就不一样了。

还是在昭夫人离开的那个黄昏，姜恒被昭夫人搂在身前，姜恒望向坐在一旁的他，孤独目光流露的那一刻？

抑或在洛阳城墙上，饮过酒的他站在城墙上，不舍地看着姜恒离开。那个雪夜里，姜恒很高兴，很惬意，在雪地里像只小动物一般撒欢，边跑还边唱着歌。

天地一指，万物一马，耿曙每当听到姜恒告诉他这些话时，他说不出那是什么感觉，还有他诵读诗书时的"上古有大椿者，以八千岁为春，以八千岁为秋"，抑或"普天之下，莫非王土，率土之滨，莫非王臣"……

耿曙心想，他无论如何都想要永远陪伴着姜恒，这是他唯一的愿望。

"去侦察。"耿曙朝风羽说。

风羽振翅飞走。耿曙叹了口气，跪在溪水前洗脸。

"早知道你来，"一个熟悉的声音在河对岸说，"我就不来了。"

绝密令

耿曙马上抬头，看见了武英公主，紧接着，另一只海东青振翅盘旋掠过天顶。

武英公主长发披散，在月夜里穿一袭白袍，袖子松松地挽着，露出洁白的手腕，裸足浸在冰凉的溪水中，脸上笼罩着月色，犹如山峦间的仙女。任谁看了也想不到，面前此人，竟是叱咤塞外的女武神。

"很惊讶？"武英公主那表情好似觉得这侄儿呆住的模样很有趣。

"来了多少人？"耿曙很快就镇定下来了，他早该发现汁绫的行踪，但还是大意了。

"三千人。"汁绫淡淡地说道，"我们看见风羽，便循着它的踪迹，沿着山涧过来了，你爹被你气得不轻。"

两人隔水相望，耿曙想了想，说："我以为他早该知道的。"

"姜恒让你这么做的？"汁绫说，"期望家里人心有灵犀，这个解释可说不过去。"

"从来就没有什么心有灵犀，都是大局使然。"耿曙答道，"这是我的判断，我知道只要照水得手，你们就会出玉璧关，攻打安阳。"

"你想得比以前更多了。"汁绫淡淡地说道。

汁绫虽然极少干涉朝政，尤其是文官们的决策，却也察觉到汁琮在暗中对付姜恒。朝中大事总会有些蛛丝马迹，譬如卫卓的眼神、兵力的调动，以及通过人事任命，对耿曙军权的暗中制约。所有的迹象都指向同一个可能：耿曙有背叛汁家的念头。

"他怎么说？"耿曙起身，问道。

"什么也没说。"汁绫漫不经心地说道，"你弟替你求情一晚上，才让他决定至少现在不来找你的麻烦，你最好去见见他。"

"再说罢，"耿曙说，"先把眼前的事做好。"

汁绫带着疑惑打量着耿曙，哪怕到了这个时候，这个侄儿依旧在为雍国担忧，否则他不会出兵守在赵灵的必经之路上准备随时偷袭梁人的援军。这么做只有一个理由：他忠于雍。

但他变得不一样了，从前的耿曙就像一只没有感情的野兽，让他撕咬谁，他就奋勇而上。而现在的他有了自己的主见，有了自己的决断，这一切以姜恒的到来为分界点。

汁琮管不住他了。这是汁绫最大的想法。

"你来不来？"耿曙问。

他没有告诉汁绫真相，一来他缺少证据；二来，他不想让汁绫面临同样的困境，知道秘密就势必要做出选择，选择汁琮，还是选择汁琅的遗腹子，对她而言也是残忍的。

这种事，耿曙自己承担就够了。

"打罢，"汁绫在对岸起身，说，"来都来了。但我还是坚持，你最好在一切结束后去见你爹一面。否则别怪我没提醒你，以他的脾气，你知道会有什么结果。"

耿曙转身，在汁绫的注视下没入树林。

清晨，雾气中传来阵阵鸟叫，迷雾里一声惨叫，瞬间将姜恒惊醒了。

"什么声音？"姜恒忙从帐篷中跑了出来，士兵们也无从分辨。

"鹗？"

那叫声太短暂了，姜恒无法判断那是什么，守卫去回报项余，很快回来了。

"将军说，是鹗。"守卫说，"他马上回来陪您喝茶，请您不要担心。"

姜恒醒得很早，数日里，他跟随项余离开郢国一路北上，绕过玉衡山，前往照水，当年他学成离开海阁，走的正是这条路，比起那年洪水泛滥，如今的山野间生机盎然。

项余这次护送姜恒出来，随身还带了一支两万人的军队，这已是郢国的家底了，郿地常备军十二万，先是派出八万水军北上，再给了项余两万陆军，如今剩下一万御林军、一万水军把守江州。

"为什么带这么多人？"姜恒意外地问道。

项余说："须得负责照水城梁人的迁徙，把他们迁往南边，将照水改成驻军要地。"

这是郿国从上到下的决策。汁琮将很快占领安阳，未来郿国想争霸中原，照水将成为与雍接壤的前线，所以必须巩固战绩。

夺得照水，郿将朝一统天下的未来大大地迈出一步。

"这不是你提议的吗？"项余为姜恒煮茶，戴着手套的手拈着茶叶放进壶中，随口道。

"嗯，"姜恒说，"我确实这么说过，没想到他听进去了。"

项余说："你帮了我一个大忙，我起初还在头痛，要怎么将这么多人集合起来。"

姜恒："嗯？"

项余煮好茶，想了想又说："你的眼光一向很高明，出发罢，早一天到照水，也就早一天与你哥相聚。"

军队动身，姜恒看着士兵为他收拾帐篷，忽然注意到一个人。

"哎！"姜恒笑道，"你回来了？"

那年轻男人回头，见姜恒认出了他，便拘束地朝他笑了笑，行了个礼。

那是项余的车夫，刚抵达郿都时，就是他为他俩赶车并介绍沿途的风土人情。

"好久不见了。"姜恒猜测应当是项余的妻子不放心他出门，派个家人来随身伺候。姜恒想与他寒暄几句，那年轻人却缓缓地退后，摇摇头，什么也没说就走了。

转身时，姜恒骤然发现，他的袖子里空空荡荡，两只手都被砍了。

"他的手被砍了，舌头也被太子割了，姜大人，"一名士兵说道，"回答不了您的话，您这边请。"

姜恒问："为什么?！他犯了什么错？"

士兵说："不知道，也许说了不该说的话。咱们该动身了，大人。"

姜恒隐隐觉得不对，纵马赶到项余身边。

"你的车夫发生了什么事？"姜恒难以置信地问道。

"他叫项武，"项余丝毫不惊讶地说，"你可以叫他小武，很听话的孩儿，叫一声他就过来了。"

"我是说……"姜恒道，"他为什么被割了舌头？因为那天为我与聂海赶车时，说错话了吗？"

项余策马，不疾不徐地在前走着，身后是一眼望不到头的队伍。

项余说："姜恒，我们还有三天就能到照水了。"

姜恒证实了他的猜想——项余对此缄口，就是默认。

"为什么？"姜恒追问道。

"汁琮不也是这样吗？"项余难得地露出了厌烦的神色，朝姜恒说，"难理解？"

姜恒没有再问，项余说："所以我说，郢国的王宫里，没有一个好人，都烂到了根里。"

姜恒沉默片刻，说道："因为小武带我们去了不该去的地方。"

"对，"项余生硬地答道，"让太子安在外宾面前丢了人。我本不该带他出来，不过想想，住在照水，兴许对他而言要好点。只是不当心被你撞见了。"

突然间，项余又笑了起来，恢复了温柔的神色，说："姜大人。"

姜恒在这个时候，却觉得他的笑容与温柔里，带有隐藏得很深很深的仇恨。

"你还会选择太子安吗？"项余说。

"我曾以为，"姜恒语气变得冷漠与悲哀，随项余并肩策马缓行，经过山路，穿过那雾气，"我选择谁，谁就将成为未来的天子，至少有希望这样。"

"可现如今啊，"姜恒长叹一声，望向薄雾，难过地说道，"我终于明白，我什么也改变不了，不过是我自高自大。"

项余笑了笑，说："倒也不必妄自菲薄，您确实改变了不少人，只能说，这是他们的问题。"

"不用再安慰我了。"

姜恒疲惫地说道，这是他第一次生出想放弃的念头。

"不知为何，"项余出神地说，"我总有种预感，这次抵达照水后，咱们一辈子也许都不会再见面了，也许等你回郢都那一天，将是郢国亡国的日子。"

姜恒尚不知有什么会在未来的路上等着他，但项余之言，竟让他感觉到不祥。

"那倒不至于。"姜恒淡淡地说道，"死的都是要脸的人，不要脸的家伙，反而一时三刻还轮不到他。"

"说得也是。"项余赞许地点头，"话说，出来前，殿下给了我一道密令，让我送到屈分屈将军的手里。"

姜恒答道："既然是密令，就不该说出来，您知道就好了，毕竟偷看密令可不是什么光彩的事。"

"看都看了，不能我一个人担责，我觉得您还是应当知情的。"项余想了想说道，"天底下没有永恒的敌人，也没有永恒的盟友。"

"是啊！"姜恒只凭这句话，就猜到密令的内容了。事实上从他到江州后，项余无时无刻不在暗示他——郢、雍的盟约不牢固，两国随时都会翻脸。

只是姜恒没想到，翻脸的时刻竟来得这么快。

"反过来说也一样合理。没有永远的朋友，更没有永远的敌人。"项余说，"我总觉得咱们还是可以当朋友的，您说呢？"

"密令的内容是什么？"姜恒最后问道。

"让屈将军带兵北上，沿黄河秘密行军，配合郑人，偷袭汴琼，"项余答道，"把他们赶回玉璧关去，再夺安阳城，扩大战果。"

姜恒说："只可惜郑人被我先一步赶走了。"

项余笑道："所以我总觉得，姜大人看似不喜欢算计人，却时时刻刻都在算计。"

姜恒答道："太子安得了照水不满足，还想要安阳……这也太贪心了。不过合情合理，自当赢家通吃。"他想了想，又道："我倒有个办法，可以让大家既不失和气，又让屈将军与项将军圆满完成任务。"

项余点点头，说："愿洗耳恭听。"

定 弦 音

宾河已在眼前，沿着河道，抵达发源地，就是照水了。而万里晴空之下，海东青再一次飞来，带着耿曙于崤山西道与武英公主会合后发起伏击并大获全胜的捷报。

那一夜郑军彻底中了耿曙的埋伏，局势瞬间逆转，耿曙火烧山林近百里，讨回了落雁一战雍王都的耻辱。车佺死后，郑国派王族的年轻将领赵峥领兵，年少且鲜有实战经验的将军判断失误，仓促撤离，士兵自相践踏，三万郑军一片混乱。

汴绫趁势杀出，灭敌万余，俘三千余，在两只海东青的轮番袭击下，将赵峥驱向悬崖边。赵峥于暗夜里马失前蹄，摔下山崖，粉身碎骨。

剩下的郑军仓皇逃回崤关，雍军大获全胜。

紧接着，耿曙调回兵马，与武英公主直扑安阳。

梁国的末日到了，谁也不知道，这场大战竟来得如此迅速，群臣没有任何准备。重闻死后，军队已无名将，士大夫们争执不休。

重闻之族孙、十七岁的少年——重劫领兵出城，面对的却是当初与叔祖父齐名的雍王汴琮，双方在城外交手会战，梁军顿时大溃。重劫被汴琮只用一刀，便迎面连人带马斩成了两半。

汴琮手中，乃是耿渊生前所用的黑剑，看见黑剑的一瞬间，梁国近乎所有人都想起了十五年前的那个噩梦。

"投降！献城！"汴琮漫不经心地将黑剑一抖，抖去鲜血，归于背后剑鞘，"孤王饶你们不死！"

梁国城楼上死寂般沉默。

曾宇飞快纵马，来到汴琮身后，汴琮稍稍侧头，知道他有话说。

汴琮现在对自己的战绩非常得意，自从中了该死的姜恒那一剑后，他已有好些年未率军亲自出战了，如今看来，他还能征伐天下。

距离老去的日子还有很长，这次围攻安阳，顿时让他找回了年轻时在战场上疯狂杀戮的感觉，他现在只想杀人，用黑剑把人毫不留情地斩死，欣赏他们死去前错愕的神情；欣赏他们求饶的惨叫；欣赏他们血液迸出身体，喷得到处都是的场面。

活着，本该如此。

"说。"

此刻的汁琮志得意满，他就是掌管这一城六十万人生死的神明，他就是天道！

"殿下与武英公主会合，马上就要到了。"曾宇低声说，"他们大败赵峥，郑军已退回崤关。"

"算他有良心。"汁琮冷冷地说道，"再给他们三天时间，三天一到，马上攻城。"

曾宇奉命通知全军，汁琮留下了他的最后期限，开始耐心地等候。

第二天傍晚，安阳还在苦苦等候那并不存在的援军，等来的却是耿曙的铁骑。

地平线上洪流滚滚，铁骑震天动地，耿曙的部队打着"姬"的王旗，堵上西面缺口，自此，北、西两方向全是雍军。

十万雍军围城，城中只剩两万梁军。

"你们的亲戚不会来了！"汁绫提着赵峥那血肉模糊的人头，朝城楼高处喊道。

汁琮纵马排众而出，此时他的主力部队全部到齐。耿曙远望汁琮，心里实在说不出是什么感觉。

汁琮一瞥耿曙，没有与他多言，而是抬头望向城楼高处。

"投降，"汁琮说，"孤王会给梁侯一个活命的机会，只要你识趣。"

耿曙却不顾汁琮所言，喝道："梁王！"

大军鸦雀无声，只听耿曙清朗之声在天际下回荡。

"当初放任士兵入洛阳劫掠，逼死天子那天，可曾想到有今日？！"耿曙喝道。

汴琮一凛，没想到这件事过去这么多年，耿曙竟始终记得！杀一个毫无自保能力的天子，于他而言，与杀一只牲畜并无区别。

但就在所有人都近乎忘得一干二净之时，耿曙居然还在坚持，并朝五国国君悍然问罪！飘扬的"姬"字王旗，亦仿佛昭告天下，他确实有这个资格。

哪怕只是借口，这借口也让汴琮非常不舒服。

"现下替天子行使问责之权，"耿曙说，"开城门！别无商量！"

话音落，城楼高处终于出现了一群人，其中有老有少，俱是梁国大臣，人群簇拥着十二岁的小梁王。

"终于愿意出来见面了？"汴琮冷冷地说道，"让这么一个小孩儿当国君，你们当真是疯了。"

"雍王，"那清脆的声音却毫无畏惧，一字一顿地朗声道，"你派耿渊杀我大梁先王，血仇从未有忘，十五年间，梁人恨不得食你之肉、寝你之皮……"

汴琮听到这个开头，就知道让对方投降已再无可能，他傲慢得甚至不想听完，掉转马头离开了。

小梁王深吸一口气，喝道："今日全城军民，宁死不降——！"

雍军提前攻城了，入夜时油罐犹如火流星般飞进城中，巨石飞起，狠狠地撞上城墙，成千上万的将士爬上云梯，强行登上城楼。

汴琮正在等待着对方士气瓦解的一刻，在营帐内剥松子吃。这是他入关后的第一仗，也是最重要的一仗，他必须大获全胜，这也是朝四国的一场示威，汴琮要告诉他们，他才是如今的天下第一战神。

但眼前的局势告诉他，显然他错估了安阳的坚固程度。

汴绫进得主帐，扔下头盔，到一旁去洗脸，不一会儿，水盆的水就被染成了鲜红色。

"你是不是得吩咐他们暂时退回来？"汴绫说，"不好打。"

"我话都放出去了，"汴琮脸色阴沉地说道，"不计代价，一定得打下来，否则面子往哪儿搁？"

汴绫无奈地说道："没有提前做准备，他们城里的百姓全都拼了命，看这模样，没有三天三夜下不了城。城墙哪怕攻破，巷战咱们也不占便宜。"

"汴淼呢？"汴琼没有回答，反问道。

"他和他的兵顶在最前头，"汴绫说，"我过来前问过伤亡，已经牺牲四个千人队了。"

"让他过来，"汴琼沉声道，"我有话与他说。"

汴绫叹了口气，用布巾擦了擦手，说："他说他不来，先专心打仗，打完之后再说。"

汴琼怒吼道："攻城战里不要命地往前冲，不回来商量打法，这是姜恒教他的？！"

"有打法吗？"汴绫也忍无可忍了，"为了你的面子，战壕还没挖完就往前冲！你倒是告诉我，陆冀那群废物给了你什么锦囊妙计！我这就去让他歇会儿！你儿子急行军三天，到了城墙一口水也没喝，带全部人给你顶上去，眼下连饭还没吃呢！"

汴琼起身，烦躁异常，他的八万主力还没上，谁也不想上，攻城向来如此，谁先上谁死。

耿曙却成了最忠诚地执行他命令的那个将领。

汴绫说："给我八千人。"

汴琼扔给妹妹兵符，汴绫转身出帐，回头道："我去看看能不能找别的路偷城，万一梁王往代国方向逃跑，说不定东门一开，还有机会。"

汴琼说："通知汴淼，让他继续攻城。士兵死了可以再征募，安阳若打不下来，这辈子我们都不用再妄想出玉璧关了。"

这场攻城战乃是自洛阳陷落之后最为惨烈的战役，士兵们被源源不绝地从前线上抬下来，耿曙的兵力不断消耗，死了近万人，才终于将城墙打开了一个缺口。

曾宇率领主力部队，终于来了。三万人填了上去，但很快，城内所有的梁军不要命般地冲了上来，双方成僵持之势。耿曙若还有两万亲兵，要把缺口扩大不难，奈何他的人已越来越少，曾宇的部队他又不熟悉，只得眼看战果被慢慢补上。

耿曙满脸黑灰，全身鲜血，身先士卒，几次攻上城楼，却被梁军推了下来。身后士兵见主帅竟是飞身上云梯，带着他们拼杀，更是死战不退。

及至第二天下午，天际阴云滚滚，中原大地的雨季即将到来，这场雨一下，不知道什么时候才会结束。汁琮走出帅帐，眼望天际。

下起暴雨，城墙势必会变得更难攀登。

"全军出动，"汁琮吩咐道，"必须在下雨前攻破西门，都去协助汁淼！快！"

余下的五万大军眨眼间投入了战场，城墙下已满是堆积的尸体，生力军将同袍的尸身拖走，再架上云梯，高处则洒下犹如暴雨般的箭矢。

耿曙被射了两箭，肩上、大腿上都受了伤，简单地包扎后依旧冲向战场，雍军则随着那杆"姬"字的火红色王旗奋勇作战。

一时间，王旗成了战场的中心，而梁人也很清楚，命运攸关的时刻到了。只要挡住这一拨攻势，就成功地阻止了灭国的命运，甚至决定了天下未来的命运。

双方都在生死的最后关头，拼尽了所有的力量，汁琮眼看自己的军队规模不断缩小，竟隐隐有了恐惧之意，这是他先前没有想过的——万一安阳打不下来呢？

屠城！待得夺下安阳，一定要屠城！必须杀光所有负隅顽抗之人，无论是梁军还是百姓。

他戴上头盔，率领亲随赶到战场，预备与他的养子配合，投入这最后的大战。他找不到耿曙，眼前只有飘扬的火红色王旗，就像姬珣还没有死，赵竭的意志正在透过耿曙，指挥他的军队。

普天之下，莫非王土；率土之军，莫非王骑。

第三天中午，城南忽然传来一声巨响。

刹那间所有雍军抬头。

"南门破了——！"城内传来慌张的大喊声，耿曙的耳朵快被血堵住了，他仿佛没听清楚，难以置信地问道："什么？他们在喊什么？"

"殿下！"将士喊道，"他们的南门被攻破了！陛下让您马上抢城墙！"

紧接着，一骑冲来，正是曾宇，曾宇打着"汁"的黑旗，喊道："王子殿下！陛下让您抢城墙！这是他让我带给您的！"

曾宇把黑剑交到耿曙手中，耿曙解开皮革裹带，从剑鞘中抽出黑剑。他知道汁琮的用意：这是你爹当初身死之地，现在，他的剑交给你了，想做什么，看着办罢。

接着，耿曙喝道："随我上！一定要夺取城墙！"

雍军发起了疯狂攻势，梁军却不知为何，大部分撤离了西城墙，压力减轻，雍军瞬间犹如海啸般涌上了城楼。

安阳的命运决定了。

犹如一声弦鸣，耿曙终于听见了十五年前父亲琴鸣天下的余响。那琴声在安阳回荡了十余年，就在耿曙回来的那一刻，终于彻底消失在天际。

他登上城楼，望向安阳的南边，那里停着六十艘郖国的大船，白帆林立，巨弩高架，犹如父亲为他从天际召唤来的神兵。

一艘大船的船头有个很小的黑点，两只海东青在空中振翅飞翔，千帆竞渡，雄鹰飞掠，他知道那个人一定是姜恒。

安阳城破，郖国的水军抢占了守备空虚的南门，梁军兵败，逃向王宫。

紧接着，雍军与郖军会合，从四面八方杀来，席卷全城。梁人从坐落于山上的安阳王宫朝下射箭，却终究不敌这十余万联军，顷刻间梁人逃的逃，死的死，梁都安阳沦陷。

耿曙纵马，紧跟着风羽冲来，到得城南大街上，见姜恒正与项余、屈分二人说话，转眼间姜恒笑着朝他望来。

耿曙翻身下马，冲向姜恒，姜恒则快步向他跑来。

耿曙意识到自己身上满是血污，姜恒却不由分说地紧紧抱住了他。

"我就知道你要来打安阳。"姜恒非但没有责备他，反而觉得这才是耿曙该做的。

耿曙抱着姜恒，两手满是鲜血，不敢碰他，低声说："我想见他一面，问他几句话。"

"为什么不叫上我？"姜恒在耿曙耳畔说，"咱们到哪儿都该在一起的，是吗？"

耿曙点了点头。

屈分笑道："这当真是郢、雍二国最为伟大的一次合作。"

耿曙抬眼看项余与屈分等人，没有回答。

雍军成功夺下了安阳，但郢军也入城了，这下汁琮又要面临另一个麻烦——郢军占据了城东南，雍军占领了城西北。

接下来得怎么办？

项余说："去见见雍王？"

姜恒望向远处，说："我不着急，你们着急吗？"

屈分说："我们自然也不着急，还不知道雍王会怎么谢咱们呢，嘿嘿！"

姜恒心想：汁琮不嫌你来捣乱就不错了。但如果没有郢军相助，雍军能否打下安阳，仍是未知。姜恒打赌汁琮表面上一定还将保持国君的涵养，绝不会赶他们走。

大家都很清楚，接下来，是谈条件的时候了。要郢军撤出去，汁琮就要拿出诚意来。

琴 鸣 殿

果然姜恒猜对了，只见曾宇策马沿长街而来，说道："王子殿下，姜太史，以及郢国的两位将军，雍王请各位到宫内议事。"

姜恒朝曾宇说："让殿下休息会儿，他太累了，曾将军请回去告诉雍王，休息好了我们会一起过来。"

耿曙从崤关急行军归来，未有休息便投入战场，其间短暂地合过几次眼，醒来又是没完没了的攻城，在见姜恒的一刻，他的体力已濒临极限。

耿曙点点头，曾宇欲言又止。姜恒一想便明白其意，望向耿曙腰畔的兵符。

耿曙说："兵符不能交回，我得派他们回嵩县，否则兵力不足。"

曾宇奉命前来收缴兵符，没想到耿曙却不缴，一时也没有办法。但幸亏耿曙的手下只剩下八千人了，而雍驻军还有六万，玉璧关正发出增援，雍国要将安阳打造成军事据点，所以不用怕耿曙的手下做出什么来。

姜恒使了个眼色，暗示曾宇回去，曾宇只得走了。

耿曙就地而坐，倚在破旧的房屋旁，项余说："你们要不换个地方？"

姜恒说："没关系，就这样先歇着罢。"

项余加派了守卫，卫士们自觉退到五十步外，房屋前余下耿曙和姜恒。耿曙一身铠甲沉重，铠甲的缝隙里都往外渗着血，面容污脏，头发凌乱，手上满是凝固的血块。

"恒儿。"耿曙说。

"嗯。"姜恒检查着耿曙的伤，幸亏大多是轻伤。

"你知道我为什么要回来打安阳吗？"耿曙轻轻地问道。

"我知道，你别动，"姜恒说，"耳朵里出血了。"

他小心地把耿曙耳朵里的鲜血弄出来，耿曙说："被滚木撞了一记，他们从城墙上推下来的……你不知道。"

"我知道。"姜恒低声说。

"你不知道。"耿曙现出伤感的笑容。

"我知道。"姜恒为耿曙清理了耳朵里的血污，重申道，"因为你小时候住在安阳，你知道梁人不会投降，而你爹把它打下来是迟早的事，城破以后，他一定会迁怒于百姓，大举屠城，所以你必须先动手，这样破城之后才能保住梁人的性命。"

耿曙闻言难以置信地看着姜恒，眼睛仍是清澈的。

这里是耿曙的出生地，他的母亲还葬在安阳，姜恒一直想去看看耿曙母亲的墓地，在她的墓前放一朵花，谢谢她把最疼爱的儿子交给了自己，给了一个与他相依为命的人。

这个女人为耿渊付出了所有，临走时还追随他而去，留下了自己的儿子，嘱咐自己的孩子前往浔东，找到了孤独的姜恒。

姜恒道："我已经让项余放开城南的封锁，将城里的百姓全部转移过来，就是免得汁琮一怒之下杀百姓，不过有盟友在，我想他也不好下手。"

"你真的知道！"耿曙就像个小孩儿，开心地笑了起来。

"当然啊！"姜恒一边轻轻地说着，一边给他腿上的伤上药，"咱们刚见面，你就告诉我，你是从安阳来的，你说你住的地方很热闹，外头是个集市，每天你还替你娘抱着箱子去集市上卖灯芯，不是吗？我都记得。"

"你都记得。"耿曙闭上眼，他实在太累了，"哥哥也记得，都记得。"

他把头倚在姜恒的肩上，姜恒说："睡罢，睡会儿就好了。"

耿曙的身体很沉重，带着那铠甲，半压在姜恒肩上，慢慢地倒下来，躺在了他的怀抱里。姜恒抱着他，用手指梳理他沾染了血的头发，看着荒无一人的街道出神。

姜恒的手指很轻很柔软，而耿曙做了一个梦，梦里他回到了小时候，在安阳的家里，母亲抱着他，唱歌哄他睡觉，手指不时摸摸自己儿子的头发，以示她一直都在，从未离开。

其间有耿曙的部下们过来，城破以后，他们找主帅找了很久，总算在偏僻的巷子里看见了二人，走到附近时，又有全副武装的郓军拦阻，直到再三确认身份，卫士们才放了其中一个部下进来。

"太史大人，"那部下说，"我有事要请示殿下。"

"分出一队人，"姜恒不等他问，便吩咐道，"送战死的将士们回家。其他的人，你问问他们，想回嵩县，还是回玉璧关，去留以个人意愿。"

部下道："但曾将军今天也来问过。"

"别管他怎么说。"姜恒说，"就说是武陵侯的意思，说话时要说武陵侯，不要称殿下，去罢。"

姜恒此举是在提醒汁琮，耿曙受封武陵侯是雍国封的，名正言顺。

按雍国的规矩，耿曙有领兵征募封地的权力，这是自古以来的规矩，公卿拥有家兵，须得为王族效力，这是国君也必须允许的募兵权，只要不超过两万，国君就得交由公卿全权处理。

当然君王也有权解除这一权力，但只要他承认耿曙的武陵侯身份，不夺其侯位，就不能干涉他对家兵的处置权。

傍晚时分，士兵来报，雍军给他们放行了。士兵们愿意把袍泽们的尸体带回嵩县去，耿曙的军队战损严重，剩下的八千多人，只有百余人愿意回玉璧关，其他人都希望南下回嵩县。

姜恒说："把千队的名册给我，我现在重排，你稍后拿去给他们。"

那士兵举着火把，耿曙还在一旁熟睡，姜恒就着火光重新为他们编队，让两名千夫长率领部众留下，以备耿曙不时之需，余人全部打发回嵩县。

这些士兵为雍国付出一切的人生结束了，是该让大家回去，活得像个人了。

"去罢。"姜恒说着又摸了摸熟睡的耿曙的头。

入夜，安阳宫迎来了又一名国君。

汁琮推开门，门上的封条发出撕裂声响，铜门洞开，汁琮的身影被月色投在地上。

他慢慢地走进正殿。

正殿的柱子下还遗留着血迹，那是当年耿渊杀长陵君时喷溅上去的。

十五年前，鲜血从铜门缝隙内漫出的那一天，梁国便在正殿门上贴了封条。

后来的小梁王搬到东殿议事，百官也改换了上朝之处，正殿被简单清洗，就再无人进入，仿佛那里住着一群鬼魂，他们仍在无人的深夜里，共同商讨着征伐天下的宏才大略。

汁琮特地让人打开了门，仔仔细细看过每一个地方，想象着哪儿是耿渊的血，哪儿是敌人的血，想象耿渊当年奏琴之时，是如何英俊潇洒的模样，挥剑之时，脑海中最后是否闪过自己的名字。

他仰慕耿渊。

耿渊、界圭俱是他兄长的人，但汁琮从小就敬佩耿渊。比起汁琅，耿渊待他更亲切、更耐心，也更理解他的苦。

汁琮从小就只有一个朋友，这个人就是耿渊。

汴琮很清楚，比起他，耿渊更喜欢汴琅，但这丝毫不影响他对耿渊的敬佩。小时候，他常与兄长争吵，界圭是站在哥哥那一边的，在那种时候，只有耿渊会帮他。

大雍向来是太子主政，王子率军出征，汴琅负责治理国家，带兵征战的重任就落在了汴琮的身上。

他永远也忘不了，耿渊决定前来刺杀的那天。

这个决定也许在他十二岁时就做下了。

那时雍国上下谈重闻之名色变，军神的名头实在太响亮，雍国连番遭遇大败，被拒于玉璧关，不得南下半步。

"我打不过他，"年仅十二岁的汴琮忍不住朝耿渊说，"我想到他就害怕。"

"不用怕。"耿渊闲暇时，常常陪汴琮练剑，指点他的剑招，帮助他调整动作，毕竟汴琅更喜欢界圭，耿渊没有争宠的习惯，便常陪着弟弟玩，彼此年岁也相仿。

"'怕'是由不得自己的。"十二岁的汴琮说。

同样十二岁的耿渊，却有了少年老成的风范，说："我的意思，不是让你面对他时别害怕，而是不会有这一天。在你与他交战之前，我会取他的性命。"

那天汴琮震惊了，说："你能做到？"

耿渊说："他是人，是人就会死，这有什么稀奇的？我大可以刺杀他。"

耿渊说得轻描淡写，仿佛世上已无人是他的对手，平生难求一败。

汴琮说："你会为了我去刺杀他。"

"我为了雍国，"耿渊答道，"我是雍人。好好练剑，不然咱俩又要挨你哥说了。"

耿渊无论做什么，都是一副轻描淡写的模样，平生也未曾朝王室提过任何要求。他随遇而安、淡泊名利，也不在乎感情，不像界圭，总会用诸多莫名其妙的条件来试探汴琅待他的感情。

耿渊唯一一次提要求，是为了一个女人。

"让姜昭跟我走罢，"十六岁那年，耿渊朝汴琮说，"我看你也不喜欢她。"

汁琮想也不想便答应了他，说："你喜欢，当然可以。"

汁琮什么都可以让给耿渊，就冲着当年那句话，而耿渊最后也果然兑现了他的承诺。

汁琮在王案前坐了下来，看着被血迹染黑的案几，当年耿渊在此处刺死了毕颉，并在他尸体畔抚琴一曲，最终自杀而去。

他清楚地记得耿渊离开的那天，名医公孙武到访雍国，为耿渊调配一碟药膏。

汁琮抱着胳膊，背靠殿柱，说："明天你就要走了。"

耿渊在那几天走过了雍宫的每一个地方，仔仔细细地看了汁琅、汁琮两兄弟，闻言又朝他示意，在镜子里盯着他看。

"你不必这样做。"汁琮皱眉道。

耿渊说："你知道我决定的事，从不反悔。"

汁琅也来了，两兄弟一起看着耿渊。

耿渊又问："姜昭还好罢？"

"她回越地了。"汁琮说。

耿渊点了点头，公孙樾调好药膏，放在耿渊面前。

"这药能致人短时目盲。"公孙樾说，"但若长期不用解药，将令双眼彻底失明，耿公子一定慎重使用。"

"知道了。"耿渊淡淡地说道，公孙樾便识趣地告退。

"我不知道这一年内，刺杀能否得手。"耿渊想了想，朝镜中的兄弟二人说，"刺客出手要有耐心，有些机会甚至得等上个三五年，但只要成功了，你们就能听见南方传来的消息，届时，雍国就能出关入中原了。"

汁琮与汁琅都沉默地看着耿渊。

"这不是大家一直以来的愿望吗？"耿渊忽然笑了起来，说，"是好事啊！来，你们谁替我上药？"

"我不行。"汁琮眼里带着泪水，哽咽着说道，"耿渊……"

耿渊说："汁琮，你来罢。"

汁琮走向耿渊，他明白耿渊的心情，一双眼睛又算得上什么呢？他们向来是可以为了完成这一生的目标牺牲一切的人。而兄长，这个出生后便注定要成为太子，再继任国君的人；这个不需要付出多少努力，就可以得到一切的人；这个以为凡事都有两全之道的人；这个将"王道"挂在嘴边的人，又怎么会知道人生路上要有多少抉择、多少牺牲？

有时一念之间，就是永别。

汁琮为耿渊敷上药，再一层层地用黑布蒙上他的双眼。

耿渊欣然地说道："好了。"

耿渊离开的那天不能声张，但王室所有人都来送他了，汁琅、姜晴、汁琮、汁绫，甚至还有姜太后。

耿渊甚至没有回头，眼睛上蒙着黑布，坐着一辆车，由一名车夫驾车，在一片黑暗里离开了他从小长大的落雁城，离开了他的家，前往无数飞鸟越过山峦的玉璧关，前往中原。

七年后，汁琮巡视玉璧关时，听到南方传来的消息，耿曙成功了，却也死了在安阳，死前尚未来得及回头看一眼他的故乡。

黑暗里，汁琮看着他平生最好的兄弟留下的痕迹，就像他的鬼魂还在这里。

"我来带你回家。"汁琮在黑暗里说，"本想让这里的所有人为你陪葬，但你儿子听姜恒的，放过了他们，也好，算了……我想，他的话就算是你的话了。"

车 轮 斩

耿曙这一觉，从第一天午后睡到第二天清晨，足足睡了八个时辰，醒来时发现姜恒抱着他，两人躺在一处屋檐下，那场雨还没有下下来，两人身上盖了毯子。

"我还以为你再也不会醒了，"姜恒睡眼惺忪地说道，"以后可不能再这样了，我生怕你睡过去。"

耿曙活动了一下手腕，漫不经心地答道："每次在你身边都睡得安稳。"

说着，耿曙活动了一下脖颈，径自去打水洗澡。

郢国将城南当作军营，梁国的码头正在重建。姜恒叫人烧了热水，给耿曙洗过澡，耿曙又提着桶，朝姜恒头上浇，两人在码头旁的一间旧屋中清洗过，耿曙换上束身武袍，姜恒穿着越人服，二人一起出来。

姜恒又让军营里赶紧做两大碗面给耿曙吃下，耿曙终于完全恢复了精神，神采奕奕地背上黑剑，根本看不出两天前，他还像个从血海地狱中爬出来的魔神。

"去见你爹吗？"姜恒说，"我也有话想问他。"

耿曙沉吟片刻，姜恒道："带郢军过来，我就是这个意思。"

郢军如今驻扎在城中，汁琮反而不好朝他俩动手了，只要项余、屈分二人不离开，汁琮就绝不能当着外人的面，像条疯狗般不顾一切地来杀姜恒。

更何况郢王还千叮万嘱过让项余一定要保护好姜恒。

"走罢。"耿曙想了想。

"去看看爹生活过的地方。"姜恒说。

耿曙那表情有点复杂，末了点了点头，牵着姜恒的手往山上去。

与此同时，汁琮站在安阳别宫的高台上眺望城内。

他的屠城之举没有实施，现在造成这一切的麻烦，正在朝他走过来。

"昔我往矣，杨柳依依。"姜恒说。

耿曙答道："今我来思，雨雪霏霏。"

近日天气算不得太好，阴云一层层地压在王都安阳的上空，一场暴风雨将至。压抑的天气好像在与十五年前的那天隐隐呼应。

项余与屈分得到消息便动身前来，他们经过安阳正街，这里没有发生耿曙最不想看见的屠城。梁军虽负隅顽抗，死伤接近一万人，城里的百姓惶惶不可终日，但屈分大度地接纳了他们。

不少人开始往城外逃，郢军也没有阻拦，并明言告知，只要他们留下，郢军一定会保护他们的安全。

南方没有屠城的习惯，事实上近数百年来，屠城之事也前所未有，诸侯彼此征战，要的都是对方的基业、税收，屠城虽能逞一时之快，却失了民心。

北城的百姓开始朝着南边迁徙，拖家带口，带着金银与细软，他们确实害怕郢人与汴琮达成协议后，郢军撤出去，他们就要被雍人统治了。

汴琮的"车轮斩"之名如雷贯耳。"车轮斩"就是在破城之时，身高高过车轮的成年男子都会被斩首，这是汴琮从塞外带来的习惯，他要让所有的敌人活在恐惧之中。

而姜恒曾经说过的话，也正在逐渐成为现实，他不止一次地问过汴琮、问过雍国：就算你们能打下所有的城，又有多少人心甘情愿地把你成成天子呢？

靠恐惧来统治天下，还能延续多久？

耿曙朝屈分说："百姓若想走，可以考虑让他们去照水城。"

屈分道："殿下当真心系万民，我拍胸脯担保，会照顾好梁人，大家都是天下人嘛！项将军一直惦记着，您就放心罢！"

"你们来了多少人？"耿曙又问。

项余说："两千御林军留守照水，余下的九万多人都带过来了。"

郢国为了分一杯羹不遗余力，这是姜恒的计策，却也给汴琮造成了极大的麻烦，接下来，便看他如何拆招了。

"塞外猎人的其中一个狩猎要诀，"耿曙冷淡地说，"持弓箭瞄准猎物的时候，最容易忘记观察自己背后有没有一只猛兽在盯着。"

屈分哈哈一笑，明白耿曙是在提醒他：螳螂捕蝉，黄雀在后。何况有时候，猎人与猎物是互换的。太子安派来了他的所有家底，郢国的主力部队几乎尽在此处，若汴琮也在算计他们，忽然反扑，孰胜孰败还未可知。

所以必须非常小心。

屈分身经百战，看似大大咧咧，实则非常细心，姜恒倒是半点不担心他。

他们缓慢走上安阳宫殿前的三百六十级台阶，那曾是一条四国使臣的不归路。

"黑剑在你手中，比给我用更好。"汁琮的声音在正殿内回荡，第一句是朝耿曙说的。

耿曙率先而入，在殿内站定，两腿略分，面朝汁琮，自若地说道："因为那是守护星玉的剑。"

"把烈光剑给我罢，"汁琮说，"黑剑归你了。"

耿曙交出烈光剑，犹如完成了一个交接仪式，仿佛在这一天，他正式接过了父亲耿渊的责任。

只是，这责任是要守护谁？耿渊为之付出一切的人，是汁琮，还是死去的汁琅？只有耿曙与汁琮彼此心里最清楚。

诸人纷纷停步，汁琮上下审视姜恒，姜恒也好好打量了汁琮一番。

他会召出刀斧手，杀光我们吗？姜恒心想。

别宫坐西朝东，一如五国宫殿布局，面朝天子所在的天下正中——洛阳。雍、郖二军据安阳城中轴线为界，屈分与项余将四千名士兵驻扎在王宫外，汁琮应该不敢动手。

何况他也没有耿渊的身手，真要动刀剑，耿曙可以保护他逃离，而屈分、项余要自保也不难。外头的守军随时会打进来，汁琮应当不至于如此嚣张。

汁琮看着耿曙，忽然一笑。

"屈将军、项将军，"汁琮说，"两位辛苦了，请坐。"

屈分点点头，与项余走到右边坐下，余姜恒一人站着。

"姜恒，你也坐罢，"汁琮带着嘲弄的神色说道，"随便找个位置。"

耿曙朝姜恒招手，姜恒便坐到他的身边。耿曙忍不住四下审视，想起当年他的父亲，在此地杀了七个人。

毕颉、重闻、迟延訇、长陵君、公子胜、子间。

以及他自己。

其中的五个人，都有着结束大争之世的才能，正因他们生在同一个时代，大争之世反而永无结束之日，最后被耿渊一口气杀光了，同样解决不了问题。

他如果留下一个人，也许如今都会好得多，如今这一切就像宿命般落到了耿曙的身上。

姜恒常常觉得造化弄人，命运安排他与耿曙走上这条路，也许是在让二人赎罪——朝天下人赎罪。父亲弄出的烂摊子，必须由他们来收拾与弥补。

汴琼如今正坐在当年耿渊坐的位置上，这令姜恒生出奇怪的感觉，他不知道耿曙是否也在想这件事，回到安阳后，耿曙的感慨，一定比自己更多。

此刻，耿曙将黑剑放在膝前，一手按上剑鞘，沉默地听着汴琼的谈论。

汴琼的声音传入耳鼓，忽远忽近，他正与屈分、项余寒暄，姜恒心不在焉地听着。

"殿下让末将带话，"项余想了想，说，"您托他办的事，他给您办完了。"

汴琼说道："不仅办完了，还办多了。"

姜恒的注意力转移到他们的对话上来，他明白项余没有说出口的剩下半句——既然都办完了，你就该付报酬了。

汴琼与太子安果然有交易，姜恒沉吟不语，应当就在他制订进攻照水计划后不久，太子安便知会了汴琼，约定好共同瓜分梁国。

屈分又是哈哈一笑，眼神却十分锐利。

"五国联会之时，"汴琼漫不经心地说道，"孤王会把他想要的给他，不，如今剩下四国。郑国已是手下败将，代国没有这个资格，除了他，还能有谁？"

金玺吗？姜恒心想，多半是金玺。

项余看了眼屈分，屈分不易察觉地点了点头，示意不着急，没必要现在就要。

项余又问："不知雍王打算如何处理梁王与梁国大臣？"

"这也是个麻烦事，"汴琼答道，"本来正想与你们商量，眼下他们被孤王关在地牢中。依我所见，斩草总得除根，否则容易留下变数。毕竟谁也不想爹死了，儿子过个十几年来报仇是不是？"

项余与屈分都没有说话，对视一眼，又看向耿曙。

姜恒忽然心中一动，紧接着，汋琼也望向耿曙。

汋琼说："国君处死他国王族，终究不合规矩，世上只有一个人，可以代表天子，赐死国君。"

姜恒马上明白汋琼之意，有权赐死梁王的人，只有姬珣。而自己与耿曙，则是打着王军的旗号来攻梁。汋琼这是要让他们俩出面，与梁人为敌了。

耿曙正想说"我不会这么做"时，项余却道："饶了他罢，不过是个小孩儿，能做出什么事来？"

汋琼冷笑着说道："项余将军倒是对小孩儿很宽容。"

项余淡淡地说道："有家有小，年纪大了，总容易对小孩儿网开一面。雍王就没有子女吗？"

汋琼说："我有两个儿子，一个在落雁学着当国君；另一个就在你的面前，学着保护国君。既然这么说，便权当为他俩积点德罢了。只是关着也不是办法。"

"人交给我，我带走处置？"项余说。

"那就给你了。"汋琼淡淡地说道。

屈分脸色有点奇怪，转头望向项余，显然他们来之前没有商量过这件事。但项余也许带着王室的命令，要保全梁国国君，只是这有什么用呢？

姜恒猜测郑国是为了控制梁人的民心，如果决定权在他手上，他也会这么做，与其杀掉一个十二岁的孩子，激起梁国从上到下的悲愤，不如封他为侯，让他活下来更好。

汋琼掸了几下袍襟，示意这就结束了。

"那么便商量完了。"汋琼说，"你们什么时候去朝熊耒回报？"

屈分笑道："王陛下让我们依照礼节，北迎天子之证，说不定还要叨扰几天。由末将亲手接下金玺，届时再动身南下。"

在场所有人都明白了屈分的暗示，拿不到金玺，郑军这是不会走了。至于拿到之后撤不撤，还得看他们的心情。

汋琼没有生气，也没有重复先前的话，笑道："也好，那么我尽快让落雁送过来。"

"很好，"屈分说，"这段时日，末将一定会约束手下兵士，兄弟之邦，以和睦为上。"

"兄弟之邦。"汁琮赞许地点头，做了个"请"的手势，意为谈判结束，逐客。

屈分与项余各自起身，都看了姜恒一眼，姜恒却依旧坐着。

"我们在外头等你。"项余朝姜恒道。

姜恒点了点头，这是他们来前商量好的，郧人的部队还驻扎在宫外，这么一来，汁琮就下不了手了。

汁琮笑道："项将军还请回罢。一个是我儿子，一个是我外甥，等什么？"

项余忽然转身，那一刻，他竟流露出丝毫不将汁琮放在眼中的气势。

"若我没记错，姜大人的身份还是质子罢？"项余正色道，"末将带他过来，自然也该带他回去，这是王陛下的吩咐。"

说着，项余又露出嘲弄的笑容："雍王想趁机讨他回去，这可不行。"

姜恒在这一刻，不知为何，忽然觉得项余有点像一个人。那个人，险些被他遗忘，那种"我既然带了你来，就要带你回去"的语气，像极了那个很久以前被太子灵派到他身边，贴身伺候他的郑国人——赵起。

"说得对，"汁琮没有坚持，"孤王虚心接受意见，请两位将军在殿外等候。"

项余朝姜恒点头，与屈分转身出去。

殿外，天光惨白，屈分抱着手臂，压低声音说道："这与太子吩咐的不一样。"

项余打量屈分少顷。

"他不交金玺，"项余扬眉道，"就不能动手。"

屈分道："项将军。"

项余丝毫不让："屈将军。"

屈分说："这里是我说了算，我有太子密令。"

"密令是他让我交给你的。"项余说。

屈分现出疑惑的神色，项余说："但我不会阻止你，你最好想清楚。熊安的决策也不是时时都正确的。"

"我是拿王家俸禄的人，"屈分说，"当兵的，只要按吩咐做就行了。反而是你，项余，你不觉得自己管得太宽了吗？"

项余做了个"无可奈何"的手势，说："既然执意如此，你就去准备罢。"

屈分居高临下地审视了项余一番。

"我在这里等他们，"项余又说，"毕竟金玺还没到手，你说是不是？"

屈分冷笑一声，沿着台阶下去了。项余在台阶上坐下，听见殿内传来争吵声，感觉到了耿曙的怒火，因而，他觉得自己有必要修正曾经对这名雍国王子下的判断。

绣 画 屏

殿内，耿曙与姜恒依旧端坐。

"翅膀硬了，"汁琮喝着酒，笑道，"就像那只海东青。"

姜恒没有插话，他知道这个时候自己不该开口，必须把话留给耿曙说，因为这件事对耿曙而言很重要。

"恒儿在江州差点死了。"耿曙没有理会汁琮含沙射影的讽刺，说道。

"他还能来，"汁琮笑道，"就没有死。恒儿，你死了吗？"

汁琮朝姜恒举杯，但他们的手里没有酒，汁琮便自若地喝了。

"为什么？！"耿曙几乎是怒喝道。

声音在殿里震响，姜恒被那声断喝吓了一跳，他预感耿曙会为了他顶撞汁琮。但耿曙这如同暴雷般的怒吼声，是他从未见过的。

耿曙气得发抖，一手握紧了黑剑。

"你要杀我？"汁琮忽然笑道，"你的武功全是我教的，你的兵法也是跟着我学的，现在你要用你爹的黑剑来杀我？问过你爹不曾？"

耿曙提着黑剑，沉默地走向正殿内。

姜恒马上道："哥。"

汁琮听见这话时，露出少许意外的神色，他望向姜恒，再看耿曙。

"是真的。"耿曙说。

"你相信就是真的，"汁琮说，"不相信，就不是。我教了你这么多，儿子，如今父王要教给你最后一件事了……"

说着，他稍稍倾身，朝耿曙说："世人只相信他们相信的，上到天子，下到猪狗，都是如此。真的假的没有意义，做一切事，不过三个字'我相信'而已。"

汁琮轻轻摊手，但姜恒敏锐地发现，他的手指正在不易察觉地发抖。

"哥。"姜恒起身，果断地拉住了耿曙另一只空着的手。

就是这么一个微小的动作，让姜恒判断出汁琮心里在畏惧，既然畏惧，就证明他丝毫不怀疑耿曙今天会朝他动手，这一次与在玉璧关前、在潼关下的军帐中不一样。

当他认为对方不会动手时，会慢条斯理地解开外袍，让耿曙来杀。

但这一次，他既然觉得耿曙也许会真的动手，局面控制不住了，就必然已经提前做好准备。正是这转瞬即逝的一个微小念头提醒了姜恒。

汁琮不可能毫无准备，他一定还埋伏下了人，姜恒虽然不知道这个人是谁，但这人也许藏身在屏风后，也许在王案上、汁琮的背后，正在慢条斯理地擦拭着即将刺进他们胸膛的剑。

这是他们距离死亡最近的一次，设若耿曙先动手，汁琮便有了把他俩一起杀掉的理由。

"我们走罢，"姜恒说，"算了。"

耿曙蓦然转头，望向姜恒，嘴唇微动。

"不。"耿曙说。

汁琮两手放下，按在案几上，有节奏地敲了敲。

那是一个暗号，姜恒以他的直觉判断。

"我们走。"姜恒说，"结束了，汁琮，你可以不必再担心，只要你在雍国一天，我们就不会再回落雁城。"

汁琮蓦然哈哈大笑，仿佛听见了什么有趣的话，再望向耿曙，嘴唇微动，做了个询问的神情。姜恒不明其意，耿曙却明白了。

汁琮在说：他不知道？他居然什么也不知道？

姜恒面现疑惑地看着耿曙，耿曙这一刻却改变了主意，握紧了姜恒发凉的手。

"你养我四年，"耿曙收起黑剑，如是说，"在我与恒儿分别之后，你给了我一个容身之所。但我的武功不是你教的，是我爹娘与夫人所授……"

汁琮的表情带着几许陌生与冷漠，却没有看耿曙，而是落在姜恒脸上。

"我的兵法，乃是赵竭将军所教，也与你没有关系。"耿曙认真地说道，"你养我四年，我替你平定塞外、征伐三胡。现在我替你打下安阳，权当还了你的养育之恩，我不能再叫你父王了。"

"恩怨两清。"汁琮点了点头，释然一笑，"早就清了，想走不必找这许多借口，早在你爹还在时，就已清了这情。是我欠你耿家的，而不是你欠我的。"

"你可以继续派人来杀恒儿，"耿曙冷漠地说道，"但你永远不会得手，设若你再激怒我，当心你自己的儿子……"

汁琮又是一阵大笑，毫不留情地打断了耿曙的话。

"汁泷有什么错？"汁琮玩味地看着耿曙。

耿曙答道："恒儿又有什么错？"

汁琮不笑了，最后，一字一顿地说道：

"我对你很失望，聂海，为了报复，你连自己的弟弟也扬言要杀，我对你很失望。"

耿曙说："你没有资格说我。"

汁琮与耿曙同时陷入了恐怖的沉默里。

"走罢，哥。"姜恒不想让耿曙再说下去了，他知道此时耿曙心中一定非常难受，他曾经真切地视汁琮为父。

姜恒的手上全是冷汗，他感觉到了来自王案后"山河永续"那面屏风后的一股杀气，这杀手的身手说不定是他们见过的杀手中最强的，那人随时可能会在汁琮的暗号下化作影子冲出，一剑刺死他。

他不想这么毫无尊严地死在汁琮面前。

而就在此时，又一个人影站在他们身后，耿曙听见了脚步声却没有回头。

"还没聊完？"项余嘴角略翘，看着汁琮。

就在说出"我对你很失望"时，汁琮明白，自己的这个儿子已不可能再回来了。不能用的人，哪怕再亲近也必须除掉，待得到了天上，自己再去朝耿渊谢罪算了。

但项余的骤然出现，让他迟疑了那么一会儿，没有说出最后那句话。

就是这顷刻间的犹豫让他错失了将耿曙与姜恒一举解决的最好机会。

耿曙最后说："我对你也很失望，彼此彼此。"

接着，耿曙握紧了姜恒的手，转身出殿。

汁琮久久地坐在王案前，犹如一座木雕。直到项余、姜恒与耿曙离开王宫，那名刺客才从屏风后转出。

刺客很老很老，老得满脸皱纹，白眉低垂，皮肤枯干，皱皮包裹在骷髅般的脸上，干枯的左手只有三根手指，拈着一把小巧的细剑。

"你们坏了我的大事。"汁琮的声音很平静，带着难以抑制的愤怒。

只要血月门刺杀成功，抑或失败却全身而退，自己的计划就不会被耿曙洞悉，在自己征战天下的道路上，这名得力的助手、忠诚的狗，依旧会听命于自己。

正是在江州被郢国这么一搅，令汁琮手里这颗最强大的棋子没了。

可是哪怕成功了又怎么样呢？他早就知道了。想到这点，汁琮竟感觉背后发寒，他怎么会知道？谁告诉他的？耿曙知道是汁琮毒死了汁琅！毒死了自己的亲哥！又是谁，将那孩子偷出了王宫？是谁竟瞒着他，做了这么多事？！

想到此处，汁琮便生出被背叛的感觉，背叛他的也许正是他的亲娘，不会再有别人！

耿曙与姜恒走出王宫，项余看了两人一眼，说："我得去将梁王带出来。"

姜恒反而是最镇定的那个，点头送走项余后又回头看了耿曙一眼。

"哥。"姜恒拉着他的手，轻轻摇了摇。

耿曙离开王宫后始终没有说话，这时他转头注视着姜恒。

"恒儿。"耿曙说。

"好了，"姜恒低声说，"没事了。"

"恒儿。"耿曙认真地说。

他有太多的话想说，每次都是这样，话到嘴边，却什么也说不出口。他的心里仿佛挤满了犹如天地般浩瀚的情感，可每当站在姜恒面前，那些情感就像潮水般轰然退下，令他什么也抓不住。

他只能说"恒儿"，不停地重复"恒儿"，生离时，他喊着姜恒的名字，死别时，他一样喊着姜恒的名字；他喜极而泣时喊"恒儿"，悲怆欲绝时还是喊"恒儿"。千言万语，只能用这两个字来表达，这就是他的所有了。

一旦失去了他的名字，耿曙就再也没有情感，再也不会说话。

"我们接下来去哪儿？"

姜恒有点怅然若失之意，原本准备了许多话，想当着汁琮的面狠狠地嘲讽他，抑或是斥责他一番，但耿曙一开口，姜恒就知道自己什么也不用说了。

比起这件事给耿曙带来的痛苦，汁琮对他做的事又能算得上什么呢？

"我想带你去我家看看，恒儿。"耿曙很平静，先前这件事对他而言，只是完成了一个意料之中的任务。

"小时候的家，"耿曙末了又补充道，"我出生的地方。"

"好，去罢。"姜恒笑了起来，"我一直想去，只是不着急，我怕你睹物思情。"

许久后，耿曙终于说出了一句话："你总是这样，你心里一直有我，我都知道。"

姜恒带着有点难过的笑容，与耿曙并肩沿着王宫一侧的山路，走向城西北的平民区。安阳依山而建，巷道在山腰上穿行，王都易主后，百姓们经过短暂的惊吓，开始尝试着恢复平日里的生活。

集市开市做生意，街头巷尾少不了口耳相传的议论，百姓看见耿曙与姜恒来了，便纷纷躲进了屋内。

这是一个很有人间烟火气的地方，与王宫遥遥相对，仿佛是两个世界。

但这里的人，已经认不得耿曙了。谁也没想到，当年在此地做灯芯的女人，生下的那个既警惕又举止野蛮的小孩儿，竟会在二十年后成为上将军，重游故地。

油 纸 包

耿曙没有叫任何人，只是和姜恒站在街头安安静静地看着。

"这条街变小了。"最后，耿曙朝姜恒说。

姜恒笑道："因为那时你个头小。"

耿曙点了点头，也许如此。

一场大战后，城中最先开张的乃是祭祀亡魂的礼器店，丧事实在太多了，许多百姓家里都有死去的士兵，有人正在街边祭酒，朝着苍白的天空跪拜、痛哭。

姜恒买了点吃的，耿曙穿着黑色绲金沿的雍国武服，不少摊主见了他便收摊进去，不做他的生意。

"有你喜欢的姑娘吗？"姜恒朝耿曙说。

耿曙在一家摊位前朝里看，说："他们家的小妹妹已经嫁人了，不喜欢，只是五岁那年认得。"

姜恒看见一个神情木然的女孩儿正在守摊，手里拿着一块来自士兵的染血木牌。

两人都没有与她打招呼，耿曙别过头，穿过集市，在一家卖糖的瞎子摊前买了一点桃花糖，喂了一块给姜恒吃，余下的，小心地包了起来。

"小时候爹来看我时，"耿曙说，"就会给我买这家的糖吃，兴许因为这摊主也是瞎子，瞎子知道瞎子不容易，所以特别照顾他的生意。"

姜恒说："这是个很好的地方。"

"是。"耿曙点了点头，"从六岁开始，每三天，我会拿着一个木盘，拴上绳子，挂在脖子上，穿过集市去卖灯芯。"

当年，聂七带着耿曙在安阳住了下来，耿渊入宫，成为王子毕颉的琴师。聂七自食其力，在家里制灯芯，每隔三天，耿曙就要到集市上去沿街卖灯芯，被人讨价还价，但耿曙一律不回答，爱买就买，不买滚，因为那是他母亲的血汗。

最后换回有限的钱，再上交给聂七，聂七便为耿曙做衣服，买米面吃用。

姜恒想到那场面，就觉得很有趣，六岁的耿曙持个方木盘走过集市的模样，就像一只被套着鞍绳的小马驹，那模样是他从未见过的。

"你叫卖吗？"姜恒问。

"脸皮薄，"耿曙答道，"难为情，从不叫卖。但我娘用最好的棉制出来的灯芯，烧得最久，连王宫的人都买她的灯芯。只是他们不知道，最后她在灯芯里掺了毒，王宫的人买去后，烧起来的浓烟一片漆黑，所有人都瞎了。"

她的灯芯远近闻名，集上的人都叫她"灯芯娘"。但她很少露面，只因对外的身份是带着儿子的寡妇，孤儿寡母，相依为命地过活。

街坊都知道，有个瞎子琴师会每隔十天来看这对母子，便有人闲着猜测，那孩子是个逃生子，灯芯娘看上了宫里的琴师。

直到那瞎子杀掉了宫里四国的大人物，这消息才让全安阳乃至全天下震动。所有人也因此知道了瞎子的名字——耿渊。

姜恒说："小时候我听你说那会儿，常常不明白。"

"不明白什么？"耿曙与姜恒走到街道尽头，沿着青石板的石级，上得第二层山上去。

"不明白爹死了以后，"姜恒说，"她为什么不带着你活下去。"

耿曙点了点头，说："我曾经也恨过她，她就这么抛下我，让我孤零零地活着，太残忍了。"

姜恒说："但我后来懂了。"

他不仅明白了母亲，也明白了聂七的选择，明白了这个世界上所有的生随死殉，明白聂七为什么扔下了耿曙。

他明白了母亲为什么在离开的那天说"娘本想一剑带了你去"。

"我也懂了。"耿曙朝姜恒说。

耿曙很平静地说："幸好我找到了你，恒儿，不然老天对我，当真太残忍了。"

姜恒说："都过去了。"

耿渊事发之后，聂七知道一切终于结束了。

"先别进来，"那一天，聂七朝门外说，"曙儿，别推门。"

当时全城大乱，耿曙听到消息后，顾不得手里的灯芯还没卖完，赶紧回家去。那天午后他尚不知杀人者是他父亲，集市上全在说梁国要完了。

他得告诉母亲这事，他是小大人了，须得保护母亲与瞎眼的爹，带他们到安全的地方去。

聂七在房梁上系上白绫，手里一边给白绫打结，一边朝窗外的儿子笑道："别听他们大惊小怪，没事的。"

耿曙充满疑惑，看见母亲在房中的影子问："娘，你在弄什么？"

"没做什么，"聂七说，"娘在换衣服。早上得了几个钱？"

"两个钱。"耿曙答道，"没人买，大家都在收拾细软说要搬家，咱们搬吗？爹呢？我得去找爹，他就在宫里头，他不会有事罢！"

"娘待会儿就去见他。"聂七说，"你去买点酒来，待会儿娘去看他，打两个钱的酒，去罢。"

"哦。"九岁的耿曙躬身解开脖子上的木盘系带，飞奔着去买酒。

耿曙提着酒，推开家门时，母亲已经死了。母亲给他留下了一封信、一把剑，以及他戴在脖子上的玉玦，还有一卷不识字的他看不懂的心法。

如今，长大后的耿曙带姜恒回来了，他们经过一座已成废墟的房屋，房屋上已长出了青草，破碎的墙壁上尚有火烧的痕迹。

"是这儿吗？"姜恒问。

"不，"耿曙说，"这是屠夫的家。"

"屠夫？"姜恒问，"邻居吗？"

"嗯。"耿曙在门外站了一会儿，又带着姜恒沿途走到巷子的尽头，推开了那扇门。房内满是灰尘，已有十余年未有人来过了。

家里所有东西几乎被搬空了，只剩下一张破损的床榻，耿曙在床榻边上坐了下来，抬头看着母亲上吊的横梁。

姜恒本以为会看见耿曙小时候用过的东西，但过了这么多年，这里早已家徒四壁。姜恒知道这个时候，耿曙需要安安静静地待着，便不打扰他，在一旁坐下。

耿曙被记忆带回了很久很久以前，他只是这么坐着，日渐西斜，外面的阳光照进窗格内，投下一道影子。

响动声忽然让耿曙回过神来。

"做什么？"耿曙道。

姜恒跪在地上，打了个喷嚏，起身道："这儿有个地窖。"

"嗯，"耿曙说，"我娘生前放东西的地方。"

姜恒说："应当没人发现过。"

家里地上有一块木板松动了，底下可以开启，地窖不大，不过五六步见方。但现在想起来，耿曙小时候也不知道家里为什么会有这个地窖，兴许是母亲让人做的，唯恐有一天，父亲行刺失手时有人找上门来，到时她便可让儿子躲在里头。

姜恒盘膝坐在地上，想到很久以前，罗宣家里也有一个地窖。他随手玩了两下木板上的铜环，决定不去开它。

"你要看看吗？"耿曙说，"底下都是酒，是我娘准备给爹回家时喝的。他喜欢喝一杯酒，吃一点娘亲手做的小菜，再抱着我，弹琴给我听，哄我睡着。"

姜恒对父亲极其陌生，但就从耿曙一点一滴的回忆中，他渐渐地拼凑起了父亲的形象。

"真好啊！"姜恒听着耿曙的回忆，就像自己也经历了这些一般，既羡慕，又充满遗憾。

"我……对不起，恒儿。"耿曙忽然醒悟过来，他所回忆的一切，姜恒却从来没有经历过，没有人像聂七与耿渊爱他一般爱过姜恒。从小到大，姜恒一直生活在孤独之中，哪怕昭夫人予他的是爱，在他小时候也无法理解。

"这有什么的？"姜恒笑道，"下去看看吗？想不想喝酒？我去拿上来给你喝。"

"我去，"耿曙说，"下头很黑，你不知道地方。"

耿曙拉开铜环，凭借回忆走下去。他几乎没有进过地窖，聂七怕他打翻了藏酒。酒坛子放在架上，已被喝得差不多了，只剩下三坛。

耿曙提起一坛，在旁边摸到了一个铁匣。

耿曙停下动作，在他的记忆里，童年时期似乎没有看到过这东西。

"当心别摔了。"姜恒朝下说。

"没事。"耿曙打开铁匣，摸到里头的东西。

姜恒去简单地打扫了房间，清出了一块地方，姜恒走开后，一道微光从地窖口投了下去。

耿曙从铁匣里头摸出了一个小小的油纸包。包里有一块布，耿曙对着微弱的阳光看了眼，上面满是斑驳的血迹。

这是什么？

耿曙发现布里还包着一封信，十余年前的信，信纸已经发脆了。

耿曙小心地展开它，看见了信件的抬头称呼，乃是"昭儿亲启"，他借着光看了两行字，登时呼吸一窒，现出难以置信的表情。

"哥？"姜恒在上面叫道。

"我上来了，你让一让。"耿曙说着马上将油纸包收进怀中，手上发着抖。

姜恒不住地打喷嚏，灰尘实在太多了，耿曙提着酒上来，说："不在这儿喝，去看看我娘罢，我还找到了几个杯子。"

"好。"姜恒使劲揉了揉鼻子。

耿曙的脸色明显变了，他呼吸急促，上来时也吸了不少灰尘，顿时打起喷嚏来，两兄弟此起彼伏地打喷嚏，引得姜恒大笑，耿曙不知不觉中眼泪都打出来了，姜恒笑得更控制不住了。

午后，安阳城北，墓地前。

耿曙斟了三杯酒，一杯洒在聂七的墓前，自己持一杯，与姜恒互敬，两人喝了起来。

"这也许是我最后一次回来了，娘。"耿曙说。

姜恒道："哥，不会的，咱们还有机会。"

耿曙想了想，没有接姜恒的话，朝墓碑说："我找到恒儿了，从今往后，我要好好陪着他。"

姜恒只觉得十分感动，眼眶发红，最后哭了出来。

他想到那年耿曙是如何抱着母亲的尸身上山来，挖了一块地方，把她用草席裹着，放进土坑里，最后填土进去。

那天安阳一片混乱，不会有人注意到一个上吊的制灯芯的女人。耿曙甚至没有钱请人为她刻墓碑，也不能去收殓父亲的尸体，于是为她立了一块无字的石碑，权当记号。

其后，耿渊的尸体被挂在安阳城门上，暴尸三月。在越地的早已荒废的耿家祖祠被愤怒的郑王夷平，祖先尸骨被挖出鞭尸。

这一切，都过去十五年了。当初一个又一个消息传到浔东，传入姜昭耳中，她却始终无动于衷，就像这一切与她毫不相干，她只负责将姜恒抚养大。

姜昭教他读圣贤书，没有让他恨任何人，哪怕唯一一次提起父亲，也只有淡淡的一句：

"他活该如此。"

耿曙伸出手搂着姜恒，嘴角带着笑。接下来，他要去做一件很艰难的事，他不知道他们能走多远，前路满是荆棘，较之他们离开浔东那天更为坎坷。

但他在这一刻，终于坦然接受了他们的宿命。

姜恒尚沉浸在十余年前的悲伤中，耿曙却轻轻地说道："恒儿，我有一件事想告诉你。"

"什么？"姜恒平复心绪，抬头看着耿曙。

耿曙想伸手将姜恒揽入怀，倏然一道光晃过他的眼睛，耿曙下意识地换了动作，伸手握住背后黑剑的剑柄，目光越过姜恒，投向他的身后。

墓地旁，一位身上穿着汉人服饰的老者佝偻着肩背，缓慢地走来。

他的右手中拿着一根手杖，手杖泛着灰黑色，姜恒知道它的材质——死人的脊骨。

他的左手则持一把小巧精致的、闪烁着银光的利刃，没有剑鞘。方才那道光，正是这把利刃反射阳光所发出的。

铁 招 幡

姜恒随着耿曙的目光望去，两人缓缓地站了起来。

老人行将就木，走得也很慢，目标却是他们俩，因为此时的墓地里，就只有他们。

他的袍襟上，绣着一个红色的钩月，钩月还淌下血来。

"这家伙不好对付，"耿曙沉声道，"我拖住他，你往郧国兵营跑，用你最快的速度。"

姜恒没有说话，他感觉到了那股与正殿内一模一样的杀气。

这是自耿曙守护他以来，第一次说出"不好对付"这样的话。那么此人应当就是真的非常不好对付了。

"他应当是血月的门主。"姜恒说。

"你也许猜对了。"耿曙把黑剑换到右手，说，"我一出手，你就从另一条路逃，我会尽快与你会合。"

姜恒没有说什么"我要与你一起"之类的话，这等高手对决，自己若坚持留下，只会让耿曙分心。

"可惜了。"姜恒说。

"可惜什么？"耿曙说。

"等你打败他，"姜恒说，"你就是真正的天下第一了，可惜这场比试无人见证。"

耿曙嘴角扬了起来，说："我动手了。"

紧接着，耿曙没有像许多蠢货一般，先等对方到得面前再摆开架势，说些一二三之类的废话，而是趁着敌人登山步伐未停，倏然冲去，预备以骤然出手的架势抢得先机！

姜恒当机立断，马上转身朝着山下一侧身，沿着山坡滑了下去！

"年轻人啊，总是太冲动了。"那老者阴沉地说道，声音犹如金铁摩擦。

耿曙挟他的天崩一剑，从山上直扑下来，那一招哪怕耿渊再世，亦无法逾越其威势，只见黑剑携万均雷霆之力，当头斩向那老者！

老者在黑剑面前竟不敢硬架，蓦然抽身，身体竟扭曲了一个奇异的角度，接着后仰，腰椎就像折断了一般。只见老者左手剑、右手杖一同挥来！

耿曙以黑剑格挡，险些被那一剑破开胸膛。老者那细剑却不碰触，再次避开耿曙攻势，一剑取其咽喉！

耿曙不得不瞬间退开，翻身一跃，站在一块墓碑上。

老者沉声道："你杀了我的四个徒儿，虽有些非是你亲手所取性命，说不得都得算在你头上，都说你爹当年是天下第一刺客，照我看来，却也稀松寻常。"

耿曙一手斜持黑剑，武袍袍襟在山风里飘扬。

"看来你们也不蠢，"耿曙说，"知道收拾不住了便放下架子，门主亲自出面，总比派门人一个接一个来送死的好。"

老者冷笑一声。

耿曙沉声道："报上名来，手下见真章。黑剑不斩无名之辈！"

"我叫血月。"老者说，"把黑剑交出来罢，我不想杀雇主的儿子。"

"自己来取，"耿曙缓缓地说道，"只要你拿得到的话。"

那名唤血月的老者沉声道："聂海，你是不是以为在这里拖住我，姜恒就安全了？"

耿曙瞬间色变，他犯了一个最大的错误，从这点来看，他确实应该让姜恒留在他身边。

"你不会活很久。"耿曙沉声道，下一刻，他再次在墓碑上一蹬，冲向那老者！

与此同时，姜恒滑下山坡，收敛心神，忍不住回头看了一眼墓地的方向，整理好衣服，穿过山腰街的集市。

他知道越是在这个时候，就越要镇定，绝不能露出任何慌乱的神色。

耿曙一定能，他一定能打败那家伙！姜恒对耿曙的信任近乎盲目，他现在要做的，就是保护好自己。

姜恒手里甚至没有剑，他已经习惯很久不拿剑了，耿曙的陪伴让他失去了昔日的警觉，不再觉得自己置身危险之中。此时他注意着周遭每一个人的动向，看见有人正在盯着他，眼光一相触，那人便躲到巷内。

姜恒马上加快了脚步，匆匆走过山腰街，下一刻，一名挑夫抽剑，从巷内冲了出来！

姜恒登时停步，仰身，回转，从那人的剑光之下穿了过去！

轰然一声响，两旁的窗门破开，又一名货郎甩开利刃，与那挑夫同时冲向姜恒！附近百姓登时惊慌地大喊。姜恒一步翻上摊架，罗宣教授给他的不多的武艺终于发挥了作用，对方还是轻敌大意了，没想到姜恒打不过，却是能勉强逃跑的！

山腰街上爆发了混乱，姜恒专挑人多的地方跑，杀手几次险些撞上路边的摊架，终于追到姜恒身后时，一声鹰鸣，海东青展翅飞下。

紧接着惨叫声响起，挑夫被抓得鲜血淋漓，货郎抖出手里箭，海东青却蓦然拔高飞走。

挑夫止步的刹那，背后突然出现了一个人。

"螳螂捕蝉，黄雀在后，"界圭无情地说道，"当杀手也是要读书的。"

紧接着，界圭一剑刺死了挑夫，喝道："朝左边跑！不要回头！"

界圭来了！姜恒的心定了少许。界圭飞檐走壁追来，姜恒在奔跑中抓住界圭的手腕，喊道："你什么时候来的？"

"一直跟着你们！"界圭喊道，继而将姜恒拖上了房檐，"他们全都出动了！八个人！这才第一个！去军营里找项余！他能保护你！"

姜恒一翻身，却被界圭从另一边推了下去，于山腰街上翻了下来，狠狠地摔在了下一条路的集市上。之字形曲折的山道上全是摊贩，姜恒撞塌了铺位，引得下面的百姓惊叫，一哄而散。

货郎消失了，界圭转身追着姜恒逃跑的路线而去，在身后守护他。

界圭出手乃是趁敌不备，自己始终于暗中埋伏，一旦露面，敌人便有提防，无法再偷袭。界圭沿瓦顶冲下的一刻，哗啦啦激起无数瓦片，这时第三名敌人现身，乃是手持招幡的相士。

相士一语不发，抖开铁招幡，上面全是利刃，铁招幡霎时化作鱼鳞般的盾，直取界圭咽喉。

姜恒在集市上艰难地爬起，心想：纤夫、浣妇、相士、走贩、侍卒、货郎……还有呢？还有谁？八个人全来了！

海东青在天空飞翔，它无法发现隐藏在百姓中的杀手，姜恒调整呼吸，只得迅速逃命。

山顶上，耿曙手中黑剑掠过，犹如抖开夜幕，闪烁着点点繁星，黑剑剑法铺天盖地，化作杀招笼罩老者全身，老者不住地躲闪，始终不与黑剑正面相向。

这是中原最难对付的不世神兵，万剑之尊——黑剑！

世上所有的剑，只要迎上，都会被它无情地斩断！

面前少年虽说武功强悍，却依旧年岁尚轻，若不是仗着手中的黑剑，血月要诛杀他虽要费一番力气，却也并非不可能。

山下传来的叫喊声，已昭示了姜恒逃跑所引发的混乱，耿曙根据那喊声判断出姜恒还活着，他必须尽快解决敌人，于是他将血月逼到墓园尽头，使出了凝聚平生修为的一击！

霎时漫天夜幕随之一收，化作黑剑剑刃。

"死罢。"耿曙无情地说道。

血月终于避无可避，只得抬起手杖，正面招架。

"剑不错。"老者阴沉地说道。

老者将右手人骨手杖一抖，化作骨鞭，绞住黑剑，左手细剑直取耿曙咽喉！

果不其然，他淬炼了四十年的骨鞭就像锈铁般，"哗啦"一声，骨鞭被黑剑破开飞散，但与此同时，老者也以放弃这毕生心血的代价，硬生生接下了耿曙那一招！

耿曙蓦然睁大双眼，身在空中强行侧身，老者那一剑偏离准头，无声无息地刺向耿曙咽喉的下方。

"交出来罢。"老者嘴角现出笑容。

耿曙却始终紧握黑剑，只听"叮"的一声，老者刺中了他脖下正中央的玉玦，细剑被弹了出来。

老者霎时色变，耿曙回剑已来不及，话不多说，耿曙左手出，与老者对掌。

两人掌劲互撞，耿曙只觉"嗡"的一声，五脏六腑气血疯狂翻涌，先前所受内伤尽数被激发，老者则喷出一口血，血液瞬间在空中形成血雾。

耿曙竭力闭气，内伤却令他必须呼吸，耿曙吸入血雾，当即两眼一黑。

血液里有毒！

老者嘴角带血，为了抢夺黑剑，他当真竭尽了全力，一手搭上耿曙剑刃，疯狂地喝道："交出来！"

紧接着耿曙松手，黑剑竟被那老者夺了过去，只见耿曙两手一空，同时出掌。

耿曙嘴唇微动，骂了句脏话，问候那老者十八代祖宗。

这第二下的掌劲乃世间至刚至阳之力，猛烈异常，顷刻间老者胸腔便传出细微的肋骨折断之声，紧接着又一口血雾喷出。

耿曙顺势两指在黑剑剑身上一夹，竟又把剑夺了回来！

老者痛苦地哀号，同时挥出细剑，刺穿了耿曙的腹部。

但那剑瞬间随着耿曙将他拍飞的刹那再次抽出，剑刃上带出耿曙的鲜血。

老者犹如断线的风筝般，朝山崖摔了下去。

耿曙吐出一口血，以黑剑支撑着身体，走了几步，又吐出一口血。

他停下脚步，吐出第三口血，眼前的景象变得模糊，他竭力定了定神，这个时候绝不能倒下！

"真他妈的……果然……难对付。"耿曙自言自语道，"恒儿……等我，等……我。"

他踉踉跄跄地朝山下走去。

姜恒沿着中山腰道一路朝下跑，接着一名身材高大、黄色头发的胡人拦住了他的去路。

胡人双手合十，朝他行礼。

"这次怎么不先预告了？"姜恒停下脚步，用余光打量着周围的地形。

界圭被缠住了，现在姜恒只能靠自己。

"你太难杀了，"胡人用生涩的汉话解释道，"再预告，我们就碰不到你了。"

胡人拉开合十的双手，手中现出两把匕首，紧接着身形一晃，朝姜恒冲来，只一呼一息间便拉近了十步距离。姜恒马上后仰，翻身闪避，险些被那匕首开膛破肚！

下一刻，一具身穿黑色武服的身躯压垮了侧旁房顶，耿曙一脚踏空，从上山道摔到了中山道，百姓早已炸开了锅，四散奔逃。

"哥——！"姜恒大喊道。

耿曙一手持黑剑支撑起身体，嘴角带着血，手上鲜血淋漓，腰腹处还在淌血。

他将姜恒挡在身后，现出残忍的笑容，朝那胡人缓缓地说道："你们的门主，已被我杀了。"

胡人一怔，却没有多问，双匕在手中旋转，飞快地扑向耿曙。

耿曙瞬间持黑剑架住，左掌在剑身上一拍，刚猛的力度将胡人震得倒退。姜恒道："你受伤了！"

"你快走！"耿曙吼道，"别管我！他们的目标是你！"

姜恒再不迟疑，转身跑进小巷。

高处，界圭与那相士缠斗了足有数十招，界圭抖开长剑，剑与那铁鳞招幡相撞，发出一连串声响。血月门中哪一名杀手单打独斗都不是界圭的对手，奈何难缠，面前这人更是重守不重攻的行家，铁了心要拖住他，竟让界圭难以抽身。

"我看，不如坐下来喝杯茶罢？"界圭忽然收手，说，"这么打下去有什么意思呢？"

相士手持招幡，脸上带笑，却丝毫没有放松戒备。

"中原五大刺客之一的界圭，"相士说，"也就这样。"

界圭说："不敢当，都是别人安的名头，当大刺客有什么好？须得时时提防被人来踢馆子。"

说着界圭收剑，收剑前向相士虚晃一招，似乎是想吓他。相士本能地举铁幡一防，界圭却突然虚招变实招，扑向相士！

"当我是三岁小孩儿？！"相士嘲讽道。

"有破绽啊！"界圭低声神秘地说，紧接着人与剑相合，撞向铁招幡！

相士用尽全力，只要招幡一绞，界圭全身血肉就会被鱼鳞般的利刃像凌迟一样绞下来，然而他没料到，界圭竟单手抓住了他的铁招幡！

霎时间血液喷出，界圭左手被绞得血肉模糊，右手一剑从招幡的间隙穿了过去，正中相士的咽喉。

相士登时睁大双眼，气绝而亡。

界圭垂着伤手，看也不看他一眼，拖出一条血路，朝山下姜恒所在的方位飞奔而去。

腹 背 敌

姜恒跃到下山道上，他还有将近四里路才能到军营，他的心脏狂跳，全凭意志在支撑。

中山道上，耿曙展开了极其惨烈的打法，他的眼睛已快看不清楚景象了，毒性正在他的体内蔓延，眼前一片血红，那是眼内充血的结果。

他只能听风辨认，胡人尚未发现他看不清自己，卷起一道风朝他掠过来，匕首在耿曙的咽喉处一抹。

霎时间，耿曙天心顿开，仿佛窥见了武艺尽头的天道。

"天地与我并生，万物与我为一。"

洛阳雪夜里，姜恒的歌声在耳畔响起，这一刻他的感知仿佛幻化成了一草一木、白云飞鸟。

耿曙一侧身，匕首从他脖颈处抹过，带起淡淡的血痕。

他避开了，玉玦随着他的动作荡起，红绳被利刃抹断，玉玦落向地面。

胜负与生死，就在顷刻之间。

耿曙左手一抄，接住玉玦，右手持剑不动，一剑刺穿胡人的胸膛。胡人出招时，几乎是以自己撞向剑刃，鲜血喷了耿曙半身。

"好……身手。"胡人的头慢慢垂下去，死了。

耿曙一手控制不住地发抖，他已战得彻底脱力，大喝一声，用力抽出剑，拄在地上。他快看不见了，眼前的景象只有模糊的一小块，忽远忽近。

他转过头，努力辨认声音，海东青的唳鸣为他引领了方向。

"恒儿！"耿曙拖着血迹，踉踉跄跄地走着，一手紧握玉玦，一手握黑剑，走下山去，说道，"等我……你不会有事的……"

姜恒奔下山脚，离开下山道的瞬间，界圭与货郎同时摔了下来，压垮了山脚的房顶，发出巨响。

货郎爬起身，朝着姜恒扑去，姜恒两步跑上墙，一翻身躲过。

界圭撒剑，将剑扔给姜恒，姜恒在空中接住剑，转身一跃，货郎随之将袖子一抖，界圭却追了上去，伸手拖住他的脚踝，将货郎霎时拖倒在地。

姜恒大喊一声，出剑斩下，登时将货郎的头砍了下来。

姜恒："……"

界圭的左臂鲜血淋漓，手指更露出白骨，左手已近乎废了。

姜恒不住地喘气，界圭说："给我剑，这后面还有一段路呢。"

"还有几个？"姜恒说。

"我杀了两个，"界圭说，"你杀了一个，你哥杀了两个，这胜负难分啊！"

血月门十二人，外加门主十三人，先前在江州已死了四人，今日安阳又死了五人，就连门主也丧命于耿曙之手。

眼下还有四个人，只不知埋伏在何处，最好的就是门主死了，他们便逃了。

姜恒说："我感觉没了。"

"这边的没了，"界圭淡淡地说道，"那边又有了，你看？"

紧接着，从下山道去往城中的街上，雍军拥了上来，里三层外三层，足有近三千人。雍军上房顶，守小巷，强弩指向街道正中。

姜恒没有退后，只见骑兵一层层拥来，堵住了前路。

"姜大人。"卫卓说。

"要谋杀朝廷命官吗？"姜恒说。

卫卓说："你密谋反叛，下官前来执行王命，通融一下罢。"

面对那四面八方的箭矢，姜恒知道汁琮今天是铁了心要杀他了，但事情业已闹大，屈分不可能不知道，说不定正在想办法来救他们。

"拖时间，"界圭小声道，"郢人快来了。没想到居然有一天要等郢人来救命。"

卫卓抬起手，众人纷纷立起强弩。

"界大人，"卫卓朗声道，"我数三声，三声后就放箭，麻烦您离开姜大人，否则把您射死了，太后面前，我也不好交代。"

界圭说："他想把你杀死在这儿，怎么办？"

"你走罢，"姜恒说，"告诉我哥，别替我报仇。"

卫卓："三——！"

界圭："我不想走，我想陪你一起死，十来年前，我就该这么做了。"

姜恒："……"

姜恒走到界圭身前，挡住了他，他望向卫卓，说："倾举国之力来杀我，还当真挺荣幸。"

卫卓："有些人，值得这个礼遇，二——！"

姜恒没有再看四周的弩手，而是转头望向山上，就像在洛阳雪崩的那一天，他距离耿曙说近不近，说远不远，只隔着一道生与死的距离。

一切也像那天，他还是来了。

耿曙跟跟跄跄，半身被鲜血染红，右手拖着黑剑，左手紧握玉玦，沿着长街朝他走来。

"恒儿……恒儿。"耿曙喉咙里发出野兽般的咆哮。

"哥！"姜恒道。

卫卓没有再催促，看着长街上的这一幕。这一刻，他所想的是，要不要等耿曙进入射程范围，也一起解决掉，否则耿曙迟早有一天会来报仇，而报仇的目标，一定少不了自己。

"恒儿！"耿曙听到姜恒的声音，马上活了过来，他虽然看不清楚，却知道姜恒就在身前。

他拖出一条血路，姜恒马上朝他冲去，抱住了他。

耿曙把玉玦塞在姜恒的手里，让他拿好，然后轻轻地推开姜恒，越过他，挡在他与界圭的身前。

"淼殿下，"卫卓说，"王陛下让您火速回去！"

"我叫聂海。"耿曙仿佛受到了极大的侮辱，爆发出最后的力气，吼道，"我叫聂海！畜生们！都给我听清楚！我不叫汁淼！"

所有人竟被耿曙的威势震慑住了，都紧紧地盯着他。

耿曙眼前一片模糊，只看得见卫卓骑在马上的朦胧人影。

"麻烦你让一让，"卫卓客气地说，"否则箭矢无眼。"

"我叫聂海，"耿曙右手倒拖黑剑，左手掐剑诀，冷冷地说道，"不是什么淼殿下，给我记清楚了——"

话音落，姜恒刹那大喊一声。

耿曙化作一道虚影，掠过长街，顷刻间已到近二十步外，提起黑剑，一式"归去来"！

黑剑霎时从下往上，迎着卫卓战马的马腹而去，犹如山峦崩塌，地动山摇，一剑将卫卓连人带马斩翻在当场！

四周刹那鸦雀无声，数息后，雍军发出恐慌的大喊声，竟都慌张退后。

卫卓半身倒在血泊中，分不出是自己的血，还是战马的血，花白的胡子动了动，耿曙走过他身旁，甚至没有低头。

"让路。"耿曙沉声道。

主帅一死，无人下令，骑兵竟不敢举武器，四周房顶上，雍军霎时胆寒，耿曙在雍国成名已久，那武神般的威势竟让所有人不敢放箭。

"我数三声！让路！三！"耿曙怒吼道。

耿曙刚开始数，骑兵便下意识地退后，空出长街，所有人怔怔地看着耿曙，再看街上卫卓的尸体，犹如置身梦中。

姜恒快步上前，让耿曙的手臂搭着自己的肩膀，接过他手里的黑剑，走过长街，就这么离开了雍军的包围圈。

"屈分！"姜恒终于抵达郑军驻地，"屈将军！"

"到了吗？"耿曙问。

"到了，终于到了。"姜恒说，"怎么没人？屈将军？！人呢？有人吗？"他转头四顾，得马上找药材，为耿曙与界圭疗伤。

而就在此刻，码头的空地处，无数郑军拥来，手持强弩，指向空地上的三人。

屈分站在一处房顶上，审视着三人。

姜恒抬头，难以置信地望向屈分。

场内死寂无声。

耿曙说："我看不大清楚……恒儿，告诉我，怎么了？"

姜恒看了眼耿曙，再看界圭。

"没什么。"姜恒轻轻地说。

"姜太史，"屈分想了想，说，"对不起，这都是殿下的命令，我们也没有办法。"

耿曙听到这话时便明白了，说："有多少人？"

界圭答道："五千，全是弩手，要被万箭穿心了。"

此时已没有任何人能救他们了，姜恒回头看了眼耿曙，走上前去。

"我不抵抗。"姜恒说，"放他们走，屈将军。"

耿曙小声朝界圭说道："你带他跑，我为你们争取时间，过后再想办法来救我。"

界圭说："你带他跑，你要是死了，他不会活下去。"

姜恒面朝屈分，屈分张了张嘴，像是想说什么，脸上全是遗憾。

"他们不会马上杀我，"耿曙低声道，"还有机会，我中毒了，两眼看不见，你好歹还有一只手能使剑，而且他们的目标不在你身上。"

界圭转念一想，点头道："知道了，我只能尽力。"

"这是你的宿命，"耿曙沉声道，"从你把他带出落雁那天，就注定了会有今天。"

屈分在高处道："我觉得，还是要朝您交代个清楚。姜大人，殿下不是只在乎你的性命，还有你的哥哥。"

"我以为长陵君不怎么招郢国喜欢，"姜恒说，"是我大意了。"

"长陵君确实不招他喜欢。"屈分说，"可你娘姜昭杀了太子殿下最喜欢的上将军——芈霞芈将军，她本来是要当太子妃的，此事知道的人不多……"

"当着这么多人的面，议论王族私事，不合适罢。"姜恒扬眉，冷冷地说道。

姜恒知道项余也许在，他会来救他们吗？

"姜大人当真好胆识，"屈分说，"现在还有心思开玩笑。不会再有人来救你了。太子殿下嘱咐我，动手前务必朝您解释清楚，他是很喜欢您这个人的，奈何跟您有不共戴天之仇，不得不下这个手，希望您来生，不要再投生成刺客的孩儿。"

姜恒竟毫无畏惧，抖开黑剑，面朝屈分与一众士兵。

"来罢。"姜恒冷冷地说道，说出了让屈分为之一窒的话。

"你倒是没忘，不是只有我哥，我也是刺客的儿子。"姜恒沉声道。

第三场大战伴随着海东青的鸣叫声拉开序幕，而就在那漫天箭雨洒下之时，姜恒听见了熟悉的铁蹄与杀戮之声。

有人来了，却不是项余，而是在另一只海东青带领之下的另一队雍军。

这是风戎人与汁绫率领的军队，他们甚至没有任何宣战，便毫不留情地冲进了战场！

"先杀了他。"屈分下令。

箭矢飞下，耿曙冲上前去，以身躯为姜恒抵挡箭矢。屈分跃下房顶，置外围战事于不顾，誓要将耿曙与姜恒当场格杀！

绝不能放他们走，否则耿曙一旦恢复，郢国等来的将是没完没了的刺杀。

"交出他俩！"汁绫喝道，"否则取你狗命！屈分！你这废物！"

混战毫无征兆地开始了，项余始终没有露面。耿曙转身，赤手空拳地面朝屈分。

姜恒持黑剑冲向耿曙，然而众多士兵冲来，姜恒挥起黑剑，奋力斩杀。

"走！"耿曙却刻意地离开姜恒与界圭，朝他们喊道。

"哥——！"姜恒喊道，"别扔下我！别这样——！"

耿曙背对姜恒，面朝敌军。

界圭再不迟疑，单手拖住姜恒，不由分说地撞开拦路侍卫，中了两箭后，带着姜恒朝黄河中纵身一跃。

耿曙面朝屈分，闭上双眼，目已不能视，再睁眼也是无用。

他缓缓地拉开黑剑掌法，沉声道："你可以试试，看能不能在今天趁机博个打倒了天下第一的彩头。"

屈分冷笑，亮出兵器，以长剑对耿曙双掌。

巨响声中，姜恒被拖着坠入黄河，尚在挣扎，界圭却抱紧了他，两人被黄河水呼啸着冲往下游。

姜恒眼前一片漆黑，在河水中载浮载沉，界圭将他托出水面，姜恒竭力呼吸，来不及说话就又被湍流卷了下去。

界圭已筋疲力尽，到得后来，更是奄奄一息，变成姜恒一手拖着他，另一手紧握黑剑，顺流而去。

入夜，黄河岸边，水流渐缓之地，姜恒终于爬上了鹅卵石滩。

界圭咳出血来，手上的伤势已发白，他失血太多了，近乎昏迷。

"哥，"姜恒颤声道，"哥！"

空旷的山谷中响起了姜恒的回声。

界圭呻吟一声，翻了个身，想坐起来，却无力地扑倒在地。

"界圭！"姜恒道。

"还未……安全，"界圭说，"他们马上就会……沿河搜索……咱们的下落。找……地方躲，别管我。"

姜恒在黑夜里起身，四处寻找，找到峭壁下的红花，嚼碎了敷在界圭的伤口上，把他拖起来，架住他的胳膊，朝山洞内走去。

"我听见风羽的声音了，"姜恒说，"得尽快回去救他。"

"雍王不会杀他，"界圭有气无力地说，"别担心他了，担心你自己罢。"

姜恒喘息片刻，定了定神，竭力冷静下来，他知道耿曙一时半会儿应当不会有危险，郢国顾忌雍人还在城内，不会当场杀了耿曙，多半是拿他来谈条件。

汁琮虽然对耿曙充满失望，但对他而言，耿曙仍是自己的养子。

"你俩不一样，"界圭睁开眼，注视着姜恒的脸，说，"只要能不杀他，汁琮就一定会保他的性命。可你，你什么也没有，没有人在意你的性命，你懂吗？保护好自己。"

"你们在乎，"姜恒叹了口气，说，"这就够了。"

界圭疲惫地笑了笑，说："冲着这句话，我去为你死了也无妨，来罢！"界圭强打精神，抓住黑剑，说："我去看看……能不能拼着这条命，再杀几个。"

"别乱动！"姜恒按着界圭，说，"我不希望再有任何人为我而死了！"

这一路上，姜恒已见了太多的死亡，他生出一股无力感，现在就连耿曙都落在敌手。你杀我，我杀你，他短短十九年的这一生，都在杀戮之中度过。

"因为这就是你的命啊！"界圭看着姜恒的眼神，浮现出前所未有的温柔，就像项余那样。

"别说话，"姜恒说，"你歇会儿。我想个办法，得怎么回去救我哥。"

穿喉刃

安阳城中的一场小动乱突如其来，却就这么结束了。郢军将汁绫的亲随挡在了防线以外，汁琮则传来了收兵的命令。

汁绫万万不料，兄长竟会对姜恒与耿曙下手，得知事情的经过时，她清楚军队里参与这件事的人全部被下了封口令，但士兵们道听途说的是真相。

"为什么？"汁绫难以置信地问道，"你要对两个孩子下手？"

"不为什么，"汁琮说，"我受够他了，他必须死，我看他不顺眼，就这样。"

"他是你的侄外甥！"汁绫近乎咆哮道，"他的母亲是娘的侄女！他是咱们的家人！他不是你的一个臣子、一个士兵！汁森还是渊哥的孩儿！"

"来人，"汁琮知道这个妹妹冲动起来，极有可能真的拔剑捅了他，吩咐道，"带武英公主下去冷静冷静。"

"你这个畜生。"汁绫抽出剑，狠狠地扔在地上。

"你要做什么？"汁琮冷漠地说道，"你也要背叛我了吗？"

兵士一拥而上，围住汁绫，不让汁绫再进一步。

"是你背叛了我们。"汁绫沉声道。

郢军如愿以偿地抓住了雍国的王子。虽然过程稍有曲折，最后还被姜恒跑了，但姜恒逃掉无所谓，因为他武艺虽好，却尚未到能刺杀国君的地步。被耿曙逃掉，事情就麻烦了。

屈分写了一封信，让人快马加鞭送回江州，并派出人手，沿黄河搜寻姜恒与界圭的下落。

项余回来了，径自入了军帐："一天没来，竟发生了这么多事。"

"是啊，你错过了一场好戏。"屈分说，"把小梁王送走了？"

项余在一旁坐下，说："在去郑国的路上了。"

屈分说："这么一来，他们的死敌就只有雍国了。"

项余喝过一杯茶，又起身。屈分说："去哪儿？真正的重头戏，明天才开始呢。"

"去看看王子殿下，"项余说，"如此了得的一个人，最终也要落到今日的地步。"

屈分玩味地问道："你不会放走他罢，项将军？"

项余说："不，放走他做什么？杀人者，最终的结局就是被杀。世间之道，轮回不止，不外如是。"

屈分看着眼前的信，决定还是润色润色，好好汇报一番自己的功劳。

牢房内，耿曙眼前一片漆黑，全身伤痕累累，内伤外伤交加，一如回到了在玉璧关被擒的那天。

数年前，他在同袍赴死后，一人守住了玉璧关的关门，面对上万人的冲锋，他竭尽了全力，那天他杀了有一千人？两千人？他记不清了。

但比起那个月夜，他的武功还是进步了，姜恒回落雁后，他比平常更刻苦地磨炼自己的武艺，直到今天，他仿佛隐隐窥见了武道的至高之境。

虽然只有那么一小会儿，耿曙却明白，那天心顿开的刹那，乃是不知多少人一生求而不得的终极目标。

哪怕转瞬即逝，耿曙却确确实实地抓住了，他这一生，还有什么不满足的呢？

昭夫人的声音尚在耳畔回响："用剑杀人者，终得一个剑下死的命。他就该有这样的命。"

是啊，这就是我的命。

脚步声渐近，耿曙侧过耳朵。

"你竟打败了血月。"项余的声音在牢门外响起。

"他很了得吗？"耿曙没有问项余为什么现在才来，不救他们就是不救，没有任何理由，他本来就没有责任要施以援手。

"传说他觊觎海阁很久了，"项余说，"被鬼先生赶出了中原后，才在轮台招兵买马，预备有天卷土重来。"

"手下败将。"耿曙冷冷地说道。

"上将军，我们在他身上搜出了这个。"手下朝项余说。

项余接过耿曙身上的油纸包，答道："到外头去等着，没有吩咐，不许进来。"

"不要看。"耿曙说。

项余的动作停了下来。耿曙却改变了主意，说："算了，看罢。"

耿曙很清楚自己活不了多久了，也许在这最后的时间里，唯一能陪他说话的只有面前这个无亲无故的项余了，于是难得地与他多说了几句。

"原来是这样。"项余看完油纸包，依旧封好。

"你会告诉他吗？"耿曙说。

"离开江州那天，我就说过，这是我们最后一次见面了，"项余答道，"不会再有机会。"

耿曙说："如果有一天，要辗转让他知道，请你一定让传话的人说得委婉一点，不要让他觉得……他不是昭夫人的孩子，不是耿渊的孩子。他的爹娘并不陌生，他在这世上，不是真正的孤独一人……"

耿曙像是在自言自语，仿佛做着梦。

"记得特意提醒他，我们虽然没有血缘之亲，我却一直是他的哥哥……"耿曙又说，"他是不是我弟弟，这不重要啊！他就是他，他是恒儿……"

项余忽然说："倒是错怪你了。"

"什么？"耿曙睁着看不见一切的双眼，说道。

项余扔进来一个瓶子，落在地上，瓶子四分五裂，露出里头的药丸。耿曙充满疑惑，伸手去摸，摸到了药。犹豫片刻，项余却起身走了。

翌日清晨。

姜恒先是试了试界圭的鼻息，界圭闭着眼，淡淡地说道："还活着呢。"

姜恒叹了口气，开始搜界圭身上。

界圭又道："别在我身上乱摸，我不是你哥。"

姜恒充耳不闻："有钱吗？"

"一个银面具，"界圭说，"你爹生前送我的，拿去掰成碎银子花罢。"

"哦，面具是我爹给你打的吗？没想到你们感情这么好。我得去买点东西，"姜恒说，"预备潜入郓军大营里救人，你……待会儿先找个地方，好好养伤。"

界圭强打精神，提着黑剑掂量了一下，负在背上。

"你觉得耿渊这小子，更喜欢汁琅，还是更喜欢汁琮呢？"界圭走上山路，一手搭在姜恒的肩上，缓缓走着。

姜恒心事重重，对界圭的话毫无兴趣。

"汁琮罢。"姜恒随口道。

界圭说："我看不见得。"

"你连一个死人的醋也要吃吗？"姜恒已经知道界圭对汁琅的感情了，这也是为什么，他们都说"界圭痴狂"。

"倒不全是吃醋。"界圭说，"你不觉得，耿渊仿佛阴魂不散一般吗？他的鬼魂啊，就附在这黑剑上，也是天意，每次你有什么事，拿剑的人虽然不是同一个，最后却都是黑剑来救你。"

姜恒"嗯"了声，仍旧思考着他的计划，他得先去弄点易容的东西，再与界圭扮成郓军混进大营里去，找到耿曙把他带出来。还得准备给他解毒的药……他中了什么毒？他最后说眼睛看不见了，是血月下的毒吗？

"我最近忽然回过神来，想到汁琮从前待耿渊，也没见多好啊！"界圭摸摸头，有点疑惑地说，"以他俩的交情，耿渊断然不会把自己的眼睛弄瞎，替他在安阳埋伏七年。而且，既然得手了，赶紧带着媳妇孩子跑不好吗？为什么还要在安阳自杀呢？"

姜恒心急如焚，偏偏界圭还在絮絮叨叨地回忆，听得他哭笑不得，却不好打断界圭。界圭一定有很多心里话无人倾诉，汁琮本来就不待见他，姜太后面前不能说，他更不能朝太子泷说，只能朝姜恒说了。

界圭又一本正经地说道："我猜耿渊听见汁琅死讯的时候，就有了自杀的心了。"

"人家有爱人，"姜恒说，"孩子都有了。他不喜欢汁琅，汁琅是你的，你的，是你界大爷、界殿下的，没人抢，放心罢。"

界圭明显很吃醋，而且这件事本来也是他理亏，知道汁琅死的时候他没跟着一起死，反倒被耿渊抢了先，这当真是他平生迈不过的一道坎。而且要自杀，都这么多年了，随便找个没人的地方，一抹脖子不就跟着去了吗？为什么不死？每当界圭夜里想起，便为此耿耿于怀。

说来说去，他只能将原因归结为——汁琅还有遗孤。仿佛这些年里，支撑着他活下去的，就是这股力量。

"汁琅究竟有什么好呢？"姜恒说，"怎么这么多人为了他要死要活的？"

"也没有很多人罢，"界圭说，"只有我一个，不是吗？"

姜恒一想自己刚刚说的话，倒也是。

界圭说："他是个孤独的人啊，就像你一样孤独，他只有我。你看，有两个人在为你赴汤蹈火呢，你是他的两倍了。"

姜恒心想：好了，不要再说了，我现在得赶紧去救人。

山涧中薄雾缭绕，界圭听见远方传来狗吠声，说："你的鹰呢？"

"侦察去了。"姜恒朝天际抬头看，他已经能大致分辨出海东青的飞翔方向了，"山里有人。"

界圭说："赶紧跑罢，多半是来抓咱们了。"

纤夫、浣妇、相士、货郎、挑夫、胡人。

小二、掌柜、马夫、士卒、猎户、刺客。

十二人，外加血月门门主，在这次中原行动中遭遇了前所未有的重创。

门主重伤，不仅黑剑没有到手，还死了九个门人。

老者咳嗽不止，服下药后，已渐渐缓了下来。耿曙被抓住了，心头大患被解除，剩下个半死不活的界圭，以及武功平平的姜恒。

老者坐在石头上，刺客说："那只鹰就在附近，我看见了。"

"拿到黑剑，"老者说，"就回轮台去，须得休养一段时日。"

刺客注视着门主，鬼骨鞭竟在黑剑面前不敌一回合便被瓦解，血月更是身负重伤，那年轻人实在太强了。

猎户吹了声口哨，唤回来一只狗，说道："他们距离此地有些远，我们先追上去？"

老者道："一起行动罢，尽量还是不分散的好，越是胜券在握，就越要谨慎。"

身材高大的士卒走过来背起老者，开始快步穿过山涧，抵达界圭与姜恒昨夜上岸的地方。

"怎么？"蒙面刺客见猎户脸色不对，问道。

猎户示意他看自己的狗，猎户养了四只猎犬，全派出去追踪目标的下落，却只回来了一只。

"都去哪儿了？"猎户自言自语道。

刺客本能地感觉到事情并不简单，但答案很快就得到了。

山涧边上，坐着一个七八岁模样的小姑娘，穿一袭黑袍，赤着脚，两脚浸在溪水中，脚边有三具猛犬的尸体，血将溪水染成了淡淡的红色。

她没有任何杀气，也不是刺客，坐在离他们十步开外的地方，没有半点危险的意图，但一个身穿黑衣的小女孩儿独自出现在山林深处，场面极其诡异。

她的手腕上，卷着一把剑。

"放我下来。"老者认得她，这女孩儿叫"松华"，她的剑叫"绕指柔"。

松华抬眼，朝他们望来："弟子们有弟子们的规矩，师父们有师父们的规矩，对不对？"

老者没有回答，面容凝重，稍稍退后少许，拔出腰畔的细剑。

松华只是看着他，老者一手不住地发抖，失去了鬼骨鞭的他，又身负重伤，兴许撑不过松华三招。

松华又说："国君有国君的规矩，士卒有士卒的规矩，天子有天子的规矩，刺客，也有刺客的规矩。"

刺客见老者模样，一时竟不敢贸然上前动手，知道面前这人兴许不是他能对付的。

最后，松华又说："破坏规矩，是不好的。你该在家里再待一段时间。"

老者说："我的弟子放出去，你不管。"

"不管。"松华望向溪水，依旧是那冷冰冰的模样，"但你若出手，我就得管了。当初大家定好了规矩，怎么趁我们一走，你们就乱来呢？"

老者说："那么，我这就回去了。"

"慢走，"松华缓缓地说道，"不送了。"

老者退后半步，缓缓转身，但就在转身的瞬间，松华扬起手腕，轻轻一抖。

所有人同时大喊，退后。

老者咽喉被刺穿，绕指柔钉在了他的后颈上，透出三分剑刃，他犹如牲畜般死在了一个小女孩儿的剑下，竟毫无还手之力！

最后三名弟子霎时胆寒，不住地后退。

松华却没有追击下去，面无表情地说道："剑不要了，送你们了。"

没有人敢为血月收尸，余人纷纷退后。

老者双眼圆睁，不相信自己竟这么死在荒山野岭之中，死亡说来就来，他半身躺在溪水中，咽喉内流出红色的血液，犹如汇入溪流的绸带。

松华淡然地起身，在树林中一闪，消失了。

不 眠 夜

"追兵好像散了。"姜恒抬头看天。

他与界圭走了一整天，离开了山涧，界圭摘了点初夏的脆桃给他吃，两人勉强填饱肚子，姜恒开始找村落。

"当心点，"界圭说，"现在全天下人都在追杀你，盛况当真是空前绝后。"

这是真正地与全天下为敌了，郓、代、郑、梁、雍，每一国都想杀他。姜恒也没想到，自己居然活成了天下之敌。

如果哪天他死了，天下人一定都很高兴。

傍晚时，姜恒终于看见了一个村落，那里有不少从安阳逃出来的百姓。一场大战后，他们或是往郑国跑，或是往尚未沦陷的梁国东边各小城镇跑。

姜恒先安顿了界圭，再简单地打听了消息，得知十二岁的小梁王被放走了，现在进了崤关。郑军正在重整军队，集结梁军，多半想为梁复国。

百姓的逃难也带来了许多物资，其中有姜恒最需要的药物，以及可用来易容的芋芳。他先为界圭疗伤，将他血肉分离的手敷药后再包起来，界圭先是失血再落水，现在发起了高烧，姜恒又熬了两剂猛药，给他灌下去，帮他退烧。

"你能撑住，"姜恒说，"好好休息。"

界圭就像个没人要的小孩儿一般，全身汗水湿透，在床上呻吟不止。姜恒则开始用芋芳做面胶，加入硝与矾，供易容之用。

后半夜，界圭的烧总算退下来了。

"我为什么要管耿渊的儿子？"界圭显然做了许多梦，醒来后朝姜恒第一句话就是这么说的。

又发痴了。姜恒心想。

"对啊，你为什么要管耿渊的儿子？"姜恒说，"你和他非亲非故。来，给你敷个脸看看效果。"

界圭一动不动，躺着任凭姜恒摆弄，说："咱们走罢，别管你哥了。"

姜恒说："你自己走罢，我也是耿渊的儿子。"

界圭勉力一笑，说："我倒是忘了。"

"不仅是你，"姜恒说，"很多人都忘了。"

他在黄河边的那句话，仿佛提醒了所有人，他姜恒也是会与人同归于尽的，当他在这世上的最后一点眷恋被夺走的时候。

玉璧关那一剑，汁琼想必已好了伤疤忘了痛。

安阳城南，大牢中。

耿曙出了一身汗，奇迹般地活了过来，他的双眼又能看见了，视力正在一点点地恢复。内伤之处仍在隐隐作痛，但他抬头望向天窗的栅栏，心想：也许能逃出去。

但屈分早知他的本事，铁了心不给他送吃的，更没有水。

耿曙嗓子火辣辣地疼，他需要喝点水，再填饱肚子，否则哪怕伤势愈合，依旧没有力气。

外头全是守卫，他也没有武器，与此同时，他听见远方军队调动的声音。

要打起来了？耿曙心想：姜恒不知道去了何处，现在应当是安全的，就怕血月一路尾随。

安阳的另一场战争一触即发，短短一个月，这座千年古都发生了有史以来最密集的战乱。

但今天，郑军还不打算强攻北城，至少不是现在。满城百姓全部站到了山道街的房顶上，从四面八方惊惧地看着这一幕。

数万郑军卷地而来，在南城排开阵势，雍军则从城北越过王宫与郑军遥遥相对，双方呈僵持之势，以梁都要道飞星街为界。

屈分与项余骑着马，全身武装，不疾不徐地来到街前。

汁琮、汁绫与曾宇则在雍军一方排众而出，与郑军遥遥对峙。汁琮对两天前发生的事，完全无法朝将士们交代，更无法向妹妹交代。他还在等，等血月带回姜恒的人头。

但眼下有外敌，必须先御外敌。

"雍王陛下，"屈分朗声道，"你们究竟什么时候才兑现承诺？"

"什么承诺？"汁琮冷冷地说道，"孤王不记得有什么承诺。"

屈分笑了起来，说："话说，你们没发现自己人里少了一个？"

汁琮朗声道："有话就说，不惯与你们南人嘻嘻哈哈地打哑谜，若没有话说，就请回罢。"

汁绫脸色发黑，欲言又止。

屈分又道："好罢！大家就开门见山罢！都是蛮夷，自该按蛮夷的规矩来。"

"自比蛮夷的，"汁琮说，"天下也就只有你们这一家而已，又想用什么来要挟孤王？"

"你的儿子在我们手上。"屈分说，"你想不想要他的命？"

众雍军顿时哗然，所有人都听说了两天前那场变故，却不知为何汁琮要下手对付王子淼，消息传来传去，最后大家都当成了谣言。

没想到郢人竟这么不要脸，竟堂而皇之地拿雍国王子的性命来要挟他们！

汴琮没有回答，汴绫却冷冷地问道："你们想要什么？"

屈分说："马上带着你们的人撤出安阳。把金玺交出来，都好几天了，快马加鞭，总该到了罢！回你的玉璧关去！有机会，咱们再切磋！"

雍军顿时群情激愤，看着屈分。

汴琮却道："儿子？什么儿子？我儿子在落雁城，怎么又多出来一个儿子？"

屈分也没想到，汴琮竟比他更不要脸，当即脸色一变。不久前，汴琮在宫内正殿里见面时，还亲口朝他说"我两个儿子，一个在落雁，另一个就在你的面前"这等话。如今竟翻脸不认了？

屈分也不与他争辩，冷笑着说道："那么，明天一早，我们就在这里把他处死了！"

"那就有劳你了。"汴琮言下之意，竟毫不在乎，又吩咐道："明天我们一定前来观礼！摆驾！回宫！"

屈分："……"

雍军一瞬间竟走了个干干净净，屈分的算盘就此落空。

项余则漫不经心地抛着手里的一片桃花，桃花被风吹往自己的方向，这几天刮着西北风。

屈分看了一眼项余，项余道："你自己说的，这下不好收拾了。"

"他本来也得死。"屈分怒气冲冲地说道，继而纵马离开。

姜恒还不知道自己只剩下一天时间了，但事情急迫，他心里是清楚的。

他在村落前买了两匹马，换上郢军的装束，眼望海东青飞去的方向，与界圭快马加鞭赶回安阳城。

等我……姜恒在心里反复道："哥，一定要等我。"

与此同时，雍军大营内近乎群情激愤，接近哗变。士兵们纷纷请命出战，要救回本国王子。安阳城内，大战一触即发，郢、雍双方死死把守着南北城，并架上强弩。

耿曙浴血奋战，奋勇当先为雍国夺下安阳的那天仍历历在目。他几乎拼尽性命，赌上一切，带领雍军走向胜利。父亲是雍国的国士，儿子则是雍国的英雄，耿家为雍国付出了太多。

怎么能让他屈辱地死在敌人手中？

汁绫在军帐中系上腿绑带，换上一身夜行劲装。汁琮前来巡视，看了眼自己的军队。这场面他很熟悉——当年传出耿渊死讯之夜，军中亦弥漫着这股隐忍不发的情绪，一模一样。

"你要去哪儿？"汁琮来到汁绫的军帐中，屏退旁人，沉声问道。

"我以为你会派人去救他。"汁绫说。

"你疯了？"汁琮冷漠地说，"十万郢军驻扎在城南，你想带三千人去偷营？今夜他们不会防备？"

汁绫怒吼道："否则你要让他死？！他就算不是你的亲儿子，也是耿渊的后人！你有胆去朝雍国的士兵说？说他背叛了你？你不打算救他，就是想眼睁睁地看着他死！"

汁琮没有朝汁绫再解释，他也无法解释。

"把公主看好，"汁琮朝曾宇吩咐道，"哪儿也不能让她去。"

汁绫蓦然提剑起身，兄长却早有准备，军营里刹那大乱，汁琮被汁绫狠狠地揍了一拳，揍出营帐外。

"陛下——！"

亲卫们忙冲上前去，汁琮擦了下眼角的血，缓慢地起身，朝曾宇道："送她回玉璧关，让她冷静。"

曾宇不敢动手，亲卫却纷纷上前，将汁绫架回了帐内。

"传令全军，"汁琮离开军营时，朝曾宇吩咐道，"按我说的去通报。"

曾宇答道："是。"

汁琮沉声道："汁森落败被擒之时，便留下遗言——不要救他，请麾下的弟兄们、将士们看着他死，铭记这一天，永远不要忘记，来日再替他复仇。"

曾宇没有回答，汁琮又道："人生漫长，谁无一死？他早已清楚自己的结局，他的英魂会护佑大雍，来日，在江州王宫再会。"

曾宇沉默不语，汁琮说："记清楚了吗？"

曾宇答道："记清楚了。"

"去罢。"汁琮吩咐道，同时按了下眼角，汁绫那一拳打得实在太狠了，令他眼眶一阵阵地隐隐作痛。

帮死人说话是他向来最擅长的，得不到的人只能杀掉。人虽不得不杀，最后这一刻，也要让他死得有意义。

汁琮始终相信，每个人都有自己的价值，他从生到死所做的一切，都在彰显这个价值。耿曙这个人，他必须物尽其用，发挥他的余光余热，鼓舞大雍的士气，借着这哀兵之力，他足够调动起全军复仇的信念，来日一举攻破江州，这很好。

汁琮站在正殿前，心里说：你的儿子不懂事，背叛了我，现在你们一家三口可以在天上团聚了。

消息从万夫长以下，传千人队，再传百人队，传十人队，传五人队，一夜间传遍了全军，八万人彻夜不眠。

安阳最后驻留的百姓，在这一夜争先恐后地离开了王都，只因他们的家园明天将会迎来空前绝后的一场大战。铁蹄之下，恐怕再无人能幸存。他们犹如潮水般卷向南门，项余手下的军队则兑现了对姜恒的承诺，打开了城门，任他们自由离去。

于是整个安阳，如今只剩郸军与雍军等待着明天将耿曙公开处刑后，双方不死不休的决战。

诉 悲 歌

黄夜，郸军动用了有史以来至为严密的守备，时刻提防着雍军拼死前来劫人。

"最后问你一句，燊殿下。"屈分与项余来到大牢，面朝耿曙。

项余认真地说："太子殿下决定，看在彼此的情谊上，最后给你一次选择，你可以自己选一种死法。"

屈分看了眼项余，他没有接到这道命令，但不要紧，人都要死了，如何处死，又有什么关系呢？

"我叫聂海。"耿曙淡淡地说道。他背靠监牢的墙壁坐着，望向死牢外的夜色。

项余说："说罢，你想怎么死？"

"烧死我罢。"耿曙想了想，按着项余先前的吩咐答道。

屈分说："烧死可是相当痛苦的。"

耿曙说："我喜欢火，烧死我的时候，让我面朝南方，我想看着南边。"

屈分怀疑地看了眼项余，项余点头示意照做就是。

"我陪他喝杯酒，"项余朝屈分说，"朋友一场，你们都出去罢。明日我不观刑，不想看着他死。"

屈分想了想：让你俩独处又如何？还能挖地道跑了不成？

他自然很清楚，项余不想担这个责任，也好，反正功劳都在自己身上。

屈分离开了大牢，吩咐侍卫长："严加看守，注意那只鹰。"

近五千人围在地牢外，筑成人墙，彻夜强弩不离手，哪怕项余将人犯偷偷放走，这厮也插翅难飞。

"给他一个火刑架。"屈分又吩咐道。

郢军带着铜柱与铁链，拥到飞星街正中央，一街之隔就是雍军的防线，四面屋宇已被拆得干干净净，腾出近千步的空地。

郢军在街道正中钉上铜柱，铁链叮当作响，远方则渐渐地传来歌声。

"岂曰无衣？与子同袍……"

那是城北，雍军大营中不知何处先响起的歌声。月亮笼罩着一层光晕，此夜，八万雍人彻夜不眠，歌声一起，当即一传十，十传百，回荡在安阳的月夜里。

"王于兴师，修我戈矛，与子同仇……"

郢军士兵听到歌声，动作一顿。

"快点！"监工催促道。

众人将一个又一个的柴捆扔在铜柱下，堆成一座小山，浇上火油。

城外，姜恒与界圭悄无声息地翻身下马。

"岂曰无衣？与子同泽……"

界圭一手挡住姜恒，两人抬头往城内望去。

郢军的部队都集中到了城中，南门守卫反而十分空虚，全是撤出城的百姓。

"有人在唱歌，"界圭说，"雍人。"

姜恒心中忽生出不祥之感。

"王于兴师，修我矛戟，与子偕作……"

他们听见城中远远传来的歌声，那是八万人在月夜下各自低低吟唱的歌谣，他们各抒悲痛，歌声却终于汇聚在一起，形成滚滚洪流，在天地之间震响。

"我负责左边那个，你负责右边那个。"姜恒瞄准了城墙高处的两名卫兵，朝界圭低声道。

姜恒甩起钩索，甩了几个圈，界圭却飞身踏上垂直的城墙，四五步疾奔，翻上城楼。两名士兵无声无息地倒下。

界圭转身，朝姜恒吹了声口哨，姜恒只得扔出钩索，被界圭拖了上去。

两人望向郢军大营，大牢外守得犹如铜墙铁壁。

项余离开大牢，屈分的亲兵打量他一眼，又朝牢里看。

项余回头，朝牢狱入口投以意味深长的一瞥，亲兵先是进去检查，见耿曙仍在，便朝上头的亲兵示意。

项余没有再说话，翻身上马，出了郢军大营，这时，雍军的歌声传来。

"岂曰无衣？与子同裳……"

项余不疾不徐地策马行进在街上，又回头看了眼远处。

"王于兴师，修我甲兵，与子偕行——"

那是雍人给耿曙送别的歌声，是他们寄予他最后的话，亦是世上至为庄重的誓言。

项余在那歌声里，慢慢离开了大营，驰往城南。

姜恒与界圭站在城楼高处，朝远方眺望。

姜恒看出了郢军的计划，他们竟在远方河道上驻扎了上万兵马，打进了木桩，届时只要将木桩一抽，黄河水便将漫灌安阳。

"明天他们要掘断黄河，放水淹城，必须尽快送信给武英公主。"

界圭说："先救人再说。"

郢军尽是水军，洪水泛滥，马上便可登船，随手就可射死在水里毫无挣扎之力、不熟悉水性的雍人。也正因想好了所有计策，屈分才如此有恃无恐，他打赌雍军一定会全部留在城内，亲眼看他如何处死雍国的王子殿下，再群情激愤地朝他们宣战。

届时只要洪水涌至，轰隆一声！保管让他们有去无回！

屈分已兴奋得有点发抖，明天便将是他名满天下之时，先擒汁淼，再淹死汁琮，天下名将，舍他其谁？！

姜恒注视着海东青盘旋的方向，他们只有两个人，要突破这五千人的防守简直不可能，屈分一定非常警惕，必须有人去吸引郢军的注意力。只要汁绫开始攻打郢军阵地，他就能与界圭趁乱接近大牢。

姜恒想召回海东青，通知汁绫，让她协助他们。姜恒打了几个呼哨，海东青飞近少许，却不落下来。

他不敢把呼哨打得太响亮，生怕附近守军察觉，一时焦急万分。

"有人来了。"界圭说。

月光下，一匹马，朝城南大门疾驰而来，马上人穿着郢军将领的装束。

项余催马，一手在脸上揉搓，除去了脸上的伪装，露出了耿曙的容貌。

海东青马上落下，停在了他的肩上。

"风羽！"高处传来一个声音。

耿曙难以置信地抬头，月光照在他的脸庞上，姜恒跑下城楼时，忽然愣住了。

耿曙翻身下马，往前走了几步，姜恒刹那间一声哭出了声，连滚带爬地扑向耿曙。

"天地与我同哀，万古与我同仇——"

雍军的战歌一声接一声，到得后来，已尽是悲愤之情，军中那愤怒无比的情绪正在不断蔓延，传令兵来来去去，勒令不许再唱歌，却止不住军队群情激愤。

"死生契阔，与子成说……"

姜恒在那歌声里，冲下城墙阶梯，不顾一切地奔向耿曙。

耿曙："没事了，恒儿，我出来了……"

姜恒把头埋在耿曙肩前大哭，耿曙紧紧地抱住了他，回头望向城中。

"快走，"界圭说，"不要再耽搁了！出去再哭！我去给汁绫送信！"

耿曙带着姜恒飞身上了城楼，反手一道钩索钩住城墙，犹如飞鸟般垂降而下，投入了夜色。

"执子之手……与子偕老……"

耿曙带着姜恒，让他坐在自己身前的马背上，两人共乘一骑，界圭已沿着城墙离去，去给汁绫送信。

耿曙怔怔地眺望那一墙之隔的千年王都——安阳，重逢之际，二人都没有说话，静听墙内传来的歌声。

"执子之手，与子偕老……"

"执子之手，与子偕老……"

歌声渐止，仿佛在为他们送别，耿曙最终掉转马头，带着姜恒沿东方官道离开了。

天渐渐亮了起来，屈分亲自来到大牢前，这最后一段路至关重要，可不能让"耿曙"逃跑。

亲卫将"耿曙"从牢里押了出来，他全身伤痕累累，衣不蔽体，白皙的胸膛上满是血痕，头发凌乱，三天里没有食水，已将他折磨得奄奄一息。

屈分亲自验过人犯，说道："王子，一路好走，你参琴鸣天下之日，你就注定有这么个结局，死在这么多人的送别下，轰轰烈烈一场，你也不枉来世间走一回。"

耿曙没有回答，闭着双眼。

亲卫拖着他脖颈上的铁链，"耿曙"赤着脚，脚镣叮当作响，被一路拖到飞星街前，绑上了铜柱。

雍军尽出，王宫顶上、屋顶、街道中，顿时全是两方军队。

没有人说话，偌大的安阳犹如死城，所有人都死死地盯着飞星街正中的那个火刑柱。

"耿曙"被绑在铜柱上，两手垂在身畔，低着头。

"喂，""耿曙"冷漠地朝底下的卫兵说，"让我面朝南方。"

卫兵前去请示，得到了批准，便缓慢地将铜柱转了过去。

此刻的汁琮，正站在王宫高台前，远望飞星街正中，估测着稍后若按不住军队，两方混战在一起，自己这边能有几成赢面。

汁琮得到的答案是至少七成，有时他觉得郸国人自高自大，当真是疯了，一群水军出身的夷人，拿什么与雍军开战？

但看到"耿曙"被绑在火刑柱上时，汁琮心里竟仍有几分难过与不舍。

"雍王！"屈分喊道，"退出城去，我就饶他不死！"

汁琮听见远处传来的声音，心想：要怪就怪姜恒罢，汁森，你跟错了人。

征服天下后，他决定为耿曙追封一个王，毕竟他们父子一场，国内届时如何流传耿曙的事迹、如何朝各族交代，他都想好了。他将煽动起大雍全国上下的怒火，并引领他们烧遍中原的每一寸土地。

汁琮在一旁坐了下来，手里拿着一把松子，捏开，气定神闲地旁观这场终将到来的死刑。

郸军在火刑柱下浇满了火油。曾宇眼眶通红，及至看见卫兵们转动铜柱之时，终于按捺不住，失控般地吼道："将他转过来！那是我们的王子！我们的上将军！"

雍军已近乎哗变，"耿曙"却朗声道："别着急——！大家都会死的！早一天、晚一天，迟早要死，急什么？"

"耿曙"的声音不同以往，变得十分沙哑，同时他睁开双眼，戏谑地看着百步外准备下令的屈分。他看不见屈分的脸，却知道他就在那儿。

"死到临头，"屈分冷笑道，"还在嘴硬，点火！烧死他！"

传令兵高举火把，在上万士兵的注视之下纵马而来，火把的黑烟被北风远远地吹向南方大地。

百步，五十步，三十步，十步……

乘 风 烟

千里之外，江州。

郢王活动过身体，今天练功的效果很好，半年时间，他当真如姜恒所言，身轻如燕。他饮过露水，回到寝殿前，太子安手持信件，匆匆前来。

"父王，"太子安说，"安阳送信来了。"

"如何？"熊荛漫不经心地问，给自己斟了杯茶。

"汁淼被擒，"太子安道，"姜恒跑了，我猜是项余放走的。"

"罢了，"熊荛说，"饶他一命罢，一个文人，能做得出什么？将汁淼杀了就是。"

太子安答道："安阳指日可得，项余心思还是太多了点。屈分做得正好。"

"我见项余，看那小子的眼神就不对，"熊荛从太子安身边走过，随口说道，"回来后再行处置罢。"

太子安看了两遍信，开始等待屈分一举夺得安阳的捷报，正要告退时，芈罗却匆匆前来。

"王陛下，殿下。"芈罗心事重重地上前行礼道。

"正午之前，不问政事，"郢王先前被儿子打断了修行，本来就有点不满，"你们出去说罢。"

芈罗却脸色泛白，低声说道："王陛下，殿下，有一件至关重要之事，否则属下也不会在此刻前来……"

太子安一怔。

正殿内，郢王熊荛与太子安端坐。

侍卫抬上来一具用白布蒙着的尸体。

芈罗说："项家的管家在藏酒的地窖内发现了他，地窖内不透风，他被用油布包裹，装在了一个木箱中，木箱的四面被钉死了……"

芈罗的声音发着抖，他揭开白布，露出项余狰狞的面容。太子安霎时如五雷轰顶，郢王马上下意识地转头，色变道："这这这……这是谁？这不是项余吗？这是怎么回事？！"

芈罗拿着一封信，颤声道："项夫人还在这具尸体的手中发现了一封信。上面写着……王陛下与太子殿下……亲启。"

太子安霎时背上满是冷汗，他起身，惊疑不定地靠近些许，看清了死者面容，正是项余。尸体保存得很好，没有腐败，或是以药物做了处理，一见风后，便散发出淡淡的甜香味。

"不要碰那封信。"熊枭看出项余鼻下的两道血痕，显然是中毒而死，吩咐芈罗，"念，你念。"

芈罗颤抖着展开信，颤声念道："郢王熊枭，太子熊安……颂祝两位……安好。"

芈罗眼神里充满恐惧，抬眼望向太子安，一时竟不敢再念下去。

太子安示意快念，芈罗只得念道："我乃寂寂无闻之辈，生前或有刺客之誉，却早如天际浮云而散，不必再追究我是谁，我家住无名之村，挚爱之幼弟，亦是无名之人……

"然拜二位所赐，死于郢、代两国军人之手，昔年项余征战凯旋，沿途忽起意，分出一支百人队，屠杀沧山之下枫林……"

项余五官扭曲，显然在死前经历了一番难以想象的痛苦。

千里之外，火焰烧起来了。

耿曙在一片寂静中被烈火吞没，火焰顺着他的双腿蔓延而上，烧毁了他褴褛的黑色武袍。

他没有痛苦疾呼，只是镇定地看着眼前这一幕，无数陌生的面孔、陌生的眼神。

他感觉到来自背后的目光，满是悲痛。

而面前的人，对他则带着一丝同情、几许悲哀。

耿曙望向他们的眼里也难得地露出了一点点同情。

屈分来了，他纵马靠近，想看看这火到底是怎么烧的，怎么半晌都听不到犯人的痛呼？

他看见了耿曙被烧的全过程。

耿曙嘴唇动了动，像是在嘲讽他。

不痛吗？屈分十分疑惑，怎么不求饶？

紧接着，火焰烧到了耿曙的腰部，吞没了他垂在身侧的双手，耿曙抬起左手，放在火焰中，仿佛想抓住什么，任凭它被灼烤，再稍稍抬起。

火舌之下，他的左手刹那褪色，伪装被燃尽，继而被剥除。他的左手露出漆黑犹如金铁般的质地，手臂上还闪烁着黑光，鳞片顺着他的手腕向上蔓延，延伸向他的臂弯、肩膀，继而是左侧赤裸胸膛前的心脏处。

他的左上半身满布鳞片，犹如一只半人半妖的邪魅妖魔。

郓军不明所以，纷纷议论起来。耿曙扬眉，朝屈分笑了笑，在火焰里很小声地说了句话。

屈分尚未明白过来，耿曙的那只左手已在灼烧之下化出青烟，在风的吹拂下，漫过全城。

烈火焚烧，吞没了耿曙的脖颈与脸庞，就在那一刻，他脸上的易容剥落，屈分看见了一个素未谋面的陌生人！

那是谁？屈分只觉眼前一花，辨认不清。因灼烧而化出的青烟里带着一股淡淡的甜香，屈分不自觉地咳了几声，鼻孔中淌下血液。

他伸手一抹，看见了血。

雍军未能看清经过，还在交头接耳，但一息之间，长街对面的郓军已乱作一团，所有郓军开始争先恐后地逃离。

屈分回过神，跟跄着朝远离火刑柱的方向逃去，然而刚迈出两步，便喷出一口血，瘫倒在地。

他艰难地挣扎、攀爬。

而火刑柱上那人，嘴角露出残忍的笑容，从他的脚下到黄河岸边的郓军，连同郓国大将军屈分，咳嗽声不绝于耳。

大军犹如风吹麦浪般，一拨接一拨倒下，风带着那股青烟传遍全城。

火舌终于彻底吞没了他。

背后的雍军也开始乱了，阵内传来此起彼伏的咳嗽声。

汁琮发现了不妥，却不知为何，郓军忽然大乱，雍军则开始朝王宫方向本能地逃跑。

曾宇吼道："陛下！快走！有人下毒！"

汁琮登时色变，飞速冲下王宫，翻出栅墙，吼道："撤退！撤出城外！"

雍军在上风口，饶是如此，那阵烟仍在飞速扩散，汁琮顾不得安阳城了，他必须保住手下的性命，他亲眼看见数万郓军竟全倒在了城南。

雍军一片混乱，但很快就恢复了秩序，后面的人挡着同袍，保护主力部队撤出城外。

安阳西、北两门洞开，汁琮甚至没有收拾王旗，性命为上，他匆忙地奔逃出城。

风转向了。

松华赤着脚，走进安阳城，沿飞星街一路走来。城里安静无比，只有呼呼的风声。

屋檐上满是坠落死去的鸟雀，不闻家畜之声。

在她的面前，则是蔚为壮观的一幕。郓军士兵或倒在房屋旁，或倒在巷中，一些郓军死前曾挣扎着爬向城南，爬向他们船只停靠的地方。

火刑柱之后，则是来不及逃跑的雍军，他们被堵在了王城门内，路两旁是紧握武器死亡的士兵。

松华站在铜柱下，抬头看那铜柱上的尸体。

一阵风吹起，尸体"哗啦"一声，垮塌下来，化作灰烬，骨灰被狂风卷向天际。

松华轻轻地行了个礼，继而取出一个小木匣，拈了点骨灰收起，登上黄河岸边的一叶扁舟，从此离开中原大地。

风越来越大，阴云遮没天际，天空中下起了小雨。

雨水淅淅沥沥地浇在了安阳的街道上，青石板路上的血水汇为小溪，朝着低地流淌而去。

千里之外，郢都江州。

晨露折射着暖日的光芒。王宫中豢养的金丝雀止声，沿途一片死寂。

正殿内，项余的尸体已化作一摊黑水。

太子安圆睁双目，倒在王案旁，没了气息。

郢王熊耒七窍流血，胸前的白胡子上满是鲜血，嘴唇不住地发抖，气息微弱。芈罗倒在柱畔，双目圆睁，早已死去多时，手里仍抓着那封信：

> 本想挑唆你父子间关系，让你们自毁基业，亲眼看这大好宫阙毁于奸佞之手；万年椿木，焚烧殆尽，再寻机为舍弟讨回当年欠债。但念及百姓无辜，多杀无益。
>
> 毕竟我命本不长久，唯三年可期，潜入宫中后，倒因一事，改而予我个痛快，在此，必须向你二人致谢。
>
> 于我一生中，所余无几光阴，得以与故人再相聚，此生了无遗憾。
>
> 也罢，念及数月快活时光，便爽快行事，取你麾下十万将士性命，将你父子二人一并带走。你大郢至此，想必再无征战之力，唯坐等他国焚你宗庙，夺你所爱，扬你尸灰，鞭你墓碑。
>
> 即此，郑重敬上。

落款：刺客罗宣。